さようなら、旦那様。
市井に隠れて生きることにしたので
捜さないでください

蒼磨 奏

Sou Aoma Presents

fairy kiss

この作品はフィクションです。
実際の人物・団体・事件などに一切関係ありません。

さようなら、旦那様。市井に隠れて
生きることにしたので捜さないでください

序章

「――さようなら、旦那様」

美雨《メイユイ》は牀褥《ねどこ》に横たわる青年に声をかけて深く一礼した。

彼女の夫、睿《ルイ》は勇猛果敢な楊《ヤン》将軍の甥《おい》で、皇太子の護衛官を務める青年だ。

ただ夫といっても、彼は美雨には指一本触れようとはせずに夫婦仲は冷えきっていた。切れ長の目で射貫《いぬ》かれると、いつも真冬の雨に打たれたような冷たさを感じたものだ。

「もうお会いすることはないでしょうが、お元気になられて職務に復帰されますよう、わたくしは遠くからお祈りしております」

つい先日、睿は皇太子を守って深手を負い、それきり一度も目覚めない。

当然ながら返事はなかったけれど、美雨は一礼を終えて静まり返った部屋を出た。暗い廊下の向こうを見て肩をぴくりと揺らす。

そこには、この世のものではない『真っ白なうさぎ』が視《み》えた。

だが、美雨は気づかないふりをして踵《きびす》を返し、待っていた女官に顔を隠すための薄衣《うすぎぬ》をかぶせてもらって屋敷を後にする。

朱《シュ》宰相の指示で用意された馬車に乗りこんで、人知れず出立した。

道すがら馬車の簾《すだれ》を上げたら朝日が出ていた。美雨の生まれ育った場所――華江《かおう》国の都、江州《おうしゅう》の街を眩《まばゆ》く照らしている。

――いつか、ここに戻ってこられるかしら。

これから向かうのは、華江国の最北端に位置する北川省《ほくせんしょう》。

隣接する陶馬《とうば》国との国境に近く、辺境の地と呼ばれる土地で、美雨はそこにある尼寺に入ることになっていた。

尼寺の生活は厳粛なものだろうが、策謀が渦巻く後宮や冷淡な夫のもとで暮らすよりは静かな日々を送れそうだ。

馬車の背凭《もた》れに寄りかかって目を閉じると、屋敷に残してきた夫の顔が過《よ》ぎった。

冷たい夫に惹《ひ》かれていたが、結局その想いが叶《かな》うことはなかった。

こうして側《そば》を離れたら、きっといつか彼のことを忘れられる日が来るはずだ。

美雨はもう一度、別れの言葉を囁《ささや》いた。

「さようなら、旦那様」

第一話　人を隠すなら人の中

大陸の東に位置する華汪国は、古くから女神信仰が根づいている国だ。

女神の名は嫦娥《ジョウガ》。強い神力を持ち、華の神や、月の女神とも呼ばれている。

嫦娥は月で暮らす生き物とされる白いうさぎを遣いとして、人前に現れる際はうさぎの姿、あるいは白装束を纏《まと》った少女の姿をとるそうだ。

華汪国の皇帝の祖先は建国時、その嫦娥に助力を嘆願した。

人々の敬虔《けいけん》な信仰と祈りにより神力を高めることのできる嫦娥は、それに応えて、華汪国で祀《まつ》られることになった。

以来、嫦娥は宮廷の奥にある『月宮《つきみや》』という神殿で暮らすようになったという。

そして皇帝の血を引く公主《ひめ》から選ばれた『巫《かんなぎ》』という神官を側に置き、連綿と華汪国を見守り続けている、と――。

◆

美雨《メイユイ》は華武帝《カブテイ》と、妃《きさき》の柳明霞《リュウメイカ》との間に生まれた公主だった。嫦娥が住むという月宮にも一度だけ足を踏み入れたことがある。

おそらく七歳くらいの頃だったと思う。

月宮は妃嬪《ひひん》たちの暮らす後宮から、さらに奥まった場所にあり、長い階段を上った先に建てられていた。立ち入ることができるのは月宮の女官と、皇族の血を引く者のみ。

その中でも『巫』になりうる公主は幼少期に一度、月宮を訪ねるという決まり事があった。

「美雨様。しばし、こちらでお待ちください」

女官は美雨を部屋へ案内すると、そう言い置いて姿を消した。

——ここに嫦娥さまがいるの？

月宮にいるという女神は、人前にはめったに姿を現すことはない。

美雨もその目で見たことはなかったが、今日は月宮へ行けと母に言われて、何の説明もなくここまで連れてこられたのだ。

美雨はそわそわしながら窓辺に向かった。そこからは月宮の中庭が見ることができた。

月宮の屋根瓦や柱は真っ白で、まさに神殿と呼ぶべき神秘的な佇《たたず》まいだ。中庭は四方を白い柱に囲まれていて中央に蓮《はす》の浮いた泉がある。

ぼんやりと眺めていると、どこからともなく白い襦裙《きもの》を着た女性が現れた。その腕にうさぎを抱いて散歩している。

「？」

ここは月宮。女神の嫦娥が暮らしている神殿なのに、まるで後宮の庭を散歩するみたいに中庭を悠々と歩き回るなんて信じがたい。

あの女性は何者で、どうしてここにうさぎがいるのだろう。

怪訝《けげん》に思っていたら、女性に抱かれたうさぎがこちらを見た。一定の距離があったはずなのにつぶらな赤い眼と確かに視線が合ったと思う。

次の瞬間、美雨の意識はふっと遠のいて気絶してしまった。

再び目が覚めると牀褥に寝かされていて、中庭にいた女性が付き添っており、目が合うと微笑《ほほえ》みかけてくる。

美しい女性だった。透き通るような白い肌に、面長で唇は鮮やかな紅色。喪服みたいな白装束で華美な化粧もしていないのに、透明感のある美貌に見惚《みと》れてしまう。

――とても、きれいな人……。

手を持ち上げたら、美しい人がその手を握ってくれて、わずかに瞠目《どうもく》した。

「まぁ！　きれいだなんて、ありがとう。褒めてくれて嬉《うれ》しいわ」

「？」

何も言っていないのに、どうして「きれい」と考えたことが分かったのだろう。

それも不思議で堪《たま》らず、女性を見つめていたら、彼女の後ろに美雨と背格好が同じくらいの少女が立っていることに気づいた。

足元に垂れるほど長い白髪と雪白の肌。鮮やかでつぶらな緋色《ひいろ》の双眸《そうぼう》。特異な瞳の色を見ただけで、この少女は人ではないと分かった。

「まさか……嫦娥、さま……？」

「ふふ、わらわを見ても驚かないのだねぇ。怖くはないのか？」

少女がにっと口角を吊り上げる。奇怪な笑い方だが、なんだか愛嬌《あいきょう》があって怖いとは思わなかったし、紅玉のような瞳は美しかった。

だから考えた末に「こわくないです。それより赤い目がきれいですね」と答えたら、少女の口角がますます吊り上がる。なにやら嬉しそうで小さな牙みたいなものまで見えた。

少女の手が伸びてきて額に触れられた時、またしても美雨の意識は遠のき、目が覚めると後宮の自室に戻されていた。

白髪の少女がやはり女神の嫦娥で、美しい女性は皇帝の異母妹――当代の巫、玉風《ギョクフウ》であると知ったのはまもなくのことだった。

しかし、さらに驚くべき出来事が重なった。

美雨の側付きの女官に、蘭玲《ランレイ》という名の才女がいた。利発な蘭玲は公主の美雨につきっきりで色んなことを教えてくれた。

後宮の庭園を散歩中、美雨は懐いていた蘭玲の手にたまたま触れた。

その瞬間、くらりと眩暈《めまい》を覚えて、もやもやとした白い靄《もや》で視界が遮られた。

まるで白昼夢のごとく、後宮の廊下を歩く蘭玲の姿が浮かび、老朽化した屋根瓦が落ちて下敷きになる光景が『視《み》えた』のだ。

「蘭玲、あぶないわ。怪我《けが》してしまう」

「？」

「屋根が、落ちてきて……」

美雨は必死に言い募ったが、その時はうまく説明できなかった。

後宮の一角で屋根瓦が落下する事故が起きたのは、それから数日後のこと。

蘭玲はたまたま近くを通りかかったが、美雨の警告を覚えていたらしく咄嗟《とっさ》に避《よ》けて、すり傷程度で済んだ。

そのあとも美雨は女官の結婚や、身内の訃報を言い当てた。

他人に触れると、その人の未来が視える――いわゆる『先視』の力が発現していたのだ。

何度目かの先視をしたあと、蘭玲と二人きりになった時にこう言われた。

「美雨様。公主様の中には、月宮におわす嫦娥様と会うことで異能を発現される方がいらっしゃるとお聞きします。そうした公主様は、いずれ嫦娥様にお仕えする特別な神官……巫になる資格があるのです。当代の巫である玉風様のように」

「玉風さまは、月宮にいた、きれいな女性のことね」

「はい。わたくしは十代の頃、朱家の公主様であられた玉風様にお仕えしておりました。あの方も特別な力を持っておられました。触れた相手の心が読めることがある、と」

蘭玲が膝を突き、きょとんとする美雨と目線を合わせながら続けた。

「恐れ多くもご忠告させてくださいませ。その力はお隠しください。せめてご成長されるまでは」

「どうして？」

「後宮で命を守るためです。ここでは『特別なもの』を持つということを、誰にも悟らせないのが一番なのです。あなた様のように尊い血を引く御方《おかた》は、とりわけ注意してご自身を守らなくてはなりません」

「自分を守る……守れなければ、紅花《ホンファ》さまのようになるということ？」

蘭玲は顔を伏せただけで答えなかった。

華汪国では皇后の下に四人の妃がいる。貴妃、淑妃、徳妃、賢妃と呼ばれ、その順番に妃嬪としての位が高い。皇太子を産んだ妃は皇后になり、美雨の母、柳明霞は徳妃にあたる。

そして紅花というのは趙《チョウ》家から嫁いできた賢妃だ。たおやかな花のごとき佳人で、皇帝の寵愛《ちょうあい》を受けていたが、それは後宮では妬み嫉《そね》みの矛先となる。

紅花は後宮で陰湿な嫌がらせを受け、数年前に公主を産んでからは心を病み、つい先日、私室で自死しているのが発見されたのだ。

いつも優しい妃だったから、美雨は訃報を知って泣いてしまったが、母の柳明霞は「あらそう。亡くなられたのね」と応じただけで悲しむそぶりもなかった。

後宮は女の嫉妬と業が渦巻く伏魔殿。妃嬪は美しく着飾って微笑みを絶やさない。

しかし、彼女たちが放つ耳障りのいい言葉には毒が含まれていて相手の心を壊していく。

その果てに人が死んでも「なんだ、死んだのか」と流されるほど、狭く恐ろしい場所だ。

美雨は幼くしてそれを悟り、女官の忠告に従うことにした。

母の柳明霞は「あなたが男児ならよかったのに」と愚痴り、美雨を愛してくれなかった。

だから自分の身は自分で守らなくてはいけないという一心だったが、成長するにつれて後宮の力関係や、巫に選ばれることで生じる政治的な影響が分かるようになり、蘭玲の忠告が正しいものだったと実感していく。

ただ、その結果、都を去るという未来が待ち受けているなんて、当時の美雨は想像もしていなかったが――。

◆

北川省、黄陵《おうりょう》。

華江国の最北端に位置して、花街が有名な都市だ。北の国境を接する陶馬国の行商人や、国境に駐屯する武人が多く行き交う。

そんな黄陵の下町の一角に小料理屋があった。年季の入った木造の二階建てで、掲げられた看板には『北菜館《ホクサイカン》』と書かれている。

昼時、北菜館の厨房《ちゅうぼう》には怒声が響いた。

「月鈴《ゲツリン》！　あんた、まだ皿を洗っているのかい！」

小料理屋の店主で、白髪交じりのかくしゃくとした女——静《セイ》が料理を盛りつけた皿を運びながら、皿洗いをしている若い娘を怒鳴りつける。

若い娘、月鈴は皿洗い用の大きな盥《たらい》の前に皿を積み上げ、きりっとした顔で答えた。

「あと少しで終わりそうです、静さん」

「さっさと終わらせな！　これから出前が忙しくなる時間帯なんだからね」

「はい、すぐに終わらせます」

穏やかに応じてから、月鈴は焦らずに洗い終えた皿を並べていく。せっかちな静に急《せ》かされるのはいつものことで、慌てると皿を割りかねないからだ。

根菜の汁物を椀《わん》によそっていた静がまた文句をぶつけてくる。

「まったく、あんたときたら本当にのろまな子だよ。何をさせても時間がかかるし、見ているこっちが苛々《いらいら》しちまう」

「まぁまぁ、静さん。時間はかかっても月鈴の仕事は丁寧でしょう。はじめの頃と比べたら皿も割らなくなって、こまごまとした雑用も手を抜かないでやってくれますし、あたしたちの仕事が減ってありがたいですよ」

配膳を終えて厨房を覗《のぞ》きこんできた中年の女、林杏《リンシン》が静を宥《なだ》めて、厨房の奥へと目をやった。

「そうよね、あなた」

竈《かまど》の前でひたすら料理を作っていた寡黙な男がこくりと頷《うなず》く。彼は北菜館の料理長で、名を星宇《シンウー》という。林杏とは夫婦で働いていた。

月鈴は同僚夫婦の助け舟に微笑んだ。

ここへ来たばかりの頃、月鈴は雑用として使い物にならなかった。山ほど皿を割り、掃除のやり方が分からず、立ち居振る舞いや話し方が平民らしくないと矯正された。

静にはしこたま怒鳴られて、林杏と星宇に何もできない娘だと呆《あき》れられたが、ひたすら平謝りをしながら仕事を覚えていったのだ。

お蔭《かげ》で悪態をつかれても怯《ひる》まなくなり、図太くへこたれない勤勉さを認められて、夫婦は味方してくれるようになった。

「あんたたちはこの子に甘すぎるんだよ」

静がため息をつく横で、林杏が月鈴に片目を瞑《つぶ》ってみせて、できあがった料理を配膳しに行く。

月鈴も女主人の小言を聞き流して出前の支度を始めた。蓋がついた二つの木桶《きおけ》を用意し、ふかしたての肉饅頭《にくまんじゅう》の蒸籠《せいろ》を入れる。隙間から湯気が漏れ出て、うまそうな匂いに腹がぐううと鳴ってしまった。

北菜館の肉饅頭は「大きくて肉汁たっぷりでうまい」と巷《ちまた》でも好評だ。

ここで働くようになってから月鈴の大好物になり、つい肉汁の溢《あふ》れる様を想像して喉を鳴らしそうになったが、静に「手を動かしな！」と叱られた。

軽くて丈夫な棒の両端に、肉饅頭を入れた木桶をそれぞれぶら下げる。肩が痛くないよう布をぐるぐる巻きにした棒の真ん中を担ぐことで、細身な月鈴でも出前が可能になった。

それなりに重たいが、出前先はたいてい近所の常連客か、徒歩で行ける花街の妓楼《ぎろう》だ。

そこまで苦ではない距離だから、月鈴は荷を担いで「いってきます」と言い残し、裏口から外へ出る。

小柄な体軀《たいく》を生かして混み合う通りをするすると進み、ほどなく出前先に到着する。まだ温かい肉饅頭を家人に渡して代金をもらった。

「店主によろしくな。また食べに行くよ」

「はい。ご注文ありがとうございました」

月鈴は行儀よく一礼して帰路につく。その後も何軒か出前をして、くたくたになる頃には空が茜《あかね》色《いろ》になっていた。

裏口で外の空気を吸いながら休憩していたら、静がひょいと顔を出す。

「月鈴、今日の出前は終《しま》いだよ。混み合うまで時間があるから、少し二階で休んできな」

夜の北菜館は酒を提供する料理屋として混雑するため、出前は昼しかやっていない。

これでも食べなと、ふかしたての肉饅頭と汁物の椀がのったお盆を渡されたので、月鈴は満面の笑みで受け取った。厨房を出たところにある階段から上階へ向かう。

二階は住居になっていて、一番大きな部屋は静が暮らしている。

月鈴は廊下の奥にある部屋を間借りさせてもらっていた。

狭い室内には月鈴が使うための牀褥が一つと小さな卓、簞笥《たんす》があった。部屋の隅にはもう一組、寝具が畳まれている。

ここにはもう一人、詩夏《シカ》という女の同居人がいるけれど今は留守であった。

「さすがに疲れた……」

凝り固まった肩を回してから両手を拭き、姿勢よく正座をして、湯気の立つ肉饅頭をちまちまと食べていく。

熱々で柔らかい生地と肉汁たっぷりの中身をじっくりと咀嚼《そしやく》して舌鼓を打った。

「ああ、なんておいしいの……」

汗水垂らして仕事をしたあとの至福のひとときだ。

肉饅頭と辛めの汁物をぺろりとたいらげて、月鈴は牀褥の下から小さな甕《かめ》を取り出した。

——家賃は給金から天引きされるとして、今月は手元にどれだけ残るかしら。

はじめは銭の価値すら分からなかった。ここへ来てから銭の大切さを知り、貯金と銭勘定が趣味という静に影響されて甕にへそくりを貯めるようになったが、ここのところ一向に貯まらない。

住みこみの雑用としては最低限の給金をもらっているし、食事は賄いをもらえるので不満はないけれど、北端の黄陵では冬の冷えこみが激しいため火鉢の薪代《まき》がかさんだのだ。

そのせいで冬を越えたばかりの時期は金がない。

「また貯めないといけないわね」

世知辛さにため息をついて銭勘定をする。最近の日課で密《ひそ》かな楽しみであった。

月鈴の趣味といえば笛を吹くことくらいだが、下町で頻繁に笛なんて吹いた日には「お上品な趣味だねぇ」とからかわれて目立ってしまう。

その点、貯金と銭勘定はいい。誰にも迷惑をかけないし、少しずつ貯まると嬉しいものだ。

甕に貯まった小銭を並べてせっせと数えていたら、静に「そろそろ下りてきて手伝っておくれ」と呼ばれたので、月鈴は甕をしまって階下へ下りていった。


翌日の夕暮れ時、また出前を頼まれた。

「日が暮れる前に雪華楼《セッカロウ》へ行ってきておくれ。麗花《リーファ》の注文だよ」

雪華楼は黄陵の花街で一番大きな妓楼で、麗花はそこの人気の妓女だ。北菜館の肉饅頭が好物らしく、数日おきに出前を頼んでくれるお得意様である。

月鈴は出前の支度をして北菜館を出た。十分ほど路地を進み、煌《きら》びやかな花街に到着する。

活気ある街の大通りとは様相が違い、花街はあちこちで甘い香が焚《た》かれていた。軒を連ねる妓楼の屋根から緋色の提灯《ちょうちん》がぶら下がっている。

派手やかな通りには男たちが行き交い、妓楼の二階では華美な襦裙を纏った妓女が誘うように手を振っていた。

月鈴が足早に歩いていくと、前にいる男たちの会話が聞こえてくる。

「それにしても、どの公主様が次の『巫』に選ばれるのかねぇ」

「噂《うわさ》では、趙《チョウ》家の公主様が有力候補だとさ。まだ十代で、箏《そう》の名人らしい」

公主、巫……それらの単語に思わず耳を澄ませてしまう。

つい一ヶ月前、華汪国の皇帝、華武帝が体調不良による生前退位を表明した。

来春には皇太子が皇位を継ぐことが公表されて、それに先んじて数ヶ月後に『巫選定の儀』が執り行なわれる。

巫というのは華汪国で信仰される女神、嫦娥に仕える神官のことだ。皇帝が代替わりするたびに公主の中から一人、選抜される。

女神信仰の根づく華汪国で、政の象徴が皇帝ならば、信仰の象徴が巫であった。

「でも、皇太子殿下は柳《リュウ》家の公主様を推したいんじゃないか？　そのために、柳家の公主様が三年前の事件の功労者だと公表されたのかと思ったが」

「そうそう。柳家の計画を暴いて、皇太子殿下のお命を救ったそうじゃねぇか。でも、それを公にはせずにひっそりと身をお隠しになったって」

柳家の計画——三年前、徳妃だった柳明霞《メイカ》と、その父親の柳公順《コウジュン》は、皇太子の暗殺を企てた。

しかし、計画は失敗に終わった。

柳明霞の娘、公主の美雨が皇帝に密告したからだ。

その結果、柳家は一族郎党、身分を剝奪されて厳罰を受けた。

美雨も告発したことを公表せず、柳家の血を引く公主として謹慎という名目で尼寺へ行った。

だが先日、皇帝退位の発表とともに美雨は暗殺を防いだ功労者だと公表されたのだ。

今や華汪国の民は『皇帝の生前退位』『巫選定の儀』と同じくらい、暗殺を阻止した『柳家の公主』に関心を抱いている。

月鈴は素知らぬ顔で裏通りへと逸《そ》れた。雪華楼には裏口から入り、厨房の下男に声をかける。

「北菜館の出前よ。麗花の注文で届けに来たわ」

「ああ、月鈴か。ご苦労さま。麗花を呼んでくるから、ちょいと待っておくれよ。この時間だと手が空いているはずだからね」

「蒸籠は置いていくから、わざわざ呼ばなくてもいいわよ」

「お前が来たら声をかけてくれと麗花に言われていたんだよ。また笛の演奏をねだられるんじゃないか？」

顔見知りの下男はそう言って、麗花のもとへ行ってしまった。ひとまず厨房へ入れてもらい、木桶から肉饅頭の蒸籠を出した時、戻ってきた下男に「ついてきてくれ」と言われる。

蒸籠を持ち、案内された先は妓女の待機部屋だ。

韓紅《からくれない》の襦裙を着た美しい妓女が出迎えてくれる。襦裙越しでも分かる豊満な身体付きをし、艶やかな黒髪を結い上げて、目元や唇に色っぽく朱色の紅を差している彼女の名は麗花。この雪華楼では一番人気の妓女である。

「よく来たわねぇ、月鈴」

「麗花。注文の肉饅頭よ」

「ええ、ご苦労さま」

行儀よく一礼して渡すと、はんなりと笑んだ麗花が蒸籠を受け取る。

室内には大きな卓に数脚の椅子、長い座椅子も置かれていて、妓女が数名いた。月鈴が挨拶代わりのお辞儀をすると手を振ってくれる。

雪華楼は高級妓楼だから、妓女にはそれなりの教養や嗜《たしな》みが必要だ。横暴な客を追い払うための用心棒が常駐し、妓女の待遇はよく健康的で、接客の質も高い。

妓女たちにも余裕があり、堅気の仕事をする月鈴に対してもおおむね友好的だ。とはいえ一定の距離を取り、進んで話しかけてはこないが。

これが場末の妓楼だと、出前をしに行くだけで当たりが強かったりするが、麗花は月鈴を気に入ってくれていて、よく笛をせがまれる。

麗花が蒸籠を卓に置き、用意してあった笛を差し出してくる。

「ちょうど笛の音が聞きたい気分だったの。一曲でいいから吹いていってちょうだい」

お駄賃をあげるから、と付け足された言葉につられて笛を受け取ってしまった。その拍子に麗花と指先がちょんと触れ合う。

瞬時に手を引いたら、麗花がきょとんとした。

「月鈴、どうかした？」

「なんでもない。お駄賃をもらえるのなら断れないわね」

「あなた、いつも、お駄賃か月餅《げっぺい》でつられるものねぇ」

麗花が優美な笑みを浮かべ、椅子に腰かけて聞く体勢に入る。

以前、世間話程度に「楽器とか演奏できる？」と訊《き》かれて横笛を吹いて以来、この美しい妓女は月鈴の奏でる笛の音を聞きたがるのだ。

早く吹いてと急かされたため、月鈴は苦笑しながら笛を口に当てる。

一曲を吹き終えたら、麗花が出前代と駄賃、餡《あん》の詰まった月餅までくれた。

「月鈴はやっぱり笛がうまいわねぇ。洗練されていて、とてもきれい。また聞かせてちょうだいな」

「お駄賃を頂けるのなら、ぜひ。……それにしても、この月餅はおいしそうね。ずしりと重みがあって、たっぷり餡が詰まっていそう。早く食べたい」

「ふふ。あなたって色気より食い気ねぇ」

裏口のある厨房へ向かいがてら話していると、いきなり大柄な男に行く手を遮られる。

驚いて顔を上げたら、銀髪の美丈夫と目が合った。

「よう、あんた北菜館にいるお嬢ちゃんだよな。さっき、妓楼に響き渡っていた笛はあんたが吹いていたのかい？　てっきり玄人の奏者を招いて吹かせているのかと思った」

「氾《ハン》隊長……」

華汪国では珍しい銀髪と琥珀《こはく》の瞳に、彫りの深い顔立ちをした男は、氾憂炎《ユウエン》。国境を接する陶馬国の武人である。

かつて華汪国と陶馬国は領土争いが起きていたが、数年前、和平協定を結んだ。

以来、黄陵の近くにある国境の関所で、氾憂炎は陶馬国の警備隊を指揮している。腕の立つ武人のようだが、非番のたびに黄陵へやってくるのだ。

北菜館にも客として来るため、月鈴も彼とは面識があった。

彫りの深い顔を近づけてくる氾憂炎から逃れるように、月鈴は目を逸らす。

――わたし、この方がちょっと苦手なのよね。

妓女たちは汜憂炎を『優男』ともてはやすが、女性を口説く様を見ると尻ごみしてしまうし、つい比較対象として軽薄さと無縁の人……忘れたくても忘れられない男性を思い起こさせるのだ。

「働いている姿しか見かけないから、あんたが笛を吹くなんて知らなかったな。だけど前から思っていたんだ。あんたは地味だけど、下町の娘にしては品があるし、つい目が惹かれて――」

月鈴はすうっと息を吸いこんで「汜隊長」と台詞を遮り、ゆるりと一礼した。

「まだ仕事があるので、わたしは失礼します」

「待ってくれ。最後まで聞いてくれよ」

「早く帰って麗花にもらった月餅も食べないといけないので」

「おいおい、俺の話は月餅以下なのか。これは悲しいな……」

「汜隊長。月鈴は妓女じゃありませんよ、口説かないでください。こちらへいらっしゃいな」

麗花が汜憂炎の腕を撫《な》でながら「もう行け」と目配《めくば》せしてくれたので、その隙にありがたく雪華楼を後にした。

外はすっかり日が暮れて月が出ていた。帰りが遅いと静に叱られそうだ。

しかし通りがかった飲み屋の前で、また噂話が聞こえてきて足取りが鈍ってしまう。

「誰が巫に選ばれるんだろうな～」

「あたしは趙家の公主様だと思うね。箏の名手で、美しい方だそうだし」

「だけど柳家の公主様も、天女のごとく美しい方だと聞いたぞ」

「そういや、母親の柳明霞も大層な美人だったたってね。恐れ多くも皇太子殿下のお命を狙った悪女だけど、なんだか悪女っていうのはたいてい美人だよな」

「確かに。その血を引く娘なら、さぞ別嬪《べっぴん》だろうさ」

皮肉と揶揄《やゆ》を交えた笑い声に、月鈴は思わず立ち止まった。

巫選定の儀、趙家の公主、そして噂に尾ひれのついた柳家の公主。街を歩けば、あちこちで耳にする話題だ。北菜館に訪れる客たちも、最近は酒を飲みながらその話をしていた。

「しかし、あの噂は本当かね？　皇太子殿下が柳家の公主様を捜しているって」

「あたしもどこかで聞いたよ。なんでも尼寺から姿を消して、今は行方不明だって――」

どこでそういう噂を聞きつけるのかと、月鈴は感心しつつ歩き出したが、もう一つ路地を曲がれば北菜館が見えてくるというところで立ち止まった。

視界の端に白いものがちらついたので目をやると、薄闇の中で発光するような純白のうさぎがいる。緋色のつぶらな瞳でこちらをじっと見ていた。

――まだ、視えてしまう。

白いうさぎは華汪国の女神、嫦娥の化身。つまり、この世のものではない存在だ。

おもむろに天を仰ぐと、うさぎの毛色とよく似た白い月が浮かんでいる。

心を落ち着かせて路地に目線を戻したが、うさぎは消えていて淀《よど》んだ暗がりがあるだけだ。

胸をさすって自分を落ち着かせた時、今度は人の気配を感じた。

弾《はじ》かれたように振り返ると、十歩ほど離れたところにすらりと背の高い女が立っている。男装をした若い女で、月明かりのもと異国の血を感じさせる茶色の瞳が見えた。

月鈴が口を開く前に、その麗人は大股で近づいてきて膝を突く。

「――ただいま戻りました、美雨様」

二人にしか聞こえない声量で挨拶をされたため、月鈴は肩の力を抜いて苦笑した。

噂になっている柳家の公主、美雨――月鈴の本当の名だ。二年前に尼寺から逃げ出し、今はひっそりと市井で生きている。

「誰かに聞かれるかもしれないから、その呼び方はやめて。……おかえり、詩夏」

「はい。長らくお一人にしてしまい、申し訳ありませんでした」

「わたしなら平気よ。静さんもいるし、うまくやっていたから何も心配いらないわ」

得意げに笑ってみせれば、詩夏が表情の乏しい顔を綻ばせた。

詩夏とは尼寺で出会い、そこから色々あって、寺を出る時もついてきてくれたのだ。

「都の様子はどうだった？」

皇帝が暮らす都、汪州。現皇帝が生前退位をすると公表があってすぐに、詩夏は情報収集のため汪州へ行っていたのである。

詩夏の表情が一気に引き締まった。

「その件で、お耳に入れたいことがあります。のちほど部屋で話をさせてください」

「分かったわ。ひとまず北菜館へ帰りましょうか」

詩夏は月鈴と遠縁の親戚ということにして、平時は北菜館で働いていた。黄陵を離れると言ってあったので、北菜館へ戻るとすんなり受け入れられた。

残りの仕事を終えてから部屋に戻り、詩夏が報告の続きをする。

「やはり皇太子殿下はあなた様を捜しておられるようです。そして、側近の楊《ヤン》護衛官があなた様を捜しに北川省へ来ています。いずれ黄陵にも現れるでしょう」

思いがけない名前が出たので、月鈴は目を丸くした。

楊護衛官。姓が楊、名を睿《ルイ》という。楊将軍を当主とする楊家の生まれで、皇太子の護衛官を務める青年だ。

「どうして、彼が……」

「詳しいことは分かりませんが、皇太子殿下の命で視察のために都を離れたということになっています。表向きの理由でしょう。皇太子殿下がこの時期に動かれたのは、あなた様を次の巫候補にと考えてのことなのかもしれません」

街で飛び交う噂のとおりだが、月鈴は「おそらくそうでしょうね」と呟《つぶや》く。

「今回、わたしのことが公表されたのも、お父様か朱宰相の口から三年前のことを聞いて、青嵐《セイラン》お兄様が動いたんだわ。世間に知らしめるためだけでなく、わたしにも都へ戻ってこいと言っているのよ」

「美雨様。どういたしますか?」

都の汪州へ戻るのか、それとも素性を隠したまま市井で暮らすのか。

月鈴はしばし瞑目《めいもく》してから、窓の外に浮かぶ月を見た。

「戻るつもりはないわ。都で暮らした日々はいい思い出とは言えないし、今さら戻ってこいと言われても、今の生活を手放したくない。だから見つかるわけにはいかないわね」

「かしこまりました。詩夏は、あなた様のお側を離れません」

即答する詩夏を見やり、月鈴は両目を細めて笑う。こんなふうに笑うことすら、尼寺にいた頃はできなかったのだ。

だが、すぐに笑みを消して憂鬱な吐息をつく。

――それにしても、あの人がわたしを捜しに来るなんて思ってもいなかった。

楊護衛官と呼ばれる男。

彼は月鈴にとって今でも忘れられない相手――三年前に離縁した元夫だった。

◆

一ヶ月前。華汪国の都、汪州。

皇太子が政務を行なう汪陽《オウヨウ》殿の執務室にて、睿は若き主君の前で膝を突いていた。

「捜索には、私を行かせてください」

側近の誰かを、しばらく美雨の捜索に行かせたい。

そう言い出した主君に自ら志願すると、若く凛々《りり》しい皇太子、青嵐は瞠目する。

「楊睿、お前が名乗り出るとは思わなかったな。私としては楊空燕《クウエン》を行かせてもよいかと考えていたんだ。人捜しが得意そうだからな」

皇太子が苦笑しながら部屋の隅に目をやった。文官の装いをした数名の側近がいる。

そのうちの一人――睿の従兄《いとこ》で、難関の科挙をすらすらと解けるほどの頭脳の持ち主、楊空燕が頭《こうべ》を垂れる。

「殿下、僕にそういった仕事は向きません。屋敷にこもって科挙を解けという命令なら喜んでお請けいたしますが、趙家が秘密裏に捜索しているという噂もあります。鉢合わせすれば荒事になる可能性がありますゆえ、睿のほうが最適ではないかと思います」

温厚な笑みを浮かべた空燕が目配せしてきたから、睿は従兄の助力に黙礼した。

空燕と睿を見比べ、皇太子は熟考したのちに「確かにそうだな」と頷く。

「そのあたりの対応も含めて、楊睿に任せるとしようか。ただし期限は二ヶ月だ。私の命で地方の視察に行ったということにしておく」

「御意」

「路銀はこちらで支度しよう。供は必要か？」

「一人のほうが動きやすいので不要です」

「分かった。ならば、明朝には都を出立するように」

拱手《きょうしゅ》する睿にそう命じると、皇太子が窓に歩み寄って憂いの吐息をつく。

「私の密偵にも捜させているが、美雨の足取りは摑《つか》めない。尼寺から自力で抜け出すほど気概ある異母妹《いもうと》だ。どこかで生きてはいると思うが、いったいどこにいるのやら」

「……正直、未《いま》だに信じられません」

「何がだ？」

「美雨……公主様が持つという『異能』もそうですし、三年前のことや、尼寺から姿を消したということも。すべてにおいて信じがたいのです」

睿が面を伏せて応じれば、皇太子は「私もだよ」と眉間に寄った皺《しわ》を押す。

美雨が『先視の力』を持ち、皇帝と朱《シュ》宰相に暗殺計画を密告したという事実は、最近まで皇太子や側近にも伏せられていた。

しかし、生前退位をすると決めた華武帝が「都を去った娘のことが心残りだ」と初めて重たい口を開いたのである。

皇太子はすぐに美雨のいる尼寺へ遣いを出したが、行方が知れないという新事実が判明した。

尼寺は責任を負わされるのを恐れ、彼女が失踪したことを二年も黙っていたのだ。

朱宰相が幾度も使者を出し、美雨との接見を求めていたが、尼寺の責任者は「本人が俗世を離れた生活を望み、会いたくないと拒否している」と追い返していたらしい。

尼寺で、美雨がどんな扱いを受けたのかは不明だ。

ただ三年前は、柳明霞の娘として悪しざまに言われていたし、もしかすると逃げ出すほどつらい目に遭ったのかもしれない。

「私の知っている美雨は内気でおとなしかった。異能を隠し、柳明霞に何か言われても物静かに聞き流していたよ。今思うと、あえてそうしていたのかもしれないな」

「私もそのように思います」

「美雨は命の恩人だ。三年前に知っていたら何かしてやれたはずなのに、異母兄の私どころか、夫だったお前にも何も言わずに都を出てしまった」

「…………」

「巫選定の儀はすでに数ヶ月後に迫っている。早めに見つけ出し、可能ならば次の巫として美雨を推したい。本人は、それを望まないかもしれないが……だとしても、趙家の手の者に見つかる前に保護してやってくれ」

睿は抑揚のない声で「御意」と返事をして、翌日には都を発《た》った。

それから一ヶ月かけて北川省の都市を見て回った。

美雨がいたはずの尼寺にも足を運んだが、そこにいる尼僧は皆、責任逃れの言い訳をするばかりで消息は摑めない。

商家や名士の邸宅に匿《かくま》われているのではないかと、皇太子の密偵に頼んで情報を集めてもらったが、ことごとく空振りに終わってしまった。

あとは華汪国の最北端にある大きな都市、黄陵を残すばかりだ。

――北川省に絞って捜索していたが、黄陵で手がかりが摑めなければ、このあたりにはもういないのだろう。

捜索の手を各地へ伸ばすとしたら膨大な時間がかかりそうだ。

睿はのどかな街道を愛馬に乗って進み、あたりの風景に視線を巡らせる。

空が白み始めて周りの情景が見えてきた。初春とはいえ、まだ冷える北の地では蠟梅《ろうばい》が咲いている。

山肌を染める黄色の蠟梅は春の訪れを感じさせるが、この景観こそが黄陵という名のいわれになっているそうだ。

曰《いわ》く、もとは古い豪族の陵墓があり、初春に蠟梅が咲き誇るため黄陵という名がついたと。

近くの街で仕入れた知識を紐《ひも》解いていたら、朝日が顔を覗かせた。

眩《まぶ》しさに目を細めた時、いつかの記憶がふっと過ぎる。

『――わたくしたち、まるで夫婦のようですね』

朝の日射《ひざ》しを背にしてこちらを見ている女性の柔らかい声。怪我により高熱が出て朦朧《もうろう》としていたから顔は見えなかったが、あれは確かに離縁した妻のものだった。

彼女の優しい言葉と手の温《ぬく》もりが、睿をこの世に引き留めてくれたのだ。

——美雨を見つけなければ。

尼寺で暮らしていると思っていたのに、行方が知れないと分かってからは居ても立ってもいられなかった。とにかく彼女が無事でいるのか確認しなければならない。

睿はかすかに漂う甘い蠟梅の香を嗅ぎながら、遠くに見えてきた黄陵の街へと急いだ。

第二話　再会

「月鈴《ゲツリン》、出前に行ってきておくれ」

「はーい」

睿《ルイ》が捜しに来るという情報に衝撃を受けたが、詩夏《シカ》と相談の上、月鈴は慌てふためいて行動するのは却《かえ》って危険だと判断した。

出前の支度をして厨房を覗きこむと、詩夏が料理を作っている。ようやく雑用をこなせるようになった月鈴と違い、器用な詩夏は料理番として重宝されていた。

尼寺を脱走した時、静《セイ》に頼ろうと提案したのも詩夏だった。なんでも昔の知り合いだとか。静は薄らと事情を察しているかもしれないが、二人をただの従業員として扱ってくれる。遠慮なく叱ってくるし、のろまだ、どんくさいと事あるごとに月鈴を叱りつけてきた。

それでも事情を訊かずに居候させて、ただの月鈴として接してくれることがどれほどありがたいことかと、近頃はしみじみと感じる。

「いってきます」

鍋を振っている詩夏にも聞こえるよう声をかけ、月鈴はいつもどおり出前に出かける。

公主だった美雨《メイユイ》が名前を変えて、市井で働いているなんて誰も考えもしないだろう。街の片隅で慎《つつ》ましく生活をすれば、おそらく見つからない。

そもそも月鈴は人目を惹く美女ではなかった。顔の輪郭は丸くて垂れ目、どちらかというと愛嬌のある顔立ちだ。身体付きは痩せ型で、質素な格好をしていれば身分の高い生まれには見えず、あえて言うなら小さな店の看板娘といった雰囲気である。

月鈴の母、柳明霞《リュウメイカ》は美しい悪女と噂されているが、実は顔立ちはそれなりだった。

育ちのよさから所作には品があり、着飾れば見栄えする容姿ではあったが、見目の美しさよりも狡猾《こうかつ》さで後宮を生き抜いていたのだ。

美雨は母譲りの容姿だから、髪をまとめて雑用の格好をし、裏方でせっせと働いていれば下町に溶けこむことができた。

――目立たないようにするのは得意だもの。そもそも『あの人』を含めて、後宮外でわたしの素顔を知っている者は少ない。

華江国において、未婚の公主は男性に素顔を見せないという習わしがあり、普段は羽のように軽い薄衣をかぶって生活していた。

月鈴は結婚してからも屋敷を出る機会が少なく、睿の前で薄衣を取ったのは初夜だけで、その時ですら……苦い記憶が蘇《よみがえ》りそうになってため息をつく。

考え事をしていたせいで、すれ違った女性とぶつかりそうになった。荷を担いでいたのでよろめくと、相手の女性がすかさず両手を伸ばして支えてくれる。

その際に腕を摑まれて、視界がぐらりと揺れた。

「あっ……」

しまった、と思った瞬間、視界に白い靄のようなものがかかって、別の光景が視える――どこかの民家の一室だ。大勢の人がいて、化粧をした女性が華やかな婚礼衣装を纏い、若い男性と寄り添って幸せそうに笑っている――。

「あのー、大丈夫ですか？」

心配そうな呼びかけに、呆《ほう》けていた月鈴はハッとした。慌てて身を引くと先ほどの光景が跡形もなく消え失《う》せる。

「はいっ……ぶつかってしまってすみません」

「いいえ、こちらこそ」

女性がにっこりと笑って去っていく。その両手の爪は美しい紅色に塗られていた。

北川省の風習なのか、このあたりでは婚礼を挙げる花嫁は爪を染める。染色には紅花《べにばな》が用いられることが多いそうだ。

月鈴は女性を見送ってから、ゆっくりと歩き出した。

他人に触れると未来が視える。幼少期に発現した『先視の力』は今も消えていなかった。

とはいえ誰彼構わず、いつでも視えるわけではない。結婚や出産、人生を変えるほどの出会いを控えている場合など、近いうちに大きな転機が訪れる人に触れた時だった。

そして、視えるのは明るい未来だけではなかった。

衝撃的な不幸が起きようとしていたり、命の危険に脅かされつつある人の未来も視えてしまう。

未来を変えることは可能だが、問題はいつ起こるのか分からない点だ。

近いうち、の定義もまた曖昧で、数時間後か明日か、はたまた数週間先か。

場合によっては数年後ということもあるけれど、年単位はごく稀《まれ》だった。たいていは近日中に起きる出来事である。

「はぁ……」

憂鬱なため息が零《こぼ》れる。他人の未来が視えていいことは、あまりない。場合によっては、その人が死ぬ未来を視てしまう時もある。

……三年前、異母兄《あに》の暗殺を先視したように。

結果として異母兄を救うことはできたが、どうしても避けられない未来が視えてしまった場合はひどい無力感に襲われる。

だから今は極力他人と触れ合わないようにしているけれど、限界はあるし、先ほどのように突発的に視えてしまう時もあった。

月鈴は沈んだ気分を払拭するように深呼吸をした。

——ああ、だめ。また暗いことを考えそうになったわ。前向きにいかないとね。

よしっ、と声に出して気合いを入れてから、しっかりと顔を上げて出前を再開した。

◆

黄陵に到着すると、睿は宿屋に馬を預けて大通りを歩いた。腰に下げた剣は傍《はた》から見えないよう外衣の裾で隠して、旅人に扮《ふん》しながら見て回る。

黄陵は想像以上に賑《にぎ》やかだった。国境の近くということもあり異国の商人が露店を出し、陶馬軍の武人もちらほらと見かけた。彼らは騎馬民族を祖とするため、服装も華汪国の人々とは違うが、黄陵の住人は当たり前のように受け入れている。

——再びこの地へ来ることになるとは思わなかった。

陶馬国とは三年前に和平協定が結ばれて以来、関係は良好だ。

しかし、それ以前は、北の平原で両軍が衝突することがたびたびあって、睿も北川省まで何度か出征した。刃《やいば》を交えたり、協定の場で顔を合わせた武人もいる。

黄陵も両国の緊張が高まった際は行き来が制限されたが、昔から陶馬国との交易が盛んで、それで生計を立てる住人が多くいた。

その名残か協定を結んだあとは差別もなく、異国情緒溢れる雰囲気になったのだろう。

だが、黄陵が賑やかなのは国境の街だから、という理由だけではない。

有名な花街があり、それを目当てに訪れる人が多いのだ。

睿は憂鬱な気分で吐息をつく。あまり考えたくはないが、美雨が花街にいるという可能性は考慮しなければならない。若い娘が隠れ蓑《みの》とするのならうってつけの場所で、誰にも匿われていないのならば生きるために銭を稼ぐ必要がある。

——そこまで彼女が追いつめられていなければいいが。

その時、通りを歩いてくる男に視線が吸い寄せられた。長身に逞《たくま》しい体軀、後ろで一つに束ねた長い銀髪と、身の丈を越える長さの槍《やり》を持っている美丈夫である。

——あの男は、確か……。

記憶を探る。かつて戦場で相まみえたことのある陶馬国の武人だ。

それは今から十年ほど前。陶馬軍との国境で小競り合いが起きた時、睿は刃を交えた若き武人に名を問われた。

『あんた、俺と年齢が変わらなそうなのに、えらく強いな。俺の名は氾憂炎《ハンユウエン》。武人としてあんたの名も知りたい。教えてくれないか』

『……楊《ヤン》睿だ』

『姓が楊……ってことは、もしかして、あんたは楊将軍の息子か？』

『違う。楊将軍は伯父だ』

『そっか。あんたみたいに優秀な甥っ子がいて、将軍はさぞ誇らしいだろうな』

あの伯父が誇らしいだなんて思うわけがない。

当時は冷めた考えが頭を過ぎったが、睿は剣を収めて『これ以上は時間の無駄だ。軍を下がらせろ』と告げた。両軍ともに牽制《けんせい》するために出陣し、互いに様子見で手加減をしていたから決着がつかなかったのだ。

『まぁ、そうだな。そっちの軍を壊滅させろとは命令されてねぇし、これ以上は無駄だな。ここは下がっておくよ』

氾憂炎も槍をしまい、部下を連れて撤退していった。

その後、和平協定を結ぶ場で再会して、向こうから挨拶をされたので記憶に残っている。

腕の立つ男だったので、今は国境の要所で警備隊を任されているのだろう。

懐かしいなと目を細めたら、氾憂炎と視線が合った。

「んー？　あれ？　……おーい、あんた！　久しぶりだな！」

睿に気づいたらしく、汜憂炎が手をぶんぶん振りながら駆け寄ってくる。

すさまじく人目を惹いていたから、睿は黙って踵を返した。他人のふりをして路地へ入ろうとしたが、驚きの俊敏さで人をかき分けて来た汜憂炎に捕まってしまう。

「待てよ、そう逃げるなって！」

「…………」

「俺だよ、俺！　汜憂炎だ！　遠い目をして他人のふりをするなよ！」

「……声量を抑えろ、汜憂炎。声が大きすぎる」

「分かった、抑えるからよ。そう逃げないでくれ」

渋面を向けると、汜憂炎が人懐こい笑みを浮かべてみせた。

「久しぶりだな、楊睿。三年前、協定会談の場で会ったきりだ」

「ああ。今は国境の警備隊を任されているのか？」

「そのとおり。今日は非番だから黄陵へ遊びに来たのさ。華江国の国境警備隊とも波風立たせずにうまくやってる。そういうあんたは、会談の帰りに大怪我したって聞いたが、復帰したのか？」

「もう三年前のことだ。とっくに快癒した」

「そりゃあなによりだ。……だが、皇太子の護衛官がわざわざ国境の近くへ何をしに来た？」

汜憂炎が琥珀色の双眸をすっと細めて、槍の端をとんと地面に突く。

明朗快活で気さくな男といった雰囲気が、たちまち抜け目ない武人の顔になった。

「見た限り、あんたは一人みたいだな。人目を避けているようだが、うちの国に関わることで動いているんだったら、詳しい話を聞かせてほしいな。どうなんだ？」

――私を逃がさず、反応を見るために、先刻はわざと騒がしくしたのではないか。

睿はそんな疑いの目を向けつつも、この男は信頼できるだろうかと悩んだ。

汜憂炎が優れた武人で、義を重んじる男だというのは刃を合わせて知っている。しかも今回は陶馬国と無関係であり、土地勘のある協力者がいるとありがたい。

さすがに『美雨』について話すわけにいかないが、はぐらかして詰問されるよりは協力を仰いだほうが無難かと決断し、重い口を開く。

「人を捜している。……個人的な事情で」

嘘《うそ》ではない。こんな状況になり、睿はもっと美雨を知る努力をして、寄り添うべきだったと悔いていた。彼女を捜し出したら誠心誠意の謝罪をして、個人的に話もしたかった。

睿の口ぶりから本音だと分かったのだろう。汜憂炎が腕組みをして頷く。

「人捜しか。だったら俺が手を貸せるかもしれねぇな。男か、女か。年頃は？」

「若い娘で、年は二十一歳だ」

伏し目がちに答えると、汜憂炎は驚愕《きょうがく》の面持ちで「本当かよ」と呟いた。

「汜憂炎。何故、そこまで驚く」

「いや、若い娘っていうのが意外で……あんたは俺から見ても、かなりの好男子《いろおとこ》だと思うが、氷雪みたいに冷たい男だそうじゃないか。縁者が罪を犯した前妻とも、あっさり離縁したと風の噂で聞いたぞ。まさか好いた女でも捜しているのか？」

興味津々に身を乗り出す汜憂炎に冷ややかな一瞥《いちべつ》をくれて、睿はくるりと踵を返す。

「話した私が馬鹿だった」

「待ってくれよ、悪かった。少し驚いただけさ。何か事情があるっていうのは分かったが、うちの国とは関係なさそうだな」

汜憂炎が馴《な》れ馴《な》れしく肩を組んで、白い歯を見せながら笑った。

「このあたりは土地勘があるから、俺も個人的にあんたを手伝ってやる。人捜しなら、まずは花街へ行くのが一番だ。あそこは情報が集まる」

睿は寡欲《かよく》だから、花街というものに足を運んだことはない。

各地に皇太子の密偵がいるため、情報収集を頼むことも可能だが、自分で見て回りたいとは思っていたので汜憂炎の申し出はありがたいが——。

——この男、少し面倒そうだな。

協力を仰ぐ相手を見誤ったかもしれないと思った時、汜憂炎が声をひそめた。

「それに、あんたみたいな男が一人でいると目立つぜ」

「私みたいな男、とは？」

「あんたの佇まいは武人だ。隙がないから旅人に思えねぇし、あえて素性を隠している怪しい男に見える。だったら、いっそのこと武人だと隠さないほうが怪しまれないだろうさ」

まぁ一理あるかと、睿は自分の格好を見下ろした。

北川省へ来てから街を歩くだけで視線を感じた。単によそ者が珍しいだけかと思ったが、汜憂炎の指摘のとおりかもしれない。

「とりあえず俺の同僚ってことにしておくか、楊隊長。あと外を歩く時は、頭巾か襟巻で顔を隠したほうがいい。若い娘から婆《ばあ》さんまで、あんたに見惚れちまう。俺みたいに目立っていいなら構わねぇが」

汜憂炎がにやりと笑う。

彼が歩いているだけで目立っていたのを思い出し、睿は素直に「了解した」と首肯し、どこかで襟巻を買おうと決めた。

◆

麗花《リーファ》の注文を受けて雪華楼を訪ねると、やたらと騒がしかった。

月鈴は気になりながらも出前用の木桶から蒸籠を取り出し、顔見知りの下男に手渡した。

「麗花に出前代をもらってくるよ。ちょいと待ってな」

「ええ、よろしく。……なんだか、今日は店が騒がしいのね。まだ日暮れ前なのに」

厨房まで店の騒がしさが聞こえてくるので、近くにいた料理番に話しかける。

妓楼は日が暮れてからが書き入れ時だ。昼も開いているが、休んでいる妓女が多いため訪れる客が少なく、基本的には静かだった。

「ああ、そうなんだよ。汜隊長が来ているんだ」

「こんな時刻から？」

「あの方はたまに早い時刻に来られるんだ。たくさん金を使ってくださる上客だから、いつも麗花が相手をするんだが、今日は珍しく同行者を連れてきていてね。それが大層な美男子で、妓女たちが色めき立っているのさ」

言っている側から、妓女の黄色い歓声が聞こえてきた。数多の男を見て、目が肥えているはずの妓女があれだけ騒ぐということは、よほどの美男なのだろう。

「ふうん。そんなに美男子なのね」

「ああ。興味があるなら、妓女たちに紛れてちらっと見てくるかい？　厨房の女連中は見に行っちまったよ」

ちょうど暇な時間帯だからいいんだけどなと、苦笑した料理番が店のほうを指さした。

厨房が閑散としていると思ったら、その美男子とやらのせいだったらしい。

「いいわ、やめておく。わたしも仕事中だから」

そんな話をしていたら、下男が戻ってきて出前代をくれた。

「麗花は席を外せないみたいでな。出前代と、これもお前にやってくれって渡されたよ」

紙に包まれた月餅を差し出されたので、月鈴は満面の笑みで「ありがとう」と受け取った。

――今度、月餅のお礼に笛を吹かせてもらおう。

軽やかな足取りで裏口を通り、花街の目抜き通りに出た時だった。雪華楼の入り口のほうから氾憂炎の声がした。

「ちょっと待てって。妓楼に入るのが嫌だったのなら、はじめからそう言っておいてくれよ」

「まぁ、氾隊長。今日はもう帰ってしまわれるの？」

「ああ、悪いな。連れが機嫌を損ねちまってよ。ちょっとお堅いやつなんだ」

麗花と氾憂炎の会話に気を取られて、月鈴はなにげなく振り返った。雪華楼の前にやれやれと頭をかいている銀髪の武人と困り顔をした麗花がいる。

そして二人の目線の先には、大股でこちらへやってくる長身の男性が――。

「っ!?」

その男を見た瞬間、月鈴は足の裏が地面に縫い留められたみたいに動けなくなった。

男は後ろで一つに束ねた青絲《せいし》の髪を靡《なび》かせながら歩いてくる。黒い外衣に包まれた出《い》で立ちは武人らしく隙がないが、そのかんばせは息を呑《の》むほどに端麗だ。

細い筆でさっと掃いたような眉、まっすぐに射貫かれただけで冬の雨みたいな冷たさと、不可解な胸の高まりをもたらす切れ長の双眸。高い鼻筋と形のよい薄い唇。

冷静沈着で、何かあっても眉一つ動かさない彼の面には、今ほんのわずかな苛立ちが見て取れたが、立ちすくむ月鈴に気づくと歩調が緩やかになった。

月鈴はすばやく顔を背ける。緊張のあまり心臓がきゅっと縮まったような感覚に襲われた。

――まさか、こんなところで会うなんて。

脱兎《だっと》のごとく逃げ出したい衝動に駆られたが、ぐっと堪《こら》える。

今は雑用の格好をして街に溶けこんでいるのだ。気づかれるはずがない。だから大丈夫だと自分に言い聞かせるが、胸の鼓動はばくばくと早鐘を打っていた。

――早く、わたしの横を通り過ぎていって。

強く願うのに、彼……睿は何故か数歩離れたところで立ち止まり、注視してくる。

肌に突き刺さりそうな視線に、月鈴は息がしづらくなった。肩に担いだ棒を支える手に力が入って、ひとりでに顔が歪《ゆが》みそうになる。

――どうして、こんなに見てくるのかしら。まさか、わたしに気づいたとか?

実際は十秒ほどなのに、ひどく長い時間に思えた。

睿がわずかに目を細めた時、追いかけてきた汜憂炎が「あれ？」と声を上げた。

「北菜館のお嬢ちゃんじゃねぇか」

いつもの調子で話しかけてくる汜憂炎と、向こうで手を振っている麗花を見やり、蛇に睨《にら》まれた蛙《かえる》みたいに固まっていた月鈴は肩の力を抜く。

睿の視線も逸れ、迷惑そうに汜憂炎を睨んでいたので、ほっと胸を撫で下ろした。

――よかった。気づかれていないみたい。

月鈴は担いでいた荷を一旦下ろすと、汜憂炎に向かって一礼する。

「汜隊長」

「今日も出前か？」

「はい。麗花の注文で来ました」

「あんたのところの肉饅頭はうまいからな。麗花が贔屓《ひいき》にするのもよく分かるぜ。あとで夕飯を食いに行くから、威勢のいい店主にもよろしく伝えておいてくれ」

「分かりました。お待ちしています」

汜憂炎が手をひらひらと振りながら睿と肩を組んで去っていく。

睿は諦めたようにため息をつき、不承不承といった様子で連れていかれた。

月鈴は遠ざかる二人を見送ることなく、麗花に手を振ってから踵を返す。細い路地に入るなり小走りになった。

睿と会ったことを一刻も早く詩夏に伝えなくてはならない。

先刻、彼は月鈴を凝視していた。花街まで出前に来る若い娘が物珍しかったのか、それとも美雨の面影を感じたのか……あの眼差《まなざ》しに他意がなければいいが。

しかし、北菜館に帰るやいなや、静の怒鳴り声が鼓膜を貫いた。

「月鈴、帰ってくるのが遅いじゃないか！　今日は忙しくって配膳の手が足りないんだよ！　さっさと配膳に入りな！」

「その前に、ちょっと詩夏と話が……」

「おーい、店主！　飯はまだできないのか？」

月鈴の声にかぶせて、店内から客の声が聞こえる。

静が汁物の大鍋をかき混ぜながら、当たり前のように客へと怒鳴り返した。

「さっきからうるさいねぇ、こんちくしょうめ！　今すぐ持っていくから、おとなしく箸でも銜《くわ》えて待ってな！」

至近距離で罵声を食らい、耳がきーんとする。

女店主が客を罵るなんて信じられない光景だが、この店では日常茶飯事だ。

静は口が悪いけれど、配膳が遅れるとなんだかんだ多めに飯をよそってやるし、普段はつけない漬物を添えてやったりして、文句を言いながら客の見送りに出ていく。土産に肉饅頭まで渡すこともあった。もはや『北菜館の名物店主』なのである。

「ほら、月鈴！　とっとと、これを持っていってやりな！」

「……はい、静さん」

静の迫力に負け、月鈴は配膳用の前掛けをつけて汁物の椀を運んだ。

すでに配膳の林杏《リンシン》があちこち行ったり来たりしていて、厨房内では料理長の星宇《シンウー》と詩夏が汗だくになり、竈の前で鍋を振っている。

店を覗けば、まだ夕暮れ前だというのにほぼ満席だった。これから酒が出る時間帯なので、もっと混むだろう。

しばらく手は空かないなと覚悟を決めて、月鈴は配膳を始めた。

それから目まぐるしく時間が経過し、すっかり日も暮れて配膳と注文が一段落した頃、汜憂炎が睿を連れてやってきた。

「よう、お嬢ちゃん。繁盛しているな」

皿を片づけていた時、不意打ちで声をかけられたから、月鈴は何の準備もせずに顔を上げた。

まず汜憂炎と目が合って、その後ろで静かに佇む睿が視界に入る。

「!?」

「ここの席、いいか?」

「……あ、はい。どうぞ、お座りください」

月鈴は笑顔を作り、ぎこちなく返事をしてから皿と椀を抱えて厨房に戻った。洗い物の溜《た》まった盥に皿を放りこみ、残りの配膳を林杏に頼む。

そして客と話している静の目を盗み、厨房の奥で休憩中の詩夏のもとへ近寄った。

「詩夏、詩夏。ちょっと話があるの」

「月鈴。どうかした?」

人前では、詩夏は敬語を使わない。

月鈴は料理長の星宇が鍋を洗っている隙に、詩夏をひとけのない裏口の外へ連れ出した。焦る気持ちを抑えつつ説明する。

「まずいことになったわ、詩夏。汜隊長に連れられて、あの人が店に来ているの。あなたの言っていたとおり、わたしを捜しに来たのかもしれない」

「あの人、というのは……まさか楊護衛官ですか？」

察しのいい詩夏の口調と目付きが変わった。

「ええ、出前へ行った時に出くわしてしまって。たぶん情報収集をしていたのよ」

「出くわしたということは、気づかれてしまったのですか？」

「ううん。さすがに気づいていないと思う。こんな格好をしているし、髪型や雰囲気も違うはずだから。それに彼はわたしの顔を見ても、すぐには分からないわ」

詩夏が何か言いたげにしたが、店の中から静の呼ぶ声が聞こえた。

「分かりました。気づかれていないのなら、ひとまず白を切るしかありませんね。ここで逃げたら逆に怪しまれるでしょうから」

「そうね。もうこんなところまで来ているとは思わなかった」

「こうなったら、さっさと追い返しましょう」

「追い返すって、どうやって？」

「この詩夏にお任せください」

「あんたたち、いったい何をやっているんだい！　さぼってないで、仕事に戻りな！」

静がひょいと顔を出し、自信満々に胸を張った詩夏の首根っこを摑んで厨房へ連れ戻す。

何をするつもりなのだと心配になりつつも、月鈴も慌てて仕事に戻った。

洗い物の盥の水を取り替え、溜まった皿を洗っていたら、氾憂炎の卓の注文が入った。

北菜館の名物肉饅頭を四つと、香草と根菜の炒《いた》めものに汁物。それと黄陵で作られている地酒の蠟梅酒である。

名前に蠟梅が入っているが、蠟梅の実には毒性があるため食用の梅を漬けた酒だ。淡く黄色みがかっていて、ほのかな酸味と甘みがおいしく飲みやすい。

「私が炒めものを」

詩夏が寡黙な料理長に声をかけてから鍋の前に立つ。

せっせと皿を洗いながら、詩夏の様子を窺《うかが》っていると――油を入れた鍋に野菜を放りこんだ詩夏が、手際よく炒めて味付けの調味料を入れる。そして料理長と静が目を逸らした隙に、ぴりぴりする辛さと痺《しび》れをもたらす花椒《かしょう》を大量に料理へ投入した。

一部始終をばっちりと目撃して、月鈴は思わず洗っていた皿を落としかける。

「林杏、これ炒めもの。お願い」

「はいよ、詩夏。確か氾隊長の卓だったね」

林杏が皿を受け取り、あれよあれよという間に料理が運ばれていく。

「ちょっと、詩夏。さすがに、あれは……！」

はっと我に返って、澄まし顔で鍋を洗っている詩夏の袖を引くが、その直後に店のほうから「辛ぇっ！」と氾憂炎の悲鳴が上がる。

「なんだこりゃ！　めちゃくちゃ辛ぇし、すげぇ舌が痺れる……おい、店主！」

「何ごとだい、騒がしいねぇ」

「あら、配膳する料理を間違えたかしら」

すぐさま静と林杏が厨房を出ていく。

「きっと辛さと痺れで夕食どころじゃありませんよ。早めにお帰りいただきましょう」

小声で囁く詩夏とともに、月鈴はおそるおそる店を覗きこんだ。

しかし、料理を食べてごほごほっと噎《む》せているのは氾憂炎だけだった。同じ卓に座っている睿は平然としたそぶりで炒めものを食べている。

「俺も辛い料理は好きだが、これはちょっと食えねぇよ」

「でも、あんたのお連れさんは平気で食べているようだけどねぇ」

「はっ？　……うわ、ほんとだ、信じられねぇ……これ辛くないのかよ」

「少し辛いが、うまい」

睿は顔色すら変えずにさらりと答えて、花椒がたっぷり入った炒めものを箸で摘《つ》まんでぱくぱくと口に運んでいる。特段、無理している様子はない。

啞然《あぜん》とする氾憂炎の横で、睿はじっくりと炒めものを咀嚼し、もう一度「うまい」と嚙《か》み締めるように呟いた。鉄の面みたいな表情がごくわずかに緩んでいる。

遠目にそれを眺めていた月鈴は目を丸くした。

──あの人、辛くて舌が痺れるほどの料理が好きだったのね。

知らなかったと胸中で呟いたら、詩夏が愕然としながら呟く。

「信じられない。あんな味付けで『うまい』だなんて、味覚が壊れているとしか……」

その時、料理長の星宇が「詩夏」と呼んで、中身の少なくなった花椒の瓶を示した。

「花椒の入れすぎだ。気をつけろ」

「……はい、星宇。すみません」

寡黙な料理長に注意され、詩夏が謝って額を押さえた。

静もそのやり取りを見ていたようで、酒を飲み始める氾憂炎と、黙々と炒めものを食べる睿に「悪かったね」と謝る。

「どうやら、うちの料理番が花椒を入れすぎたみたいだよ。料理を取り替えるかい？」

「私はこのままでいい」

「……だそうだ。ずいぶん気に入ったらしいから替えなくていいぜ。俺はしばらく舌がぴりぴりしそうだが、肉饅頭と酒で腹を満たすよ。騒がせて悪かったな」

そうして場を収めた静が厨房に戻ってくるなり、詩夏の頭に拳骨《げんこつ》を落とした。

ついでに月鈴の額も小突いて、二人を山積みになった皿の前まで引きずっていく。

「あんたたちは皿洗いでもしてな。今日はもう、そこを動くんじゃないよ。……ったく。客を帰らせようとするんじゃないよ」

静がぶつぶつと文句を零していたが、それ以上は叱らずに「ぼんやりしていないで働きな」といつもの悪態をぶつけてきた。

月鈴は詩夏と顔を見合わせると、厨房の隅で小さくなって皿洗いをした。

やがて時間も遅くなり、店内の客は酒を飲んでいる常連が数名と、話しこんでいる氾憂炎と睿だけになったので、林杏と星宇は先に仕事を上がった。

「賄いを持って上へ行きな。店はあたしが閉めておくから」

二階へ行けと静に促されたので、月鈴はありがたく礼を言い、賄いの肉饅頭と汁物の椀を持って厨房を出る。

階段を上がる際に店内へ目をやると、酒が入って上機嫌な氾憂炎に絡まれている睿が見えた。

二階の部屋に到着した途端、へなへなと座りこんでしまった。

「ああ、緊張したわ……」

「申し訳ありませんでした。お任せくださいと啖呵《たんか》を切っておいて」

傍らに膝を突いた詩夏がしょんぼりと肩を落とす。

「いいのよ。あとで改めて、静さんに謝りましょう。……詩夏って器用だけど、たまに抜けているわね。あの作戦だと、あとから叱られるって分かっていたはずなのに」

「とにかく追い返さなくてはと思ったんです。できれば腹を立てて、そのまま出ていってくれたらよかったんですが、反応が予想外でした。しかも、まだ店内にいるようですし」

「氾隊長は、よく遅くまで静さんと話しているし、ゆっくりお酒を飲むのが好きなのかもしれないわね。とりあえず賄いを食べながら、今後のことを考えましょうか」

ひとまず室内に明かりを灯《とも》し、両手をきれいに拭いてから、卓の前で背筋をぴんと伸ばして正座をした。姿勢よく賄いを食べ始めたら、詩夏もそれに倣う。

「氾隊長と楊護衛官は、どういう繋《つな》がりなんでしょう」

「協定を結ぶ前、陶馬国とは何度も戦ったそうだから、戦地か協定の場で会ったことがあるんじゃないかしら。……彼らが一緒に行動しているのは、少し気になるけど」

陛下にいる静と、働き者の同僚夫婦の顔を思い浮かべ、何かしら迷惑をかけることになる前に離れるべきかと悩む。

——だからといって、ここを離れても、わたしたちには行くあてがないのよね。

心の声を見透かしたように詩夏も言う。

「ここを去るとしても、まず行き先を決めるべきです。今は長旅するほどの路銀もありません」

「そうね。ひとまず向こうの出方を窺うのが現実的かしら」

月鈴はため息をついて窓を見た。空には月が浮かんでいる。

なんとはなしに白い月を見ていたら、月明かりの射す窓の下に白いものがいた。緋色の双眸でこちらを見ている純白のうさぎだ。

ああ、またかとため息をつく。

詩夏が月鈴の視線の先へ目をやり、小さな声で尋ねてきた。

「まだ視えるのですか？」

「ええ」

嫦娥の化身《白いうさぎ》が視えるのは、巫に選ばれる資格がある者だけだ。

しかし、月鈴は尼寺を逃げ出して名も変えて、公主としての役目を放棄した。

それは嫦娥《ジョウガ》に仕える巫の資格も放棄したと同義だと思っていたが、未だにうさぎが視える。

「次の巫が決まれば、たぶん視えなくなるわ」

心配そうな詩夏に笑いかけてから、月鈴は牀褥の下に手を入れた。小銭を貯めている甕の奥にもう一つ、木製の長細い箱子《はこ》がある。

蓋を開けると、白塗りの横笛が出てきた。高価な笛ではない。後宮で手習いを受けた際、使っていた笛と比べたら質も劣る。

それでも月鈴が自分で稼いだ銭で初めて買った、大切な笛だった。音色も悪くはない。

月鈴は窓辺に移動すると、近くにいる白いうさぎを見ながら笛を吹く。

室内に澄んだ音色が響いた途端、うさぎが耳をぴくぴくと揺らして小さく飛び跳ねた。

嫦娥は音楽を愛する。化身のうさぎに、時折こうして笛を聞かせてあげると喜ぶのである。

月鈴も華汪国の生まれだ。たとえ公主の名で呼ばれなくなっても女神の嫦娥を敬う気持ちは持っているし、少しでも慰めになるのなら笛を吹く。

詩夏はあっちこっちへ飛び跳ねるうさぎは見えていないだろうが、堅苦しい表情を綻ばせて月鈴の笛を聞いていた。

◆

睿はゆっくりと目線を上げた。どこからともなく澄んだ笛の音が聞こえてくる。

酔って絡んでくる汜憂炎を放置し、笛の音がするほう……厨房の脇にある階段に目をやれば、近くの客と話していた女店主、静が話しかけてきた。

「お客さん、笛の音が気になるかい。うるさかったら、すぐやめさせるよ」

「やめさせなくていい。誰が吹いている?」

「うちの雑用をしている月鈴さ。どんくさい娘だけどね、笛がうまいんだよ」

「ああ、うまいよな……麗花も、お嬢ちゃんの笛が好きだってよく言ってる。駄賃か、月餅をやれば吹いてくれるんだとさ。いつも澄ましている麗花が、色気より食い気なんだと笑っていたぜ。あのお嬢ちゃんを気に入っているらしい」

汜憂炎が頬杖《ほおづえ》を突いて「俺にも、なんとなく分かるな」と呟く。

睿は無言で湯呑みを持ったが空だった。すぐに静が気づき、湯呑みに茶を注《つ》いでくれる。

「なんだい、汜隊長。あんたみたいな優男が、あんな地味な娘に気があるのかい」

「ああいう純朴そうな娘は、俺の趣味じゃねぇさ。ただ、すげぇ別嬪ってわけじゃねぇのに、なんか妙に品があって……」

「あの娘に品があるかねぇ」

「いつも背筋がぴんって伸びて、所作やお辞儀がきれいなんだ。そういうのは子供の頃から躾《しつ》けられねぇと、なかなか身につかねぇもんだろ。だから、不思議と目が惹かれるのさ」

「汜隊長。あの娘はうちの雑用だからね。変に口説かないでおくれよ」

「俺の趣味じゃねぇって言っただろう。あくまで印象を言っただけだ、口説かねぇさ」

静にじろりと睨まれても、汜憂炎は「ははっ」と笑って流していた。

睿は傍らの会話には加わらず、美しい笛の音に耳を澄ませながら渋い茶を啜《すす》る。

――不思議と目が惹かれる、か。

今話題に出ている月鈴という娘には、睿も花街で会った。出前の棒を担ぎ、いかにも下町で働く娘といった風貌だったから、街を歩いているだけなら目を留めなかっただろう。

しかし、あの時は妓女に騒がれて辟易《へきえき》として気が張っていた。

そのせいか、たまたま通りの向こうで立ち止まり、こちらを見ていた月鈴に目が吸い寄せられてしまったのだ。

——小柄な体形と立ち姿が、美雨によく似ていた。それに声も似ていたな。顔付きは……いや、どうだろう……彼女と似ていたのだろうか。

額を押さえた時、汜憂炎が肩を小突いてくる。

「難しい顔をしているな、楊隊長。捜し人の手がかりがなくて落ちこんでんのか。初日なんだから、そう気に病むなって」

「気に病んでいない。ただ考え事をしていただけだ」

「おや、汜隊長のお連れさんは人を捜しているのかい？　だったら静さんに占ってもらったらどうだい。これが意外と当たるんだ。若い頃、あの月宮に勤めて占術を嗜んでいたっていう噂もある。本当か嘘か知らねぇがな」

「ちょいと、あんた。あたしのことを勝手に話すんじゃないよ」

隣の席にいた常連が口を挟んできて、静が嫌そうに顔を顰《しか》めてみせた。

月宮という響きに気を取られ、睿は女店主を見やる。

宮廷の中でも、月宮は特別な場所だ。女神の嫦娥がいると言われる神殿で、皇族以外は立ち入りを制限されていた。

そこの女官を務められるのは高貴な血を引いているか、嫦娥に気に入られるほど特異な力を持つ者だけだ……例えば、的中率の高い占術を使うとか。

汜憂炎が頬杖を突いてにやりと笑う。

「へぇ。そりゃ知らなかったな。ものは試しだ、捜し人について占ってもらえばいい」

「あたしはまだ、やるとは言ってないんだけどねぇ」

「いいじゃねぇか、店主。今日の料理の一件も、それで水に流すからよ」

——私も占ってほしいとは言っていないんだが。

睿は心の中で呟くも、今日一日、氾憂炎と行動を共にし、何を言っても無駄だと理解していたから黙っていた。

氾憂炎を睨んだ静が「仕方ないね」とぼやき、渋々といった様子で踵を返した。まもなく占術の道具を持って戻ってくる。睿と向かい合って座り、箸よりも長細い筮竹《ぜいちく》の束と、分厚い板みたいな算木《さんぎ》を卓に置いて占いを始めた。

淀みなく動く女店主の手元を眺めていたら、しばらくして静が口を開く。

「捜し人は見つかると相が出ているよ。ただ、あんたの目には見えているのに、見えていない」

「？」

「とりあえず捜し人は安全なところにいるから、安心しな。だが、これからが大変だよ」

意味が分からず押し黙ると、静はじゃらじゃらと筮竹を鳴らして笑んだ。

「すべてに嫌気がさして冷めていただろう。でも、その捜し人のお蔭であんたは変わりつつある。だから気合いを入れて、その娘を捜しな。ちゃんと捜せば見つかるよ」

ところどころ引っかかりを覚えたが、意味を問う前に静が占いを終えて、さっさと道具を片づけてしまう。

「はい、これで終わりだよ」

「俺も占ってくれよ」

「汜隊長、占うのは一日に一人なんだ。あたしの気力がもたないからね。それより、そろそろ店じまいの時間だよ。あんたたち、さっさと勘定して家に帰りな」

静はいつもの調子に戻り、肩が凝ると文句を言いながら厨房の奥へ消えていった。

「だってよ。しかし、占術っていうのはよく分からねぇことも言うんだな。まぁ捜し人は見つからねぇと言われるよりは、気分は楽になっただろう。よかったじゃねぇか」

「……ああ」

残りの酒を飲み干す汜憂炎に相槌《あいづち》を打ち、睿は静の消えた厨房を見ていた。

あの女店主に、捜し人が『娘』だとは告げていないはずだ。それに――。

『すべてに嫌気がさして冷めていただろう。でも、その捜し人のお蔭であんたは変わりつつある』

――何故、あんなことを言った。

睿は自分の目で見た現実がすべてだと考えているし、占術も信じていない。

しかし、静が放った言葉には真実が含まれている。

ただの占いなのに心の奥まで見透かされたような気がして、なんだか妙に胸がざわめいた。

◆

「また来ているわ……」

月鈴は出前から戻るなり、店内で昼食をとっている睿を見つけて呟く。

汜憂炎に連れられてきた日以来、睿は連日北菜館を訪れていた。花椒たっぷりの料理がお気に召したようで、毎回「花椒多めで」と注文までつけてくる。

詩夏も開き直り、料理にこれでもかというくらい花椒を入れていたが、平然とたいらげていた。

配膳した林杏が厨房に戻ってきて、感心したように唸《うな》る。

「あたしもここでの仕事は長いけどね、あんなに花椒が好きなお客さんは見たことがないよ」

「あそこまでいくと、もはや味覚音痴としか思えない。次は違う香辛料をたくさん入れてやる」

「でも、詩夏。あの調子だと、その料理も気に入りそうよ」

女三人で顔を寄せ合って話していたら、鍋を洗っていた料理長の星宇がぼそりと言う。

「やりすぎるな、詩夏。また叱られる」

「……はい、星宇」

「まったく、あんたたちは無駄口が好きだねぇ。ほら、月鈴。次の出前のぶんができたよ。詩夏も暇そうだから出前に行ってきな」

静が蒸したての蒸籠を持ってきたので、月鈴は「はーい」と返事をして次の出前へ出かけた。

途中まで詩夏と連れ立って行くが、出前先が違うため大通りで分かれる。

一人で雑踏を歩きながら考えるのは、やはり睿のことだ。

――わたしのことは気づかれていないみたいだから、このままやり過ごせるといいけど。

それにしても、あの睿が美雨を捜索しに来たとは未だに信じられない。

十中八九、皇太子の命令だとは思うが、よく離縁した妻を捜しに行く気になれたものだ。

出前を終えた帰途で、月餅を売っている露店の前を通りかかって足を止めた。

「おいしそうね……」

途端にお腹《なか》がぐうぅと鳴ったため、いそいそと荷を下ろす。貯めた銭の入った財嚢《ざいのう》を胸元から取り出した。

——今、お金がないのよね。手持ちでいくつ買えるかしら。

財嚢に指を突っこんで小銭を数えようとした時、通りの向こうから歩いてくる睿が見えた。北菜館で昼食をとった帰り道だろう。烏《からす》色の襟巻で顔の下部分を隠している。

剣を下げているから一目で武官と分かるが、先日、花街にいた時よりも雑踏に溶けこんでいた。

——わたしったら、なんで気づいてしまうのよ。

悔しいことに、あの独特な存在感には自然と目が惹かれてしまうのだ。

急いで財嚢をしまおうとしたが、睿が月鈴に気づいた。しかも何故かこちらへ歩いてくるので、月鈴は財嚢に指を入れたまま固まる。

今すぐ遁走《とんそう》したいところだが、ここで露骨に逃げたら怪しまれそうだ。

向こうもただ歩いているだけかもしれないし、むしろ気づかぬふりをして堂々としていたほうがいいのでは？

数秒で腹を括《くく》り、近づいてくる睿には一瞥もくれずに小銭を出した。

「おいしそう……何個、買おうかな」

棒読みで呟き、ひとしきり悩むふりをしてから、露店の女性に「餡の詰まったやつ、二個ください」と声をかける。

無事に包みを受け取って、素通りしていてくれないかなと期待しつつ顔を向けたら、睿は数歩先のところで立ち止まっていた。

思いっきり目が合い、睿と対峙《たいじ》するのが久しぶりすぎて怯みそうになったが、月鈴はどうにか平静を保ち、たった今気づいたというそぶりで話しかけた。

「あら、どうも。氾隊長と一緒にいた方ですよね」

これはもう覚悟を決めて接するしかないと、ぎこちなく笑いかけてみたら、睿がゆっくりと瞬《まばた》きをして「ああ」と短く応じた。

「君は、北菜館の月鈴だな」

「わたしの名前をご存じなんですね」

「店主に聞いた」

「そうでしたか。ここ数日、北菜館へいらっしゃいますよね。お名前を訊いてもいいですか？」

「楊隊長、と呼ばれている。氾憂炎の同僚だ」

——なるほど。そういうことにしているのね。

彼は皇太子の護衛官だが、さすがにその肩書きを名乗って行動できないのだろう。

「楊隊長ですね。よければ、これからも北菜館をご贔屓にお願いします」

月鈴が緩やかに一礼する様を、睿はじっと眺めていた。

「それでは、わたしはこれで失礼します」

買った月餅を木桶に入れて歩き出したが、十歩も進まないうちに脇の路地から少女が飛び出してきた。勢いよくぶつかられたので、月鈴は咄嗟に右手を伸ばして、後ろへ倒れそうになった少女の腕を摑む。

ほっそりとした腕を握った瞬間、視界がぐらりと揺れた。

あっ、と声が漏れたが、たちまち目の前が白い靄に覆われて、別の光景が視える——夜なのに明るく華やかな、見覚えのある花街の大通り。大柄な男に「ほら行くぞ」と手を引かれた少女が向かうのは、花街にある妓楼。いくばくかの銭と引き替えに、少女が妓楼に売られていく——。

「…………」

「あの、ぶつかって、ごめんなさい」

「……ううん。あなたは大丈夫？　急いでいたみたいだけど」

少女がのろのろと身を引いて「大丈夫」と答えたが、直後にぐううと腹の音が聞こえた。

ぺたんこのお腹に手を添えた少女が唇を噛み締める。よく見ると彼女の手足は枝みたいに細く痩せて、泣き腫らしたかのように目元が赤くなっていた。

月鈴はすぐに道の端へと移動し、担いだ荷を下ろした。木桶に入れた月餅の包みを取り出して少女の手に押しつける。

「これ、あげるわ」

「え、これ……月餅？　二つも入っているのに、いいの？」

「いいのよ。大きなお腹の音が聞こえたし、お家《うち》に持ち帰って食べて」

「……だけど、やっぱり、もらうのは……」

「わたしね、お腹が空《す》いて死にそうな時に肉饅頭をもらったことがあるの。その親切がすごく嬉しかったから、どこかでお腹が空いている人がいたら、もらった親切を返そうと思っていたのよ」

少女と目線を合わせ、柔らかい口調で「だから、これはあなたがもらって」と月餅の包みを持たせると、目を白黒させていた少女が分かったと頷いた。

「ありがとう、お姉ちゃん。持ち帰って妹とたべるね。妹は、月餅が大好きなの」

少女が手を振りながら飛び出してきた路地へ戻っていく。その路地の向こうは貧困層の住民が暮らす区域だ。

少女の姿が見えなくなった頃、月鈴は大きく息を吐いた。

不幸な未来が視えたとしても救えるとは限らない。他人の人生に無遠慮に足を踏みこむべきではないというのも理解している。

なにより今の自分は金も肩書きもない、ただの月鈴だ。

あの少女の行く末について、できることはないと分かっていた……分かっているはずなのに、先ほどのような光景を視てしまうと気が重くなる。

肩をがっくりと落としていた時だった。

不意に視界が翳《かげ》り、目の前に月餅の包みが差し出される。驚いて顔を上げたら、睿がこちらを見下ろしていた。

「……なんですか？」

「君にやる。今買った」

「やるって、この月餅を？　あなたが、わたしに？」

「自分のぶんは、少女に渡してしまっただろう」

「さっきのやり取りを見ていたんですね」

無関心な顔で、とっくに歩き去ってしまったかと思っていた。

一部始終を見られたという気まずさで、月鈴は差し出された月餅から目を逸らす。

「いらないのか」

「ええ。そもそも、どうしてあなたがこんなことをするんですか」

睿が急に黙ったので、そわそわしながら返答を待っていると、やがて彼は静かな声で言った。

「君は肩を落としていた。よほど月餅が食べたかったのかと」

「あれは、月餅が食べたくて落ちこんでいたわけじゃありません」

「ならば本当にいらないのか」

「いりません。この月餅はあなたが食べてください」

「私は月餅が苦手だ」

「…………」

「…………」

「……分かりました、分かりましたから。お言葉に甘えて、わたしが頂きます」

睿から無言の圧を感じたので、月鈴は早々に音を上げておとなしく月餅の包みを受け取る。

――まさか、彼が月餅をくれるなんて想像もしていなかった。

あとで空から槍でも降ってくるのではないかと天を仰ぎそうになった時、睿が呟いた。

「君の行動を見ていたら、勝手に身体が動いた」

「それで、この月餅を買ってくれたんですか？」

「ああ。いらなければ処分してくれ」

「そんなもったいないことはしません。月餅は好物ですし、ありがたく頂きますよ」

もらった月餅の包みを木桶に入れると、睿が「そうか」と相槌を打ち、わずかに首を傾《かし》げる。

「少女と話していた時、君の声が捜し人に似ていた」

「……声？」

「柔らかく、語りかけるような。それで、足が止まって……」

睿は途中で言葉を切って、深々とため息をついた。

「いい。忘れてくれ」

彼がくるりと踵を返したが、すぐ肩越しに流し目をくれる。思い出したように続けた。

「汜憂炎が言っていたとおりだった。君には目が惹かれる」

ぽつりと零して去っていく睿の背を眺め、月鈴は眉根を寄せた。

「何よ、それ」

彼が見えなくなった頃に小さくぼやき、地面に置いておいた荷を担ぐ。

少女の消えた路地を一瞥してから歩き出したが、睿の言葉が脳内で繰り返されていた。

――声が似ていると言われて一瞬どきっとしたけれど、本当になんなのかしら。目が惹かれるなんて、夫婦だった頃は一度も言わなかったくせに。

重く沈みかけた心をそっと掬《すく》い上げたかと思えば、記憶の抽斗《ひきだし》にしまっておいたはずの昔の出来事を嫌でも思い出させる。

「だから会いたくなかったのよ、旦那様」

いや、もう元旦那様か、と。

月鈴は訂正して、悩ましげなため息をついた。

第三話　夫と離縁するまで

月鈴《ゲツリン》――美雨《メイユイ》には、母親に慈しまれた記憶がない。

「美雨、あなたが男児ならよかったのに」

幼い頃、母の柳明霞《リュウメイカ》は口を開くたびに、そう嘆いていた。

「本当に残念でならないわ。あなたが男児なら、皇位を継ぐ資格があったというのに。公主を産んだところで、よそへ嫁がせるくらいしか役には立たないのよ。……ああ、やめて。抱きついてこないでちょうだい。鬱陶しいから」

柳明霞には、自分の子を皇帝にしたいという野心があった。赤子が女だと分かった時の落胆は計り知れなかったと、美雨の前でも憚《はばか》ることなく愚痴ったものだ。

そのくせ華武帝《カブテイ》がいる前では「阿美《アーメイ》、阿美」と猫撫で声で呼び、かわいがっているふりをしてみせた。

賢妃の紅花《ホンファ》が自死をしてからは、次に寵愛を受けるのは自分だと言わんばかりに、柳明霞は美雨をほったらかしにして夫の興味を引くことに注力した。保身を優先し、他の妃嬪との足の引っ張り合いに没頭する。

自分本位な母から事あるごとに「男児ならよかったのに」と言われ続け、美雨は次第に母とは距離を置くようになった。

そのぶん女官と過ごす時間が多くなり、才女だった蘭玲《ランレイ》には懐いていたので、忠告も素直に聞き入れたのだ。

『ここでは「特別なもの」を持つということを、誰にも悟らせないのが一番なのです』

もし忠告を無視していたら、美雨の生活は一変していたと思う。

次代の『巫』となる公主を輩出した家は、国の祭事を仕切る権限が与えられる。

当代の巫、玉風《ギョクフウ》の母は朱《シュ》家の出だった。それにより朱家は権力を得て、当主は宰相になった。

ゆえに巫の資格がある公主は皇子たちと同様に命を狙われる。玉風が幾度となく暗殺されかけたことを蘭玲は知っていたのだろう。

「はぁ～美雨。あなたって何のとりえもない子ね。舞踊や箏の才もなく、せめて巫に選ばれないかしらと思ったけれど、資格がある公主は月宮へ行くと、何か天啓があるらしいの。不思議な力に目覚めたり、嫦娥《ジョウガ》様の遣いが視えるようになったり」

「…………」

「でも、あなたには何の変化もないようだものね。本当に、出来の悪い子」

――なんとでも言えばいいわ。

心ない言葉に傷つき、悲しかったのは幼少期だけだった。

母が褒めてくれない代わりに、女官たちがたくさん褒めてくれたし、後宮にやってくる父も「美雨、最近はどうだ」とよく気にかけてくれたから、美雨は父を慕う一方、母に愛されなくてもいいと思うようになった。

――どうせ、母はわたくしを『道具』としか見ていない。

母方の親族は野心家ばかりで、祖父の柳公順《コウジュン》も宰相の座を狙っていた。美雨に巫の素質があると知ったら祭り上げて、他の公主の命を狙ってでも出世のために利用しただろう。

美雨は公主としての役目なら、いくらでも果たすつもりでいた。

だが、親族の野心の道具にされたり、異母姉妹が害されるなんて馬鹿げている。

――わたくしは母のようにはなりたくない。野心のためだけに利用されたくもない。

後宮では目立つほど、平穏から遠い生活を強いられる。佳人だった賢妃が命を絶ったように、悪意の標的にされて心を病んでしまうこともあった。

張りつけたような笑顔の裏にひそむ毒、腹の探り合い。

美雨は妬みや策謀が渦巻く後宮での争いを嫌い、また恐れてもいた。

だから目立たぬように振る舞い、異能を悟らせないために人見知りで内気なふりをした。

そのせいで、母から「何の才もない娘」と貶《けな》されようとも構わなかった。

おとなしくしていれば静かに暮らすことができ、欲深い母はいつだって自分のことばかりで母親らしい愛情もくれなかったから。


のちに夫となる楊睿《ヤンルイ》を知ったのは、十四歳の年だった。

華汪国では一年に二度、春の清明節《せいめいせつ》、秋の中秋節《ちゅうしゅうせつ》と、死者を弔う節句に合わせて各地で『華祭《はなまつり》』が開催された。

女神の嫦娥は四季の花を好み、芸事や音楽を愛する。節句の行事に合わせて華祭があり、そこでは嫦娥に舞踊や音楽を捧《ささ》げるのだ。

華汪国の民にとっては大切な催し物である。

また、その時期になると当代の巫が慰問として地方へ足を運んだ。行く先々で死者の弔いをし、嫦娥の遣いとして民の前に姿を現す。

慰問する土地は年によって違い、巫を追いかけて各地へ足を運ぶ民もいるくらいだ。

その年も、巫の玉颪は例年どおり地方へ慰問に向かい、都の汪州でも華祭が行なわれた。

宮廷の広場に舞台が設置されて、あちこちに華やかな装飾が施される。華祭の日は、後宮の妃嬪に外出の許可が出るため、美雨も舞台のある広場へ向かった。

その舞台上で初めて睿を見かけたのだ。

華祭では前もって申請しておけば、嫦娥のために舞や楽の音を披露できる。

睿は従兄の空燕《クウエン》に促されて舞台へ上がり、笛を吹いた。その音色は空へと尾を引くように響き渡り、若い青年が吹いているとは思えないほど熟達した演奏であった。

加えて彼の秀麗な出で立ちに、あちこちから女性の嘆息が零れた。

美雨はまず美しい笛の音に心を奪われて、続けざまに彼の姿に見惚れた。

横笛を吹く睿は凛々しかった。切れ長の眼と整った鼻筋。射干玉《ぬばたま》の髪を後ろでひとまとめにして、ひどく麗しい容姿だったが、女人に見えなかったのはすらりとした背の高さと悠然とした佇まいをしていたからだ。

美雨は薄衣越しではあったが、演奏が終わったあとも彼のことを目で追い続けた。

この日から、彼女の心には睿の存在が居座った。

一年に二度、華祭の舞台へ足を運び、笛を吹く睿を遠くから眺める。横笛の練習を始めたのは睿に感化されたからだった。

美雨には舞踊や箏の才はなかったが、笛の練習は楽しく、見る見るうちに上達していった。

笛も、睿への想いも、自分を殺してひっそり暮らしていた彼女にとって、初めて夢中になれるものだったのだ。

だが、ちょうどその頃、母が第二子を出産した。

待望の男児であり、名を仔空《シア》。美雨の弟で、皇太子に次ぐ第二皇子であった。

柳明霞は仔空を溺愛したが、美雨は弟に会わせてもらえなかった。暗殺を恐れて、華武帝と母の柳明霞、数少ない親族しか面談を許されなかったからだ。

「あなたは入ってこないでちょうだい、美雨。この子は陛下の御子《みこ》で、次の皇帝になるかもしれないの。かわいい弟に会いたいかもしれないけれど、しばらくは心から信頼できる人にしか会わせないようにしているのよ」

幼い弟のいる部屋の前で、母から扉越しにそう言われたことがある。

お前は信頼していないと告げられたも同然だったから、美雨はその場を去り、それきり二度と部屋には近づかなかった。

十七歳になると、睿との縁談の話が舞いこんだ。

睿は華汪国軍を率いる武将の一人、楊《ヤン》将軍の甥だ。当時は二十一歳で、初陣を済ませて若き武人として名を馳《は》せており、先の戦でも武勲を挙げていた。

皇太子の護衛官に抜擢《ばってき》され、将来有望な武官だったから、公主の中でも年頃の美雨が降嫁というかたちで彼のもとへ嫁ぐことになったのである。

「よかったわね、美雨。やっと、あなたが役に立つ日がきたわ。楊将軍は華汪国でも指折りの名将よ。今のうちに楊家との結び付きを深めておくのも悪くないことね」

婚礼を控えた晩、母がいつもの嫌味ったらしい台詞をぶつけてきた。

その時、美雨は初めてまっすぐに柳明霞を見つめ返した。

「……わたくしは、お母様の役に立つために生きてきたわけではありません。けれど、これで後宮を出られることは嬉しく思っております」

「あら、そう……まぁ、嫁ぎ先でも元気でやりなさい」

「お母様も、この後宮で、どうかいつまでも健やかにお過ごしください」

毅然《きぜん》として頭を下げると、驚いている母とは目も合わさずに部屋を出た。

ようやく鳥籠のような後宮を出ることができ、密かに想いを寄せていた睿の妻になれる。

降嫁すれば、母と顔を合わせる機会はほとんどなく、心ない台詞を浴びせかけられることもなくなるのだ。

——やっと心穏やかな暮らしができる。

美雨はそう信じて睿のもとへ嫁いだが、期待はすぐに打ち砕かれた。

「私は、あなたに触れるつもりはありません」

それは婚礼を挙げた夜のこと。薄暗い室内で牀褥の帳《とばり》を下ろし、素顔を隠していた薄衣を外して、襦裙一枚で夫を待っていた美雨にぶつけられたのはそんな非情な言葉だった。

夫の睿はこちらに背を向けて牀褥とは距離を保ち、淡々と謝罪をした。

「あなたには申し訳ないですが」

「わたくしが何かしてしまったのでしょうか」

「いいえ。ただ、少し事情がありまして。夫として触れるつもりはないということだけ、お伝えしておこうと思ったのです」

「…………」

「部屋は好きに使ってください。屋敷の中でも、好きなように過ごしてもらって構いません」

睿は夫婦になったというのに敬語を崩さず、背を向けたまま扉に手をかける。

夫婦の務めを果たす気がないのなら、どうしてこの婚姻を受け入れたのか。

事情があるというのは、いったい何のことを言っているのか。

美雨の頭には、いくつも疑問が渦巻いていたが――。

「今日は疲れたでしょう。ゆっくり休んでください」

一人で、と言外に含まれた意味を悟り、美雨は何も訊けなくなった。

一度も正面から見てくれない睿を前にしたら泣きたくなり、押し殺した声で「分かりました。今宵《こよい》は休みます」と答えることしかできなかったのだ。

睿は去り際に一度だけ振り向いた。牀褥を覆う薄手の帳越しだったので彼の表情までは分からなかったが、視線が注がれているのは感じた。

ただ、それは温度のない眼差しで、冬の雨に打たれているような冷たさを感じた。

「ここでの暮らしで入り用なものがあれば言ってください。すぐに用意させますので」

低い声で言い残し、夫は去っていった。

美雨は音も立てずに閉まる扉を眺めていたが、ふと頬が濡《ぬ》れていると気づいた。

睿との縁談は、皇族と楊家との繋がりを深めるためのもの。はじめから愛されるとは思っていなかった。

一方的に睿を知っていただけで、言葉を交わしたこともなかったが、夫婦になるからには心の内や隠してきた異能を打ち明けて、少しずつ距離を縮めていけたらと思っていた。

だが、触れるつもりはないと言いきられてしまった。

睿は婚礼の際も、薄衣をかぶっていた美雨とは目を合わさず、牀褥に近づいてもこなかった……初夜なのに、新妻の素顔を確かめようともしなかったのだ。

「っ……」

悔しいから泣きたくないのに、悲しくて勝手に涙が溢れてきた。

奥歯を噛み締めて牀褥の壁を叩《たた》こうとしたが、結局、振り上げた拳をのろのろと下ろす。

睿の真意や事情とやらは分からない。しかし詳しい説明もせずに、あの態度はないだろう。

――まるで、ここから先は入るなと線を引かれたみたいだった。

美雨は天井を仰いで涙を呑みこみながら「大丈夫よ」と自分に言い聞かせた。

まだ結婚生活は始まったばかりだ。少しずつでも距離を縮めていけば、きっと夫婦らしくなれるはずだと、心が折れそうになる自分を励ました。

明かりを消すと、窓から月明かりが射しこんできた。

するとと青白い月影に照らされて、うさぎがいた。離れたところから緋色の双眸を向けてくる。

この世のものではないと分かっていても不思議と恐ろしくないのは、その眼差しがどこか優しく見守られているような気がするからだ。

——わたくしは皇家を出て降嫁した身。それなのに、今も嫦娥様のうさぎが視えるのね。

美雨は牀褥に横たわり、ぼんやりとうさぎを眺めていたが、気づくとまた涙がはらはらと溢れて敷布を濡らしていった。

睿との夫婦生活はおよそ一年に及んだ。

ただの一度も触れられることはなく、せめて敬語はやめてくれと頼みこんで、名前で呼んでくれるようにはなったが、彼と話す際、美雨は結婚前と変わらず薄衣をかぶっていた。

情けないことだが初夜のやり取り以来、睿の冷たい眼差しに射貫かれるのが苦手になり、薄衣越しでないと会話できなかったのだ。

妻として扱ってくれない人に、素顔を見せてやるものかという意地もあったのかもしれない。

「美雨」

睿に名を呼ばれるだけで鼓動の拍が速まるのに、冷えた双眸を向けられると委縮してしまう。

そんな美雨の態度を、彼は咎《とが》めなかった。そもそも咎めるほど美雨に関心を抱いていなかったのだと思う。

睿は感情の起伏が乏しく、冷めた男性だった。仕事と鍛錬以外に趣味がなくて、やるべきことは完璧にこなすのに、眼差しや口調にはまったく温度を感じられない。

——いつも冷めていて、すべてがつまらなそう。

そんな印象を抱いてしまうほどに、彼は何もかもに無関心で淡々と日々を送っていた。

それでも距離を縮めようと話しかけたり、食事を共にと誘ってみたが、会話は弾まないし、仕事があるからと、ことごとく断られてしまった。

ただ時折、睿は屋敷の庭先に佇み、ぼんやりと空を見上げていた。その横顔はどこか寂しげに見えたが、話しかけても反応が薄いのは分かっていたので近づけなかった。

——なんて虚《むな》しいのかしら。

夫婦になったというのに会話はなく、互いのことをよく知らない。

母との連絡も絶っていて、親しい友人はいないから屋敷にこもりきり。

冷めた夫との結婚生活は後宮の暮らしよりも平穏だったが、比べ物にならない孤独感があった。

しかし、そんな日々は思いがけないかたちで終わりを迎える。


事の発端は、宮廷で中秋節の祭事が行なわれた日の出来事だった。

その年は天候がよく、当日も秋晴れで心地よい風が吹いていた。

美雨は降嫁した身だが、皇族の生まれとして宮廷での祭事に招かれた。他の公主たちと同様に、相変わらず外でも薄衣をかぶって素顔は隠していた。

皇太子の護衛官である睿もいたが、仕事中なので美雨には声をかけてこなかった。

祭事を終えると、父の華武帝に挨拶をしに行った。といっても仰々しいものではなく、月見台で宮廷を見渡している父と話すのだ。臣下は席を外して、護衛は壁際に控えていた。

美雨も薄衣を取り、父の前では素顔を見せた。

「久しいな、美雨。楊家での生活はどうだ。不自由はないか?」

「はい。つつがなく暮らしております、お父様」

「ならば、よい」

ゆったりと笑みを浮かべて頷く父に、美雨も笑い返した。

父は武帝と呼ばれるだけあって戦上手で、いつも公務で忙しくしていたが、祭事の折は子供たちに平等に声をかけてくれる。

美雨は幼い頃から父が好きだった。公平で優しい父には、自分を蔑《ないがし》ろにする母親よりも肉親の情を抱いていたのだと思う。

挨拶を終え、侍女を連れて月見台を後にすると、吹きぬけの回廊で皇太子の青嵐《セイラン》と会った。

睿も後ろに控えていたので、美雨は薄衣の下で顔をさっと伏せる。

「青嵐お兄様。ごきげんよう」

「美雨か、久しぶりだな。元気にしていたか?」

「はい。青嵐お兄様もお元気そうですね」

異母兄は爽やかに笑って挨拶をしてくれた。その快活な笑顔は父とよく似ていた。

当たり障りのない会話をして、道を譲ろうと脇へ逸れたが、強めの秋風が吹いて薄衣が飛ばされそうになった。咄嗟に押さえたけれど、結われた髪が靡いて小さな髪飾りが落ちる。

美雨が拾おうと前屈《かが》みになった時、青嵐も拾おうとしてくれて、意図せず手が触れ合った。

利那、目の前がぐらりと揺れた。

「っ！」

たちまち視界に白い靄がかかり、異母兄の未来が視える――どこかの平原だ。馬を駆っている青嵐の肩に飛んできた矢が刺さる。そこから雨のように次々と矢が降り注ぎ、青嵐が真っ赤な血を吐き出しながら後ろへと落馬していく――これは、もう助からない――。

白い靄が晴れても、美雨は顔面蒼白《そうはく》で動けなかった。

「美雨、どうかしたか？」

「……なんでも、ありません」

拾ってもらった髪飾りを受け取り、通り過ぎる皇太子に頭を垂れて、その後ろをついていく夫の睿を目で追いかける。両手はぶるぶると震えていた。

――誰かに知らせなくてはいけない。

だが、どうやって？

異母兄と夫を呼び止めて「青嵐お兄様の命が危ないの」と言えばいいのか。

――今ここで急に言っても、わたくしの気がふれたと思われるか、混乱を招くわ。そもそも、あれはいつ起こるの？　馬に乗っていたから遠征先ということ？

数日後には、異母兄が陶馬国との協定締結のために会談に向かうと聞いている。

その道中で起きることなのか……視えた光景では、皇太子だけを狙ったかのようにたくさんの矢が降り注いでいた。ならば、どこかで待ち伏せがあるのかもしれない。

「美雨様。お髪《ぐし》を整えましょうか」

「整えなくていいわ。あとは帰るだけだから」

侍女に髪飾りを預けると、美雨は身を翻した。

――この話をするためには、まず、わたくしの力のことを説明しなくてはならない。

美雨は争いを嫌い、本当の自分を隠して生きてきたが、異母兄の死を視た上で口を噤《つぐ》み続けるほど愚かではなかった。

夫の睿は護衛官だ。帰宅した彼に事情を説明し、どうにかして暗殺を食い止めて――。

しかし、後宮へ繋がる回廊に差しかかった時だった。

「あら、美雨。陛下との挨拶は終わったの？」

「お母様……」

幼い弟を抱きかかえて、女官を引き連れた母と鉢合わせした。祭事に参列して部屋へ戻ろうとしていたところだったのだろう。

簡単な挨拶をしてやり過ごそうとしたが、弟の仔空《シア》が無邪気に手を伸ばしてきた。

「あら、阿仔《アーシー》ったら。あなたに抱いてほしいみたい。血の繋がった姉弟だものねぇ。じゃあ、ちょっとだけよ。美雨、絶対に落とさないでちょうだいね」

「いえ、わたくしは……」

今日の母は機嫌がいいらしく、甘ったるい声で仔空に話しかけると、美雨に無理やり弟を抱かせようとした。両腕を伸ばしてくる幼い弟を前にしたら無下にあしらうこともできず、うろたえている間に母の身体に触れてしまう。

その瞬間、視界がぐらりと揺れて白く霞《かす》み、別の光景が浮かぶ――後宮だ。廊下では女官たちが暗い面持ちをしているのに、柳明霞は人払いをした室内で歓喜している。幼い仔空に頬ずりをしながら「さすがお父様ね、こんなにうまくいくなんて。これであなたは皇太子、わたくしは皇后よ」と満面の笑みで囁いていて――。

「っ⁉」

思わず母の手を払いのけて、体裁を取り繕うこともできずにその場から逃げ出す。後ろでは母が憤激していたけれど、美雨は振り向けなかった。

――あれは、まさか……でも、そんな恐ろしいこと……！

逃げるようにして屋敷へ帰ると、一人で部屋にこもった。

母と祖父が皇太子の暗殺をもくろんでいるなんて信じたくもなかったが、彼らならば仔空を皇帝にするためになんでもするかもしれない。

後宮では当たり前のように人が死んでいたし、権力争いや、皇位継承をかけて暗殺が横行するのは珍しいことではなかった。

美雨自身、それに巻きこまれたくなくて自分の力を隠して生きてきたのだから。

いつしか日が暮れて、また窓辺に白いうさぎが視えた。血のような緋色の眼で見てくる。

あの未来は確実に起きる。現実から目を背けるな。そう言われている気がした。

――青嵐お兄様を救うためには、わたくしが動かなければならない。母と話して諌《いさ》めることは……いいえ、きっと聞く耳を持たないわね。

これまでの母との関係を思い返して、美雨は顔を歪めた。

もし柳明霞の謀《はかりごと》が明るみに出たら、母もろとも柳家は罪を問われるだろう。

『美雨か、久しぶりだな。元気にしていたか？』

父とよく似た笑顔で挨拶してくれた異母兄を想う。

次代の皇帝にふさわしい聡明《そうめい》な皇太子であると皆がこぞって口にした。その命を狙うなんて恐ろしい真似は止めなくてはならない。

たとえ、実母が裁かれることになろうとも。

――でも、わたくし一人では防げないわ。頼れる人に助けを求めなければならない。

悩み抜いた末、夜明けとともに睿のもとへ向かった。

彼は護衛官として宮廷に泊まりこみ、夜勤明けで帰宅したところだった。

「それで、話というのは？」

いざ感情のない目で見下ろされると、両手が震えて言葉が出てこなかった。

自分が異能を持ち、皇太子の死が視えてしまったこと。その死を画策しているのが自分の母である可能性があること。すべてを一から話さなくてはならないのに……。

――この人は、わたくしの話を信じてくれるのだろうか。

結婚して一年が経《た》っても、夫との間に信頼関係はなかった。

まともな会話すらしたことがない状態で、自分の母が、夫の主《あるじ》である皇太子の暗殺をもくろんでいるかもしれないなんて、どうしても言い出せなかったのだ。

「なんでもありません。お疲れのところを申し訳ありませんでした」

結局、小声で謝って睿に背を向けた。

睿も小首を傾げたきり、くるりと踵を返した。互いに背中合わせで離れていく。

——夫に話す勇気がないなんて、わたくしは本当に意気地なしだわ。だけど、ここで何もせずにいるつもりはない。

夫には頼れない。ならば別の人物に助力を請おうと腹が決まった。

それから侍女のつてを辿《たど》り、美雨が嫁いだあとは宮廷で働き、異能を知っている女官の蘭玲と連絡を取った。

朱家の生まれの蘭玲は、美雨の書簡を朱宰相へ届けてくれた。

速やかに宰相と密談する手はずを整えたが、当日の朝、皇太子が重臣を連れて北川省へ発ってしまった。

長く不仲であった陶馬国と和平協定を締結するため、皇帝の名代として会談へ赴いたのだ。

護衛官の睿も同行しており、もしかしたら道中で何か起こるかもしれないと、美雨は気が気ではなかった。

はやる気持ちを抑えて、朱家の遣いに連れられて向かった先は宮廷の外れにある一室だ。

人払いをされた部屋には朱宰相だけではなく、父の華武帝も同席していたが、美雨は包み隠さずにこれまでのことを打ち明けた。

「美雨。そなた、そのような力を持っていて、ずっと隠していたのか」

「はい、隠しておりました。申し訳ございません、お父様」

「美雨様。あなた様が視たという未来は、いつ起きるかということまで分かるのですか？」

朱宰相の問いかけに、美雨は「いいえ」と首を横に振る。

「そこまで分からないわ。ただ、その場面が視えるだけなの」

「もう少し詳しく話を聞かせてください」

「構わないけれど、朱宰相も、お父様も、わたくしの話を信じてくださるの？」

「嫦娥様にお会いしたのち、異能を発現される公主様がいらっしゃるというのは、よく存じておりますので。それに第二皇子殿下がお生まれになった頃から、柳大臣は怪しい動きをしております。楊将軍とともに極秘で調べていたのですが、その動きと関係があるかもしれません」

「正直、私は明霞が関わっているというのは信じたくはない。先視とやらも不可思議な力だが、私の異母妹、玉風も人の心を読めるという異能を持っている。わざわざ、そなたが実母を貶《おとし》めるような嘘をつく理由もない」

朱宰相と華武帝はそう言って、美雨の話を信じてくれた。

そこからの動きは速かった。華武帝は皇太子に「暗殺に警戒せよ」と早馬を出し、それらしい理由をつけて楊将軍と増援の護衛隊を送った。

朱宰相も証拠を手に入れるために密偵を動かして、柳大臣の担当していた仕事を洗いざらい調べ始める。

そんな中で、美雨も『あること』を確かめるために後宮へ足を運んだ。

後宮外の人間と妃嬪との面会は制限されていたが、美雨は公主という立場から、望めば実母との面会が許された。

後宮の庭園で人払いをし、久方ぶりに母の柳明霞と二人きりになった。

「美雨。あなたがわたくしに会いに来るなんて珍しいこと。母が恋しくなったの？　それとも先日の無礼を謝罪しに来たのかしら」

「あの時は申し訳ありませんでした。少し動揺していて」

「……まぁいいわ、許してあげる。わたくしと話したいことがあるんでしょう。だったら手短に済ませてちょうだい。早く阿仔のもとへ行きたいの」

その日も柳明霞は機嫌がよかった。化粧を施した顔をいつになく綻ばせて、声色も明るい。

美雨はそんな母をしばし見つめてから、おもむろに手を差し伸べた。

「話はすぐに終わります。お母様、少し手をよろしいですか」

母は怪訝そうに柳眉を寄せながら手を重ねてきた。

未来が視えるかどうかは賭けだったが、手が触れた瞬間、視界が揺れた。

また白い靄がかかり、先日とは違う光景が浮かんだ——薄暗い場所だ。鉄格子が見えたので宮廷の地下牢《ちかろう》だろう。暗い面持ちの皇帝と、無傷の皇太子が牢の前に立っていて、格子の奥では母が「陛下、お許しくださいませ！　わたくしは何も知らなかったのです！　お父様が勝手にやったことなのです！」と泣き叫んでいて——。

皇太子が生きていて、母が囚《とら》われる。未来は変わったのだ。

それを確認したところで美雨は手を引いた。

「いったい、なんなのよ」

「お母様は皇后になりたいのですか？」

「いきなり何を言い出すかと思えば、わざわざ訊くまでもないでしょう。後宮に入ったからには皇帝の母になりたいと願うのは当然じゃない」

「そのためなら、なんでもすると？」

「もちろん、使える手段ならなんでも使うわよ。わたくしは必ずこの国の皇后になるわ」

きっぱりと言ってのける母から目を逸らして、美雨は立ち上がった。

「そうですか。話は終わりました。もう帰ります」

「今後は会いに来なくていいわよ、美雨。あなたを産んだ時は本当にがっかりしたけれど、わたくしもようやく運が回ってきたみたいなの。でも、あなたの辛気くさい顔を見ていると、わたくしまで気分が落ちこんで運気が悪くなりそうだから」

「安心してください、お母様」

干菓子の欠片《かけら》を摘まんでいる柳明霞に背を向けて、小さな声で続ける。

「二度とこちらへは参りませんし、もうお会いすることもないでしょう」


二日後。陶馬国との協定を締結させた帰途で、皇太子が武装集団に急襲を受けた。

幸いにも楊将軍が率いた増援部隊により、襲撃者の数名が生きたまま捕らえられて、皇太子は無傷だった。

しかし襲撃の折、睿が皇太子を庇《かば》って何本もの矢を受けた。都まで運ばれて治療を受けたが、意識不明の重傷だ。

捕らえられた襲撃者は尋問の末、柳大臣に命じられたと口を割った。

まもなく朱宰相の調べで、暗殺の指示書が処分される寸前で発見され、首謀者が柳大臣であり、娘の明霞妃が裏で手を回していたことも判明する。

ただちに柳公順《コウジュン》は捕らえられて、柳明霞も後宮の庭園を散歩中、あっけなく兵士に捕縛された。

事の顚末《てんまつ》を、美雨は朱宰相が用意してくれた屋敷で聞かされた。

「そう。母と祖父は捕まったのね」

薄暗い部屋の中で、朱宰相が硬い表情で説明してくれる。

「はい。此度《こたび》の一件に関わっている者はすべて捕らえよと、陛下が命を下されました。柳家の者は一族郎党、捕縛ののちに尋問を受けることになるでしょう」

「弟の仔空はどうなるの？」

「皇子殿下は幼く、まだ状況を理解できる年齢ではございません。これより都を離れ、南方の都市にいる皇族の方のもとに預けられます。成長されたあとのことは、今後、陛下と皇太子殿下がお決めになるでしょう」

「安全な場所で保護してもらえるのなら、いいわ」

美雨は力なく相槌を打ち、暗く沈んだ面を伏せた。

「それで、旦那様……楊護衛官の容態はどうなの？」

「まだ意識不明ですが、宮廷付きの医官によると峠は越したようです。あとは目覚めるのを待つだけだと」

「……そう」

両手をぎゅっと握り締める。たとえ冷めきった関係でも美雨は睿の妻だ。本当は今すぐにでも睿のもとへ行き、側に付き添ってあげたかった。

しかし今や世間は大騒動で、柳家の者を匿っただけで捕らえられる。

匿った人物の密告まで行なわれているのが現状で、美雨は柳家の血を引く公主だ。護衛がいないと危険なため、今は朱宰相のもとに身を寄せていた。

――わたくしは、これから『柳明霞の娘』の名を背負うことになる。

祖父は極刑、母も極刑もしくは流刑になるだろう。

柳家は一族郎党捕らわれて、美雨も敵意や好奇の目にさらされることになる。

「今は世間が混乱しておりますので、あなた様はしばらく都を離れて、身を隠したほうがよろしいかと思います」

「ええ、分かった」

「皇族とも縁があり、嫦娥様を祀っている尼寺が北川省にあります。そちらに身を寄せる手はずを整えましょう。それから、楊家のことですが――」

「朱宰相。この一年、楊護衛官とわたくしは仮初の夫婦だった。彼は一度たりとも、夫としてわたくしに触れることはなかったわ」

目を丸くする朱宰相を見据えて、美雨は大きく息を吸いこんだ。

「だから、もう彼とは離縁させてほしいの」

妻として触れてもらえず、冷たい眼差しやそっけない態度に怯んでばかりだったが、それでも美雨は睿に焦がれていた。美しい笛を奏でた青年に心を奪われて以来、密かな恋をしていたのだ。

だが、結局は一方的な想いにすぎなかった。

後宮の暮らしも、睿との結婚生活も、美雨にとって寂しくて息の詰まるような日々だった。

「柳明霞の娘である公主を受け入れたところで、楊家も迷惑でしょう」

「楊家の当主、楊将軍は事情を知れば、あなた様を受け入れてくださるはずです。このたびの一件、美雨様のお力添えがあったことを公表し、陛下の口添えがあれば……」

「その件は、公表しなくていいわ」

美雨は額を押さえながら掠《かす》れた声で囁いた。

――母の扱いに耐え、ずっと息をひそめて生きてきた。だけど本当はもっと自分らしく、息をひそめずに生きることのできる場所が欲しかった。夫とも、まともな夫婦生活を送りたかったわ。

だが今になって思えば、心の中で願うだけで行動に移してこなかった。

内気なふりなどせず毅然とした態度を取り続ければ、母を諫めることができたかもしれないし、もっと勇気を出して夫に心の内をさらけ出していたら、彼とも分かり合えたかもしれない。

あの時、ああしておけばよかったと後悔することばかりで、今さら遅いが。

「わたくしは母の野心に気づいていたのに、自分を守ることしか考えていなかった。こんなことになる前に、諫めることができたかもしれないのに……なればこそ、わたくしにも責任の一端があるでしょう」

「ですが此度の件は、美雨様が行動してくださったお蔭で防ぐことができたのです。それは紛れもない事実であり、あなた様の功績です」

朱宰相がきっぱりと言ってのけた。

「あなた様には、いずれ都へ戻ってきていただきたいのです。公主様としてだけではなく、次代の巫候補としても。その点に関しては、陛下も同じように考えていらっしゃいます」

「…………」

公主の役目や巫の資格について、自分がどうしたいのかまで、今は答えを出せない。幼少期から母にぶつけられた心ない言葉の数々や、死と悪意が渦巻く権力争い、虚しい夫婦生活で心が疲弊しきっている。

目を閉じれば、血まみれで落馬していく異母兄の姿と、母の歪んだ喜悦の表情がはっきりと蘇ってくるのだ。

——色々ありすぎて疲れてしまったわ。しばらく休んで、考えをまとめたい。

そう心中を告げると、朱宰相は「分かっております」と拱手した。

「都を離れて、しばしお休みください。公表の件については、陛下とご相談して決めましょう」

「ええ。ただ楊護衛官のことは譲れないわ。あの方とはまともな夫婦生活を送れていなかった。だから、これを機に離縁させてちょうだい」

「そのように陛下にお伝えしましょう」

「お願い。他のことは、お父様とあなたに任せるわ。わたくしは、それに従うから」

「かしこまりました」

「けれど一つ、これだけは叶えてほしいという望みがあるの」

朱宰相に望みを伝えたら、彼は少し沈黙をおいてから「お任せください」と頭を垂れた。

「私のほうで準備を整えましょう。明日にはご案内できるかと」

「ありがとう、朱宰相」

「美雨様。これまで、私は恥ずかしながらあなた様のお力のことを含めて、お人柄も存じ上げませんでした。あなた様が行動してくださったお蔭で、皇太子殿下のお命は救われました。心より感謝を申し上げます」

押し殺した声で紡がれた言葉を聞き、美雨は黙ったまま少しだけ口角を緩めた。

翌日、秘密裏に宮廷へ呼ばれた。人目を忍んで華武帝と対面する。

「青嵐が無事であったのは、そなたの尽力のお蔭だ。礼を言うぞ、美雨」

「もったいないお言葉でございます、お父様」

美雨は都を離れ、謹慎というかたちで北川省の尼寺へ行くことになった。期間は未定だ。

今すぐには美雨の功労を公表せず、詳しい経緯や事情を知るのは父と朱宰相、そして離縁の手続きをして北川省まで護衛をしてくれる楊将軍だけであった。

「出立は三日後か」

「はい。すでに支度は整えました」

そうかと頷いた華武帝が立ち上がり、美雨の前までやってきた。

「美雨。行く前に、私の未来を視てくれぬか」

「わたくしには、すべての人の未来が視えるわけではありません。視えるのは近日、人生の転機や、命の危険を控えている人の未来だけなのです」

「ならば、なおさら視てくれ。何も視えなければ、それでよい」

差し出された父の手をおそるおそる握る。

すると目の前が揺れて、視界に白い靄がかかる——皇帝の私室だ。牀褥に腰かけた父が朱宰相と話している。年齢は今とさほど変わらなそうだ。青白い顔で「身体が痛み、執務もままならぬ。この病はもはや隠しきれん。潮時であろう。……皇位を青嵐へ譲る」と決断する場面で——。

白い靄が晴れていく。佇んでいる父を見つめて、美雨は涙が溢れそうになったが奥歯を噛み締めて堪えた。

「どうであった？」

人為的な命の危機であれば防ぐために奔走できる。けれども病は治せない。

女神の嫦娥も人の営みには手を出さず、たとえ皇帝であっても延命はしないと言われていた。

「……どうか、今後は一層ご自愛くださいませ」

「何か視えたのだな。よい、詳しいことは聞かぬ。言われたとおり身体を大事にしよう」

「ご無理だけはなさらず。お願いいたします」

「分かった。北川省はここより北の地。冷えると聞く。そなたも体調は崩さぬように」

「はい、お父様」

深く頭を垂れて父との対話を終える。

帰り道、美雨は馬車の中で一人、声を殺して泣いた。

もしかしたら、すでに病の兆候が出ているかもしれない。父の悠然とした佇まいからは苦痛や哀えなんて微塵《みじん》も感じなかったが、時間の問題だろう。

未来が視えたとしても、こんなにも無力なのかと、美雨は止まらぬ涙をひたすら拭った。

そして皇帝との謁見を終えたその足で、睿と暮らしていた楊家の屋敷に向かった。そこでは楊将軍が待ち構えていて、美雨と対面するなり膝を突いて、額が地面につくほど頭を下げられる。

「美雨様。このたびは、まことに申し訳ございませんでした」

「楊将軍。どうしてあなたが謝るの？」

「かねてから、私は柳家の動きを怪しんでおりました。それに美雨様も加担しているのではないかと疑っていたのです。ゆえに、私が――」

美雨はさらに言葉を続けようとする楊将軍を手で制して、かぶりを振る。

「わたくしの母と祖父があんなことを企てていたのよ。関わっているのではないかと怪しむのは当然でしょう。もう謝罪は不要だから、すぐ案内してちょうだい。わたくしには時間がないの」

「……はっ。かしこまりました」

楊将軍に案内されたのは、重傷を負った睿が寝かされている私室だった。

美雨は初めて夫の私室に入り、牀褥の帳を持ち上げて意識がない睿を見つめた。

「わたくしが都を発つのは三日後よ。朱宰相から聞いているだろうけれど、それまで彼に付き添いたいの。楊家の当主として、それくらいは許してくれるでしょう」

「もちろんでございます」

楊将軍が一礼して退出したあと、美雨は牀褥の横に膝を突いて、苦しげな夫に声をかけた。

「旦那様。わたくしです、美雨ですよ」

都を去るまでの数日間、夫に付き添いたい。それが美雨の望みであった。

睿の瞼《まぶた》は閉じている。いつもきっちりと結ばれている黒髪はほどかれ、女官たちがこぞって美しいと褒めそやす端整な面は歪んで、白い額に脂汗が浮いていた。

荒い呼吸とともに睿の胸元が上下していて、あまりにつらそうだったから、美雨は心を決めて武骨な手に触れた。

死の未来が視えるのではないかと身を硬くしたものの、幸いにも何も視えなかった。

「わたくしにはあなたが死ぬ未来は視えません。だから大丈夫です。あなたは元気になりますよ。これからも青嵐お兄様を、側で支えてあげてください」

美雨は声をひそめて告げると、昏々《こんこん》と眠る夫に付き添った。

しかし二日目の朝になっても睿の熱は下がらず、自分がここにいる間に彼が目覚めることはないのだろうなと察した。

「わたくしたち、まるで夫婦のようですね」

射しこむ朝日の中、美雨は柔らかい声で夫に話しかけ、汗ばんだ彼の手を握り締めた。

きっと、睿は目覚めたら何も覚えていないだろう。だが、それでもよかった。

美雨は今さら自分の想いを睿に知られたくはなかったし、ただ最後に妻として、苦しむ夫に何かしてあげたかっただけだった。

楊家の者たちや朱宰相には口止めをし、密やかな献身は彼への慕情とともに胸にしまいこむつもりでいたけれど、意識のない夫に付き添ったひとときは夫婦らしく過ごすことができた最初で最後の時間だったのだ。

その翌日、美雨は都の汪州を出立し、北川省までは楊将軍が護衛をしてくれた。

意識不明の睿が目覚めたと早馬が届いたのは、尼寺へ着く前夜だ。

その頃にはすでに離縁の手続きを終えていたので、彼と夫婦ではなくなっていたが、美雨は月を見ながら感謝の祈りを捧げた。

そして到着した尼寺で美雨は詩夏に出会うが、そこでも裏切りと過酷な生活を強いられて、詩夏とともに逃げ出すのはさらに一年後のことである。

第四話　華祭の夜

山を黄色に染めていた蠟梅が散り、桜の蕾《つぼみ》が芽吹き始めた頃、華祭の時期が到来した。

先祖の墓参りをし、大通りの広場では華祭が行なわれる。広場の中央に人型をとった嫦娥《ショウガ》の像が祀られて、花で飾りつけられた舞台が設置されるのだ。

華祭の当日は奉納の舞踊や演奏をし、子供たちが嫦娥の遣いと言われる『うさぎ』を象《かたど》った紙人形を作って、夜に燃やして月へと返すのが習わしだ。

「詩夏《シカ》、何度も言わせるんじゃないよ。あんたは荷物持ちとして、あたしと一緒に行くんだ」

北菜館に女主人の呆れた声が響き渡ったが、すかさず詩夏が言い返した。

「それなら月鈴《ゲツリン》も連れていくから」

「だから、その月鈴が花街へ呼ばれているんだろう。麗花《リーファ》の招待なんだ。謝礼金も出るんだから行かない手はないだろう」

「出前ならともかく、笛の演奏のために花街へ行かせるなんて、私は反対だから」

「あのねぇ、麗花はお得意様なんだよ。うちを贔屓にしてくれて、妓楼の客にも店を宣伝してくれて助かってるんだ。一日くらい月鈴を貸してやりな。減るもんじゃないし」

「だけど、一人で残していくのは心配で……」

「いい加減におし！　そうやって駄々を捏《こ》ねているのはあんただけさ、本人を見な！」

静《セイ》にびしっと指をさされて、熱々の肉饅頭を頬張っていた月鈴は目をぱちくりとさせた。

「この子はあんたと違って、心配なんてしていないようだよ。賄いの肉饅頭を三つもたいらげて、それでも能天気にへらへらしているくらいだから、一人で置いていったって大丈夫さ。だいたいね、月鈴はもう子供じゃないんだ。何かあっても自分で対応できるさ」

「静さん。わたし、肉饅頭はまだ二つしか食べていません」

「二つも三つも変わらないよ！　まったく、食い意地だけは一丁前だねぇ！」

悪態をつかれて耳がきーんとしたが、月鈴は頭を振ってから三つ目の肉饅頭を齧《かじ》った。

例年、清明節になると静は先祖の墓参りへ行く。

その墓が黄陵から少し離れた村にあるため、数日間は北菜館を閉めるのだ。

昨年は月鈴と詩夏が同行し、ついでに香辛料や食材の買い出しをして、大量の荷物を背負って帰ってきた。それで今年も静は荷物持ちとして詩夏を連れていこうと言っているわけだ。

しかし、月鈴はというと、麗花から「花街の華祭で笛を吹いて」と招待を受けた。

花街の妓女たちは表通りで行なわれる華祭に参加できないため、雪華楼が主体となり花街の通りに小さな舞台と祭壇を作るのだそうだ。

妓女の中には借金のかたに売られてきて、墓参りができない者も多くいるため、紙銭を燃やして、小規模ながら嫦娥に捧げる舞や奏楽を楽しむというのが花街の華祭だ。

とはいえ、月鈴は人前に出るつもりはなかった。

だから一度は断ったのに、耳ざとく聞きつけた静が「謝礼金が出るならやりな」と勝手に請けてしまったのである。

「月鈴も一人で残されたら心配なはず。花街に招かれるのも不安だろうし」

「確かに不安はあるわ。正直、乗り気じゃないんだけど……」

腕組みをしている静を一瞥し、月鈴は眉を顰《ひそ》める詩夏にひそひそと囁いた。

「今月の家賃がぎりぎりかもしれないの。冬の薪代がかさんで、先月の家賃だってまけてもらったのよ。ここの家主は静さんだから、わたしたちに拒否権はないわ。今ここを追い出されたら困るでしょう」

「おや、月鈴はよく分かっているじゃないか。あんたたちは、あたしの家に間借りさせてやっているんだよ。そもそも路頭に迷っていたあんたたちを助けてやったのも、あたしだろう。床に額をこすりつけて感謝してほしいくらいだけどねぇ」

静がふんと鼻を鳴らし、えらそうにふんぞり返っている。

額を押さえた詩夏が唸ったので、月鈴は苦笑しながら背中をさすってやった。

「詩夏、そんなに心配しなくても大丈夫よ。わたしは一人でも平気だし」

「でも……もし、何かあれば……」

詩夏は捜索の件を憂慮しているのだろう。睿《ルイ》と再会して、すでに十日ほど経過している。彼は今も北菜館へ来るし、街でもちょくちょく見かけた。

妓楼に美雨《メイユイ》が紛れこんでいないかを捜索して、近隣の寺や名士のもとを訪ねているようだ。

「食事は星宇《シンウー》と林杏《リンシン》が家まで食べにおいでと言ってくれているし、花街の演奏も素顔を出さないと条件をつけたの。夜も遅くならないうちに帰らせてくれると麗花が言っていたわ」

だから大丈夫よ、と頷いてみせたら、頑固な詩夏もようやく折れてくれた。


華祭の前日、静が詩夏を連れて墓参りへ行った。

月鈴は近所に住んでいる星宇と林杏の家で夕食を頂き、翌日の午后《ごご》、花街へ足を運んだ。

通りの奥にある広場に舞台が設置されて、昼でも妓女たちが行き交っている。

いつものように雪華楼の裏口から訪ねたら、そのまま麗花の部屋へ通された。雪華楼の稼ぎ頭である麗花は個室を持っているのだ。

「よく来てくれたわね、月鈴」

「うん、麗花……わたし、なんだか場違いな格好じゃない？」

月鈴はかぶっていた頭巾を後ろへ流して、地味な外衣を脱ぐ。

舞台に立つので相応の格好をしておいでと言われていたから、いつもまとめている髪を下ろしてこぎれいな襦裙を着てきた。といっても、妓女みたいに華やかな襦裙ではない。

薄い藤色の糸が織りこまれ、年齢が高めの女性が纏うような落ち着きある色合いの襦裙だ。

もともと持っていたのは質素な服ばかりで、新しい襦裙を買うかと泣く泣くへそくりから出そうとしたら、静が「あたしが若い頃に着ていた襦裙だよ」と出してきてくれたのだ。

月鈴が小作りなので丈は長いが、帯の内側で折り畳んで裾の調整をしていた。

「静さんが持っていたものを借りてきたんだけど」

「落ち着きがあって、いいんじゃないかしらねぇ。華美に着飾る必要はないもの。あなたによく似合っているわ」

黒檀《こくだん》の髪を結い上げ、絹の襦裙を纏っている麗花が小首を傾げて微笑んでみせた。

繊細な面立ちと色っぽい仕草は、同性でありながら胸がどきどきしてしまいそうな色香がある。

「まぁ、麗花がそう言うのならいいか。どうせ顔も隠すだろうし」

「そのことなんだけれど、あなたにいいものを貸してあげる」

麗花が椅子の背にかけていた布を「どうぞ」と渡してくれた。太陽に翳《かざ》すと透けるほど薄手の生地で、軽くて手触りがいい。

「これは……」

「編み笠《がさ》の上から、これをかぶれば顔が見えないはずよ。見栄えもよくて笛も吹けるでしょう」

月鈴は懐かしさに両目を細めた。都にいた頃、後宮の外ではいつも薄衣をかぶっていた。それも透けるほど薄く、移動に支障がない軽い生地だった。

いつも両手で押さえて顔を隠していたが、よく髪が乱れるし難儀することもあったので編み笠をかぶるという方法は画期的である。

「ありがとう、麗花。でも、どうしてここまでしてくれるの？」

「月鈴を気に入っているからよ」

「わたしが吹く笛の音を、じゃなくて？」

「もちろん、それもあるけれど……正直に言うと、会ったばかりの頃、あなたのことは好きじゃなかったのよねぇ。花街の外で暮らす若い娘には、いい印象を抱かないの。まぁ、仕事柄ね。他の妓女もそうでしょうけれど」

麗花が窓辺に置かれた長椅子に腰かけて、美しい相貌をわずかに歪めた。

妓女の多くは、自らの意思で妓楼に来るわけではない。苦界に身を沈めることなく働いている娘に対して、いい気分にならないのは当然だろう。

「特に、育ちのよさそうな娘は嫌いよ。所作を見て、なんとなく月鈴もそうじゃないかと思ったわ。でも冷たい態度を取っても、あなたは涼しい顔で受け流して、金や食べ物にがめつかった」

「そんなに、がめつい自覚はないけど」

「色気より食い気。小銭が落ちていたらすぐ拾う。貯金が趣味」

「わたしだわ」

「浬しくていいことよ。お蔭で気づいたわ。あなたは『女の悪意』に耐性があって『金や食料』の大切さを知っている。だから意地汚くて根性があるのよねぇ」

よく人を観察しているのだなと感心しつつ、月鈴は目を逸らした。

「私ね、そういう娘は好きなの。まぁ、決め手は笛だったけれど。あなたの吹く音色は、まるで宮廷にいる奏楽者から手ほどきを受けたみたいに、品があって美しい」

「…………」

「月鈴が男だったら、一晩くらい相手をしてあげてもいいと思うくらいには気に入っているの」

「麗花、この話はこれくらいで」

色気を含ませた流し目を送られたので、降参の意味をこめて両手を挙げる。

麗花はくすくすと笑っていた。からかって楽しんでいるのだろう。

どぎまぎしている胸をさすってから、月鈴は自前の白い笛を取り出して、音色を確認した。

あたりが夕闇に包まれ始めた頃、麗花に連れられて舞台へ移動する。

花街の通りはいつも以上に賑わっていた。舞台では妓女の舞踊が行なわれて、花弁《はなびら》を散らした祝い酒も振る舞われている。

ただ、賑わいに乗じて逃げ出す妓女がいないよう通りには規制が敷かれ、妓楼が雇った用心棒がくまなく目を配っていた。

月鈴は布をかぶって素顔を隠し、前の舞踊が終わるのを見計らって舞台へ上がった。

麗花が最前列に陣取り、他にも顔見知りの妓女がいて手を振っている。舞台の脇には篝火《かがりび》が置かれていて、布越しでも人の多さが分かった。

北菜館の客に頼まれて笛を吹くことはあれども、こんな観衆の前で笛を披露するのは初めてだ。

笛を構えたが、緊張で心臓がどくどくと鳴り始めた。

その時、ふと隅のほうへと視線が吸い寄せられる。背が高く、ひときわ目を惹く男が二人いる。

楊《ヤン》睿と汜憂炎《ハンユウエン》だ。

——あの人が来ている。

一瞬、息が止まりそうになったが、月鈴は深呼吸をした。

睿のように吹きたいと思って笛の練習を始めたが、こんな機会がなければ音色を聞かせることはなかっただろう。

——皮肉よね。赤の他人として、初めてあの人に聞かせることになるんだから。

雪が降り積もった冬の夜みたいに静謐《せいひつ》で、感情の揺らぎがない彼の視線を思い出し、早鐘を打っていた鼓動が少し鎮まった。

睿はきっとまた、冷めた目でこちらを見ている。こちらの正体には気づかず、まったく興味のなさそうな無表情で――。

――この音色を聞いても、わたしだとは気づかないんでしょうね。

胸の奥がきりきりと痛んだが、月鈴は気づかぬふりをして白い笛に息を吹きこんだ。

暮色蒼然とした空へと澄んだ音色が響き渡り、あたりのざわめきが一気に静まっていった。


数曲を吹き終えて拍手喝采の中、月鈴は手本のようなお辞儀をし、そそくさと舞台を下りた。舞台裏で次の演目が始まるのを確認し、素顔を隠したまま混雑する通りに紛れる。その足で、嫦娥の像が置かれた祭壇の前へ移動した。

すでに夕闇が下りて、天には盈月《えいげつ》が浮かんでいる。墓参りができない妓女たちが紙銭を燃やし、嫦娥の像の前でお辞儀をしていった。

月鈴も編み笠を外すと、彼女たちに倣って礼の作法を行なった。

すると、あの白いうさぎが祭壇にちょこんと座っているのが視えた。舞踊の音色に合わせて長い耳をぴくぴくと動かしている。なにやら楽しそうだし喜んでいるようだ。

月鈴は顔を綻ばせ、紙銭を燃やして先祖に祈ってから雪華楼へ戻った。

「やっと戻ってきたわね。きれいな音色だったわよ」

「ほんと、すごく上手だったわぁ。みんな聞き惚《ほ》れていたし」

「花街の華祭なんて、舞台に立つのは素人が多いから、他にまともな演奏を聞けないものねぇ」

いつも話しかけてこない妓女たちが口々に褒めてくれたので、照れくささから頬をかく。

麗花もいたく満足そうで、銭の入った皮袋を差し出してきた。

「これは謝礼金よ。王偉《ワンイー》がちょっと色をつけてくれたわ」

「色をつけてくれるなんて珍しいのよ。いつも、けちくさいのに」

ふくよかな妓女が広間を指さす。身なりがよく、まるまるとした体形の男が下男に指示をして宴席の準備を進めていた。雪華楼の主人、王偉である。

妓女は商品だからと丁寧に扱う男だが、こと金に関してはがめついと噂だ。

「では、ありがたく頂きます」

編み笠と顔を隠した布を返す代わりに、月鈴は仰々しく礼をして皮袋を受け取った。

思ったよりも重みがあったので、これで家賃を払えそうだと懐にしまう。

「これから、お得意様が来て宴《うたげ》をするのよ。周りの妓楼も営業が始まっているわ。遅くならないうちに、あなたはもう店に帰りなさいな」

「分かった、帰るわ」

「それと、これもあげる。お得意様から上等な蠟梅酒をもらったのよ。私は仕事以外ではお酒を飲まないから」

蠟梅酒の甕までもらい、月鈴はほくほく顔で抱えた。それなりに酒には強いし、店に出す蠟梅酒をたまに飲ませてもらうこともある。さっぱりとして飲みやすいのだ。

ちなみに静は酒仙《しゅせん》で、詩夏は下戸である。星宇と林杏は酒を飲まないため、この甕は静との取り合いになりそうだが、どうにか死守しなくてはならない。

こっそり隠して飲もうと決めて雪華楼の外へ出た。麗花も入り口まで見送ってくれる。

この時、月鈴はすっかり油断していた。酒の甕を抱えて、静と詩夏が帰ってきたら今宵のことを報告しよう、なんて浮足立っていたのだ。

だから「月鈴」と呼ばれて、振り向きざまに麗花の手が伸びてきても避けられなかった。

「やっぱり色気より食い気ね。また月餅を用意しておいてあげるわ」

呆れたように笑った麗花の手のひらが頬に触れる。

その瞬間、視界が大きく揺れて、白い靄に覆われていく。

別の光景が浮かび上がり——妓楼の広間だ。賑やかな宴席で麗花が酌をしている。しかし、いきなり客の男が立ち上がった。その手には刃物が握られている。男は止めに入ろうとした用心棒や、楼主も斬りつけて、逃げ惑う麗花を追いかけ回す。そして、とうとう彼女の胸に刃物を突き刺した。

大量の血が溢れ出し、麗花は倒れて——。

「っ!?」

「じゃあね。気をつけてお帰りなさいな」

「あ……」

雪華楼の中へ戻っていく麗花を食い入るように見つめる。

彼女の纏っている美しい絹の襦裙は、先ほど視えた光景で着ていたものと一致していた。

——まさか、あれはこれから起きることなの？

「麗花！」

急いで後を追おうとするも、入り口の脇に立っていた用心棒の男に行く手を遮られる。

「どいてちょうだい。麗花に話があるの」

「もう用は済んだだろう。麗花は支度があるから忙しいんだ」

「……じゃあ、あなたから伝えて！　今夜、宴席で客の男が暴れて、麗花の命も危険にさらされるかもしれないの。だから警戒してほしいと……」

「はぁ？　酒でも飲んで酔っ払ってんのか？　これ以上、店の前で騒がれると迷惑なんだ。堅気の娘はさっさと帰れ。じゃねぇと、力ずくでも追い払うぞ」

腕組みをした用心棒が鼻で笑い、じろりと睨んでくる。このままでは本気で追い返されると察したので、月鈴は不承不承に踵を返した。

夜の花街は色めいた空気に変わりつつある。相変わらず通りは混んでいたが、規制は解かれて、妓楼の営業開始とともに舞台の演目も終了していた。

——なんとかしなければ。

雪華楼の裏口へ行き、顔見知りの下男から麗花に危険だと伝えてもらうか。

だが、いきなりすぎて怪しまれるだろうし、先ほどのようにあしらわれそうだ。

——強引に麗花を連れ出すとか？　それとも宴席に乗りこんで、あえて騒ぎを起こす……いいえ、だめよ。わたし一人では叩き出されてしまう。

そもそも用心棒がいるのだ。妓女を連れ出すなんて芸当は不可能に近い。

ひとまず酒の甕を路地の物陰に隠し、月鈴は雪華楼の様子を窺った。宴席に招かれたと思《おぼ》しき客が次々と到着して、楼主の王偉が愛想よく招き入れている。

目を凝らしていると、先ほど視えた光景で暴れていた男がやってきた。顔色が悪い気がするが、夜だからそう見えるだけかもしれない。

ただ、妙にそわそわして落ち着きがないし、先視に出てきた時と服装が同じである。

麗花だけじゃなく男の服装も一致しているということは、やはり惨劇はこれから起きると考えて間違いないだろう。

——どうしよう。

両手をぎゅっと握り締めて額に押しつける。

詩夏はいない。静もいない。星宇と林杏には状況を説明するだけで時間がかかるし、荒事にも慣れていなかった。

——今、わたしが頼れる人は……荒事でも対処できて、助けてくれそうな人は……！

思い浮かんだのは、舞台上から見かけた睿と氾憂炎の顔だった。

彼らと関わるのはできるだけ避けたかったが、別れ際の麗花の笑顔が過ぎる。

『やっぱり色気より食い気ね。また月餅を用意しておいてあげるわ』

月鈴は深く息を吸いこみ、それからゆっくりと吐いた。

——自分のことは後回しでもいい。とにかく今は麗花の命を救わなければ！

覚悟を決めてから路地を飛び出す。夜でも明るい通りを見回しながら、ひた走った。

あの二人組は目立つはずだ。たとえ顔を隠したところで、どちらも上背があるため目を惹く。

「はぁっ、はぁ……」

今の時間なら、どこかの飯店で夕食を取っているかもしれない。酒を飲むために、表の大通りにいる可能性もある。

息を切らしながら花街を走り回って、大通りに差しかかった時だった。

華祭の夜で、ごった返す通りの向こうに長身の男たちを見つけた。酒の甕を持っている氾憂炎と肩を組まれて歩いている睿だ。

その瞬間、鼻の奥がじんと熱くなったが、月鈴はぐいと目元を拭う。混雑する人を避けて彼らのもとへ駆け寄り、右手を伸ばして睿の外衣を掴んだ。

利那、睿が弾かれたように振り向く。

黒々とした双眸で射貫かれたが、迷うことなく助けを求めた。

「お願いっ、助けてください……！」

三年前には勇気がなくて言えなかった言葉だった。睿の目がわずかに見開かれる。

「あれ、お嬢ちゃんじゃねぇか。そんなに焦って、いったいどうした？」

「雪華楼へ来てほしいんです！」

じかに触れないようにして睿の外衣を引っ張った。

とにかく麗花の命が危ないのだ。あの美しい人の命が凶刃によって奪われるなんて、あってはならない。この二人がいれば凶行を止められる。

困惑している氾憂炎の外衣も掴み、来た道を戻るように引っ張っていく。

「待て待て、本当にどうしたんだ？」

「麗花が危ないかもしれないんです！　わたし一人では止められないの……！」

肩を上下させながら叫んだ時、こちらをじっと見ていた睿が口を開いた。

「雪華楼だな。行くぞ、氾憂炎」

「……ああ、分かったよ。なんだかよく分かんねぇけど、とにかく麗花が危ねぇんだな！」

やけくそぎみに答えた氾憂炎が酒の甕を脇に抱えた。睿が目配せしてきたので、月鈴は頷いて走り出す。

雪華楼の前に到着した時、心臓が破れそうなほど息が上がっていた。

入り口に立っていたはずの用心棒の姿がなく、妓楼の中がひどく騒がしい。妓女たちの甲高い悲鳴が聞こえる。

「ついてきてください！」

月鈴は後ろにいる睿と氾憂炎に叫んで、雪華楼へ足を踏み入れた。

二人も異変を察知したのだろう。月鈴を追い越し、妓女たちが逃げてくる広間へ飛びこむ。

そこでは先視をしたとおり、あの男が刃物を持って暴れていた。お膳や酒盃《しゅはい》がひっくり返って散乱し、腕を刺されて血を流している楼主の王偉と、顔と首を斬りつけられた用心棒が呻《うめ》きながら蹲《うずくま》っている。

数人の妓女が悲鳴を上げて震えており、客も恐れおののいて動けなくなっていた。

「おい、麗花……！　身請けを断るなんてひどいじゃないか！　俺は借金までしたんだぞ！」

「っ……いや、やめて……」

「もう、いっそ俺と一緒に死のう！　俺もすぐ後を追うから！」

男は血走った目で喚《わめ》き散らし、逃げ惑う麗花を追いかけて——。

「私が間に入る。取り押さえろ、氾憂炎」

「了解！」

男の振り上げた凶刃が麗花に届く前に、身を低くした睿が割って入った。目にもとまらぬ速さで剣を抜き、男の振り下ろした刃を流れるように弾き返す。

男が反動で後ろによろめいたところへ、すかさず汜憂炎が摑みかかって床へと引き倒した。刃物を持った手首を捻《ひね》り上げ、からんからんと落ちた刃物を、睿が遠くへ蹴り飛ばす。

床に押しつけられた男は顔面蒼白になってわなわなと震えていたが、やがて諦めてがっくりと突っ伏した。

二人の武人による、あっという間の制圧劇であった。

月鈴は固唾《かたず》を呑んで一部始終を見守り、へなへなと座りこむ麗花のもとへ駆け寄った。

「麗花！」

「……月鈴……？」

呆けたように見上げてくる麗花をきつく抱き締めて、ちゃんと生きていることを確かめる。

小刻みに震えているたおやかな手に触れても、もう不穏な未来は視えなかった。

「無事で、よかった」

麗花の手を握り締めて絞り出すように告げたら、数秒の間をおき、麗花も顔をくしゃくしゃにしながら手を握り返してきた。

ほどなくして花街の巡回をしていた憲兵が駆けつけて、男は連行されていった。

名士の息子で上客だったが、麗花に惚れこみ、妓楼通いが行きすぎて金貸しに多額の金を借りていたらしい。それを知った父親に勘当されて、身請けの話も麗花に断られた。

美しい妓女に入れこんで身を滅ぼし、刃傷《にんじょう》沙汰を起こすのは妓楼ではよく聞く話だ。

今回は借金を返すあてがなく思い悩んだ男が凶行に及び、このような騒ぎになってしまった。

「あなたが、あの二人を呼んできてくれたのね。ありがとう」

落ち着いた麗花に礼を言われて、月鈴はかぶりを振る。

睿と汜憂炎は憲兵に呼ばれ、男を取り押さえた時の状況を説明していた。楼主の王偉と用心棒の男も深手を負っていたが、すぐに手当てを受けたので命に別状はないようだ。

客は帰らせて、妓女と下男が散らかった広間を片づけ始めている。

「わたしも手伝う?」

「ううん、自分たちで片づけるわ。夜も更けてきたし、あなたはもう帰ったほうがいい。礼は改めてさせてもらうわね」

入り口まで送ってもらったところで、睿と汜憂炎がやってきた。

「お嬢ちゃんに助けを求められた時は、いったい何事かと思ったが、俺たちを呼んで正解だったな。まぁ、騒ぎが起こってから呼びに来たにしては、ずいぶん早かったが……」

「あの男が雪華楼へ入るのを見かけた時、刃物を隠し持っているのが見えたんです。お得意様を招いた宴席があると麗花に聞いていたし、危ないと思って呼びに行きました」

前もって考えておいた理由をすらすらと述べたら、汜憂炎が「そりゃあ、お手柄だ」と笑いかけてくる。

それに笑い返して、月鈴は物静かに佇んでいる睿をちらりと見やった。すぐさま目が合ったので慌てて逸らす。

「あの、汜隊長、楊隊長。わたしの言葉を信じて助けてくださり、ありがとうございました」

「おう。どういたしまして」

「ああ」

深々と頭を下げると、麗花も倣って「ありがとうございます」と彼らにお辞儀をした。

「それじゃ、麗花。わたしはもう帰るわね」

「だいぶ遅くなってしまったし、誰か人をつけましょうか？」

一人で大丈夫だと断り、雪華楼を後にする。途中で振り向くと、麗花と氾憂炎が手をひらひらと振っていて、睿もこちらを見ている。

そそくさと前に向き直ったところで、はっと思い出した。

「そうだ、お酒の甕」

路地に入り、物陰に隠しておいた甕を回収して帰路につく。

夜更けの花街の路地は治安が悪い。あちこちに酔っ払いや無頼漢《ごろつき》がいて、月鈴を妓女と間違えて手を伸ばしてきたりする。それらを端から払いのけて早足で進んだ。

——間に合って本当によかった。あの二人には感謝しなければ。

だが、意外だったのは睿が信じてくれたことだ。彼が氾憂炎を促してくれなかったら間に合わなかったかもしれない。

三年前と違い、今夜は睿に助けを求めてよかった……そう認めるのは複雑な心地だが。

「はぁー」

息を吐き出すと白く染まった。走り回っていたから気にならなかったが、この時期はまだ日が暮れると冷えこむ。夜も深まって肌寒く、だいぶ指先が冷たくなってきた。

外衣の袖の中へと手を引っこめて歩調を速めたが、いきなり長身の男が立ちふさがった。

──ああ、もう。また酔っ払いかしら。

面倒くさいと酒の甕を抱き直し、男の脇をすり抜けようとした時だった。

「──美雨様」

ぽつりと落とされた、その名の響き。

反射的に面を上げると細面の男と目が合った。針のごとく鋭利な眼差しに息を呑む。

「っ……」

男の手が伸びてきた瞬間、月鈴は後ろに飛びのいた。

一定の距離を取り、男が次の行動を取る前に身体の向きを変える。ばくばくと鳴り始める心臓の音を聞きながら、来た道を戻るように逃げ出した。

入り組んだ薄暗い路地を駆けていくと、先のほうに白いものが視えた──うさぎだ。ぴょんぴょんと跳ねて「こっちだよ」と案内するみたいに走っていく。

──まるで、嫦娥様に呼ばれているみたい。以前も、こんなことがあったわ。

うさぎを追いかけながら後ろを窺うと、細身の男がついてきていた。どう見ても酔っ払いの足取りではない。

背筋にぞわりと冷たいものを感じ、うさぎに導かれるまま路地の角を曲がったが、直後に向こうから小走りにやってくる睿に気づいて急停止した。

同時に、後ろの男も角を曲がってきて、睿の姿を認めるなり明らかに動揺した。

「あ、えっと……」

見ず知らずの怪しい男と、見知っているが素性をばれたくない元夫と、うろたえる自分――。

いつの間にか、ここまで導いてくれたうさぎの姿はなくなっている。

――な、なんなの、この状況は……いったい、どうしたら……！

睿が怪訝そうに男を睨みつけ、低い声で問うてきた。

「……月鈴。この男は何者だ」

「知らない男性です。さっきから追いかけられていて」

「なーんだ、妓女じゃねぇのかよ」

不意に、細面の男が大仰にため息をつく。わざとらしく頭をがしがしとかきながら真横をすり抜けていった。

「こんな時刻に花街の近くをうろついているから、てっきり妓女かと思ったぜ」

月鈴は遠ざかっていく男の背を眺めて、睿の反応も盗み見る。彼は冷ややかな目で去っていく男を睨んでいた。

皇太子の密偵だと思って逃げてしまったが、それなら睿とは面識がありそうだ。

――確かに『美雨様』って呼ばれた。でも二人は初対面のようだし、青嵐《セイラン》お兄様の密偵じゃなければ、いったい何者なのかしら。

「北菜館まで送ろう」

睿の言葉で、月鈴は我に返った。

「……わざわざ送ってくださるんですか？」

「こんな時分に一人歩きは危ないからな」

まさか、それで心配して追いかけてきたのだろうか。

いやいやそれはありえないかと首を横に振っていたら、睿がすっと目を逸らす。

「嫌がっても送る。行くぞ」

彼が歩き出してしまったので、月鈴は酒の甕を抱えておそるおそる追いかけた。

「嫌がってはいませんよ」

「首を横に振っていたが」

「あれは、ありえないと思っただけです」

「ありえない？」

「あなたが、わたしを追いかけてきてくださったのかなと」

「麗花に頼まれたんだ。一人歩きが危ないから送ってやってくれと」

ならば、やっぱり月鈴を追いかけてきてくれたのだ。

返す言葉がなくなって会話が途切れたが、見るからに武人と分かる睿がいるお蔭で、酔っ払いや無頼漢は絡んでこない。

しかも、睿が緩やかな足取りで歩いていることにも気づいてしまう。

――わたしに歩幅を合わせてくれているんだわ。

さりげない気遣いをしないでほしいと、俯《うつむ》いて無意識に口を尖《とが》らせてしまった。

「もう近くまで来ましたし、このあたりでいいですよ」

「店の前まで行く」

月明かりのもと、睿が前を見たまま応じる。抑揚のない声色と一瞥もくれない態度。

以前は、それが冷たく感じられたものだが――今はどうだろう。

月鈴は足元に向けていた視線を上げて、先導してくれる睿の背中を見つめる。自然と口火を切っていた。

「あなたは、いつもこんなふうに親切なんですか？」

彼と夫婦だった頃の自分なら、どうせ、そっけなく突き放されるからと話しかける前から諦めていただろうが、今は昔よりもきちんと『対話』ができる気がした。

今日、月鈴が助けを求めたら睿は応じてくれた。切羽詰まった懇願に耳を傾け、氾憂炎を促して雪華楼に来てくれて、麗花の命を救ってくれたのだ。

――わたしが知っている彼は、もっと冷たく無関心な男性だった。……でも、わたしが一方的にそう思っていただけなのかもしれない。

ふと、そんな考えが浮かんだ。もしかしたら馴染みのない気遣いや、この緩やかな足取りのせいだろうか。見上げる背中も冷たく感じられなかった。

「私が親切だと？」

「頼まれたからといって夜道の一人歩きを心配したり、店の前まで送っていくと言ったり。誰に対しても、そういう感じでいらっしゃるのかと」

「いや。ただ放っておけなかっただけだ」

「わたしのことを、ですか？」

「そうだ」

「……ふうん」

特別扱いだと勘違いしそうな言い回しだが、これはおそらく「危なっかしい小動物を保護して家まで送り届けなければ」というような意味合いの「放っておけなかった」であろう。

生返事をしたら、睿が肩越しにちらりと視線をくれた。

「なんだ」

「別に、なんでもありません」

「声に棘《とげ》がある」

「気のせいでしょう」

冷えた両手をさすりながら小声でやり取りをし、なんて不思議な状況だと思う。

かつては夫婦だったはずなのに、こうして遠慮なく会話をするのは初めてだ。

前を歩く睿の大きな背を眺めていたら、彼がおもむろに腕を持ち上げて、寒そうに両手をこすり合わせる。

汪州に比べたら黄陵は寒い。月鈴もここへ来たばかりの頃は、日が落ちたあとの冷えこみに悩まされた。たぶん睿も、昼との寒暖差には慣れていない。

「…………」

「着いたぞ」

「……はい。送ってくださって、ありがとうございました」

「ああ。では、私は帰る」

月鈴は冷たくなった両手を握り締めて、わずかな逡巡《しゅんじゅん》ののちに、足早に去っていこうとする睿を呼び止めた。

「楊隊長」

市井で暮らし始めて、月鈴は物の価値や、自力で生きていく上での考え方をたくさん学んだ。

その中でも、つらい時に手を差し伸べてくれた恩人の言葉は胸に刻まれていた。

『誰かに何かをしてもらった時、当たり前だと思っちゃいけないよ』

相手が元夫で、自分を追ってきている人だというのは間違いないけれど、今宵の睿は危機を助けてくれた。

それはきっと彼の『親切心』からくるもので、見返りを欲しての行為ではないだろう。

不思議そうに振り返る睿に向かって、月鈴は勇気を出して言った。

「もしよければ……一杯だけ、温かいお茶を飲んでいきませんか？　今日、わたしの話を信じて麗花を助けてくれたお礼と、冷える中、夜道をここまで送ってくださったお礼に」

誰かの親切を、当たり前だと思ってはいけない。できる範囲でいいから礼をする。

たとえ相手が誰であれ、その行動は人として大切なことなのだと市井の生活で学んだのだ。

断られるのを覚悟で待っていたら、睿は少し考えるそぶりをする。

「それでは、一杯だけ」

結婚していた頃、お茶に誘うたびに適当な理由をつけて断られたから、頷いてくれた彼はやはり印象が違うなと思った。

睿を店内へ招き入れて、壁際の卓に置かれた燭台《しょくだい》を灯す。

睿が下げた剣を外して座るのを確認し、月鈴は厨房へ向かった。外衣を脱ぎ下ろした髪を慣れた手つきでお団子に結い上げる。静に借りた襦裙は汚さないよう物陰で着替えて、ぎこちない手付きで湯を沸かして茶の支度をする。

店のほうを覗くと、睿は剣を卓に立てかけて燭台を見つめていた。

「よければお酒もありますよ。麗花にもらった蠟梅酒なんですが……」

「酒はいらない。私は下戸だ」

さらりと言われて内心、吃驚《びっくり》する。

汜憂炎と一緒に来る時は酒を頼んでいるし、てっきり睿は酒に強いと思っていたが、確かに厨房からちらちらと様子を窺った際は茶だけ飲んでいた気がする。

――下戸だなんて知らなかった。

月鈴は茶器を準備しながら眉根を寄せた。

舌が痺れるほどの花椒と辛い料理が好きなこと。下戸であること。こちらが話しかけたらきちんと対話をしてくれて、お礼のお茶に誘ったら受け入れてくれること。

どれも今まで知らなかった睿の一面だった。

静に教えてもらったとおり、茶葉を入れた小さな土瓶に沸かした湯を注ぐ。湯呑みと土瓶をお盆にのせて睿のもとまで運び、湯気の立つお茶を淹《い》れた。

「どうぞ。身体が温まると思います」

「頂こう」

卓の脇に立っていたら、睿が怪訝そうに見上げてくる。

「君は飲まないのか」

「あとで頂きます。お客さんの前では飲み食いするなと言われているので」

「私は店の客ではない。君に招かれた」

だから君も飲め、と目線で促される。

――確かに、わたしが招いた客ね。

ならば断るのも失礼かと思い、月鈴は厨房から自分のぶんの湯呑みを持ってきた。寡黙に茶を啜る睿の正面に座ってお茶を飲む。味はだいぶ渋かったが、指先までじんわりと温まった。

――こんなふうに、彼と卓を挟んでお茶を飲んでいるなんて信じられない。

燭台の灯に照らされた睿の顔を見る。淡く優しい光によって彫りの深さが際立っていた。

三年前と変わらぬ秀麗な面立ちを見つめていたら、俯きがちだった睿と目が合う。深みある呂色《ろいろ》の瞳に射貫かれても、やはり冷たいとは思わなかった。

それどころか、いつもより眼差しが柔らかく感じられて、心臓の拍動がとくとくと速くなる。

――さっきまで平気だったのに、なんだか緊張してきたわ。

静謐な店内で二人きり。視線を合わせているだけなのに心が落ち着かない。

何か意識を逸らせるような話題がないかと考えて「あっ」と思い出した。懐に入れておいた謝礼金の皮袋を取り出す。

「それは？」

「麗花にもらったんです。走り回っている時に、落としていなくてよかった」

「笛の演奏の謝礼金か」

そう指摘されて、月鈴は両目をぱちくりさせた。

「花街の舞台で笛を吹いていたのは、君だろう」

「どうして、そう思ったんですか」

「もう着替えたようだが、襦裙が同じだ」

慌ただしくて襦裙のことまで頭が回っていなかった。

お蔭でばれてしまったが、素顔を隠したのは『月鈴』として目立ちたくなかったからで、笛の奏者だと知られたところで彼は美雨だと気づかないだろう。

――でも、わざわざ顔を隠して舞台に立ったのに、こうやって面と向かって指摘されると……少し気まずいし、気恥ずかしいわね。

しかも、よりにもよって笛の練習を始めるきっかけになった元夫に、だ。

「……こんちくしょう、ですね」

「何？」

「素顔を見せないようにしたのに、わたしだとばれてしまったので。こんちくしょうと思って」

こんちくしょう。静の口癖だ。忌々しい時だけでなく、気恥ずかしい時にもよくそうやって悪態をついて誤魔化すのだ。公主の美雨であれば絶対にこんな言葉遣いをしない。

舞台での立ち姿や笛の音色を聞いて、睿がほんのわずかでも彼女が『美雨』ではないかと疑っていたとしても、これを聞けば違うと思うだろう。

睿がぴくりと肩を揺らして、まじまじと見つめてくる。

「今、何と言った？」

「こんちくしょう、です。あなたじゃなく、自分に対してですけど」

「ずいぶん荒々しい悪態だが」

「そうでしょう。日頃から、よく言っているので」

「…………」

「他にも、とっとと食べて帰りな、野郎ども、とか」

「さっさと茶を飲んで帰れ、と言いたいのか」

「そうではなくて、今のは静さんの真似です。いつも怒鳴りながらお客さんと話しているので、それを手本にして、わたしも日頃から悪態をついていると言いたかったんです」

「君が悪態を？」

「はい。笛を吹いたのがわたしだとばれるなんて思っていなかった、こんちくしょう、です」

さぁ、どうだ。これでもう美雨だとは思うまい。

疑いは一気に晴れたなと確信を抱き、胸を張って悪態をついてみせたら、切れ長の目をぱっちりと開けてこちらを凝視していた睿が「なるほど」と呟いた。

「興味深い」

今度は月鈴が、はたと動きを止める。

今、彼は「興味深い」と言ったのか？　なんてがさつで品のないやつだと、月鈴への興味が失せてほしかったのに。

睿がお茶を啜って、空になった湯呑みをかたんと置く。

「一つ訊きたい。舞台の上で顔を隠していたのは、何故だ」

「騒がれたくなかっただけです。花街の舞台に立ったら、興味本位で男性にも声をかけられるかもしれませんから。そういうのが煩わしくて」

そうか、と短く相槌を打った睿がまたじっと視線を注いできた。

顔を背けそうになるのを堪えて、月鈴も正面から受け止めたが——。

「あの笛の音は美しかった。久しぶりに、私も吹きたくなった」

「っ……」

「しばらく、笛には触れてもいなかったが」

「……どうしてですか？」

「仕事ばかりで、そんな気になれなかったのと——母が、な」

睿がほんの少し両目を細める。

「笛の名手だったらしい。それを知って、吹かなくなった」

睿は名将、楊将軍の甥だ。実父は楊将軍の弟で、睿が幼少期に死別。母親も亡くなったので楊将軍のもとに引き取られて育ったと周知されていた。

母親の素性は公表されていないが、一時期、後宮である噂が流れたことがあった。

亡くなったと言われている楊睿の実母は、花街の妓女であると。

「どうでもいい話だ。忘れてくれ」

睿がかぶりを振って会話を打ち切ってしまう。

——今のは、どうでもいい話ではないわ。たぶん彼にとって、とても大切な話だった。

氷壁で固められたような心の内がほんの少し垣間《かいま》見《み》えた気がする。

月鈴は小さく息を吐いて、睿の手元にある湯呑みに二杯目の茶を注いだ。

「？」

「二杯目は有料にするつもりでしたが、今日は特別にお金を取りません」

「……金を取れる味ではないが」

ぼそりと失礼なことを言われた気がしたけれど、つんと澄まし顔で無視をしたら、睿の表情がわずかに和んだ。

「まぁ、茶の味はするな」

「いらなければ、飲まなくていいですよ」

「頂こう」

「無理しなくてもいいんですからね」

「このあたりは冷えるから、茶は温まる」

やっぱり不思議だなと、月鈴は思う。

卓を挟んで茶を飲みながら雑談なんて一度もしたことがなかったのに、お互い素性を隠して振舞っている今は、何故かすんなり談話ができている。

それに彼と話していると、少しつんけんとした態度を取りたくなった。

平時、穏やかな月鈴には珍しいことだが、こちらに気づかない元夫に対して意趣返しをしている気分になる。

——彼もわたしだと気づいていたら、こんな態度で接してこないわ。

二杯目のお茶を飲んでいる睿を見つめて、それとなく探ってみるかと口を開いた。

「楊隊長は汜隊長と同僚だと言っていましたが、黄陵へ来られるようになったのは最近ですよね。以前から、国境警備の任務に就いていたんですか？」

「……いや。最近、配属された」

「そうですか。汜隊長と仲がいいんですね。よく二人で大通りの飯店や、花街にいるところを見かけます」

自然な流れで切りこむと、睿が考えこむように黙った。

いったい、どんなふうに誤魔化すのだろうかと窺っていたら——。

「汜憂炎には、人捜しを手伝ってもらっている」

「人捜し？」

「そうだ。情報を集めている。どうしても見つけたい」

「……もしかして、以前、わたしと声が似ていると言っていた人のことですか？」

「ああ。音の記憶は、あてにならないかもしれないが」

「その人に、何か用があるんですか？」

似ていると言われても動揺を出さず、月鈴は質問を重ねた。上官の命令で捜している、とでも答えるのだろうか。

睿が切れ長の双眸を細めた。それだけで目付きが鋭さを帯びる。

「上官の命令で捜している」

想像どおりの答えに口角を歪めそうになるが、彼の言葉には続きがあった。

「だが、私も彼女に会いたい」

「あなたとも関係がある人なんですね」

「私が守るべきだったのに、傷つけてしまった人なんだ。見つけたら、謝って、話がしたい。そして……できれば連れ帰りたい」

睿が囁くように付け加えて、二杯目を飲み終えた湯呑みをかたんと置いた。

無音の店内に硬質な音が響き渡り、耳を澄ませていた月鈴は指をぴくりと動かす。

「少し話しすぎたな」

小声で愚痴るように言い、睿が立てかけていた剣を持って立ち上がった。

「夜も更けてきた。そろそろ帰る」

「……はい」

燭台を持って店の外まで見送りに出ると、彼は振り向きざまに告げる。

「茶をありがとう」

「こちらこそ、色々と話してくださって、ありがとうございました。おやすみなさい」

「おやすみ。きちんと戸締まりはしろよ」

睿が宵闇に溶けこむようにして去っていく。

月鈴はその場に佇み、彼の姿が見えなくなった頃に長々と息を吐いて天を仰いだ。美しい盈月が浮かんでいる。

『私が守るべきだったのに、傷つけてしまった人なんだ。見つけたら、謝って、話がしたい。そして……できれば連れ帰りたい』

「なんなの、それ」

皇太子の命令だから、美雨を捜しに来たのではないのか。

そんなことを考えていたなんて初めて知った……知らないことばかりじゃないか。

かつての冬の雨に打たれている時のような冷たく、静かな睿の目を思い出し、月鈴は悩ましげなため息をついてから店に戻った。

戸締まりをして牀褥に入ったあとも、彼の言葉は耳の奥でこだましていた。

第五話　離縁した夫がおかしな目で見てきます

「睿《ルイ》は、何に対しても無関心だよね」

ある時、従兄の空燕《クウエン》にそう言われたことがある。

「人でも物でも、興味を持たない。関心があるのは武術と笛だけだろう。他のことはどうでもよさそうだ。もしかして、僕の両親のせいかい？」

「さぁな、別にどうでもいいことだろう」

「どうでもよくはないさ。睿には、もっと色んなことに関心を持ってほしいんだ」

「何故そんなことを言う？」

「だって、睿の無関心さには自棄が交じっているだろう。仕事柄、いつか命の危険にさらされたら、生きることも諦めてしまいそうで心配だよ。そういう時、君が投げやりにならないように引き留めてくれる何かを見つけてほしいと、僕は願っているんだ」

だから、もっと周りの人や物に関心を持ったほうがいいと、従兄は心配そうな顔で忠告してきたが、睿はくだらないと聞き流した。

彼にとって人生はつまらないものだった。

親を選ぶこともできず、勝手にこの世に生み落とされて、それについて周りがとやかく言うものだから嫌気がさして心が冷めていく。

その結果、何にも関心がなくなった。自分に与えられた仕事を完璧にこなし、代わり映えのしない日々を送っていくだけ。睿の人生には楽しみも執着もなかったのだ。


睿の実父は楊《ヤン》将軍の弟だったが、さんざん放蕩《ほうとう》生活を送った末に酒を飲みすぎて死ぬ、という最悪な末路を辿った。

その上、母親は身分の低い妓女だった。見目麗しかったそうだが、睿を生み落としたあとに行方をくらました。

幼い睿は伯父夫婦のもとに引き取られたが、一つ年上の従兄で、すでに楊家の跡継ぎと定められた空燕がいたため、睿の生活は肩身の狭いものだった。

伯父の楊将軍に連れられて初陣を果たしたのは、睿が十四歳の時だ。小隊を率いて国境にいる陶馬軍を牽制し、追い返すことが彼に下された命令だった。

無事に命令をこなして本陣へ戻ると、伯父が厳《いか》めしい顔付きで出迎えた。

「陶馬軍は撤退したか」

「はい。被害は最小限に留めました」

「それでいい。あとは向こうの出方次第だな」

楊将軍はそう言い放つと、それきり睿には声をかけなかった。

厳格な伯父は睿がどれだけ優秀であっても褒めたりはせず、亡くなった弟——睿の父を「愚弟」

や「ろくでなし」と呼んだ。

それを聞くたび、お前は愚弟の息子、ろくでなしの息子だと言われているのだと感じた。

伯父の妻は空燕とともに睿を育ててくれたが、よそよそしく壁があった。妓女の産んだ子供を引き取ったという事実を受け入れがたかったのだろう。

それは、睿の心にも暗い影を落とした。

母親が屋敷の侍女よりも身分が低いというだけで、自分に向けられる目には揶揄が含まれる。

親族の集まりがある際に「あれが妓女の子供か」と年嵩《としかさ》の男たちが笑いながら話しているのを聞いてしまったこともある。

ろくでなしの息子。妓女の息子。

……確かに、そのとおりだ。さりとて、好きでそんな立場に生まれたわけではない。

はじめはそう憤りを抱いたが、怒ったところで自分の境遇は変わらず、親戚の嘲笑も耳にこびりついて離れなかった。

次第に、睿はすべてのものに冷めた目を向けるようになった。

幼稚な嫌がらせや皮肉を言われても、いちいち心を乱していたらきりがない。

だから、自分を下に見る連中がいても気にすることをやめた。他人に関心を持つのもやめた。

幸いにも、睿には飛びぬけた武の才があり、それを極めることに心血を注いだのだ。

笛を吹くのも好きだったから、その二つの趣味が彼の心を慰めた。

――心が休まるのは剣を振っている時か、笛を吹いている時だけだ。鬱陶しい雑音も聞こえなくなる。

睿はたいていの人や物事に関心を抱かなかったが、数少ない好きなものにはとことん熱中した。

修練を始めると、他のことが一切目に入らなくなるほどには――。

ただ、そんな睿にも理解者はいた。従兄の空燕である。

空燕は三度の飯よりも書物を好んで、科挙の問題を解くのが趣味という、いっぷう変わった気質の青年だった。

武術を嫌い、盤上で戦略を練るほうが楽しいと言ってのける知識欲旺盛な空燕と、何に対しても無関心な睿は正反対だったが、不思議とうまが合った。

伯父夫婦のもとに引き取られて幸運と思えたのは、空燕に会えたことだと断言できる。

やがて成長すると、皇太子の護衛官に任命された。幼少期から皇太子とはちょくちょく顔を合わせる機会があり、文官の才がある空燕とともに側近に召されたのだ。

睿は戦場へ出れば武神のごとく敵を斬り捨て、皇太子の命令にはなんでも従った。

どれほど汚い仕事であっても表情一つ変えずにこなした。

たまに「ねぇ、睿。仕事ばかりじゃなく、少し息抜きをしたらどうかな」と空燕に窘《たしな》められることもあったが聞き流した。

睿は忙殺される生活を好んだ。余計な雑音が耳に入ってこなかったからだ。

そうやって自分の心を顧みずに生きてきたから、自身の結婚にも関心を抱かなかった。

「睿。明霞《メイカ》妃の娘、美雨《メイユイ》様と結婚しろ」

伯父に命じられた時も、二つ返事で応じた。

「分かりました」

「第二皇子殿下が誕生されてから、どうにも柳《リュウ》大臣の動きがきなくさい。明霞妃とともに大きなことを企んでいるかもしれん。朱《シュ》宰相と調査を進めているが、柳家に近づいて動向を見張りたい」

「では、私にも公主様を見張れということですか」

「それとなく見張れ。美雨様は内気で、明霞妃の言いなりだそうだ。柳家の企みに関わっている可能性もある。柳家と内通していないか注意しておけ。柳家のほうは私が探りを入れよう」

「はい」

「夫婦生活は仮初のものでいい。柳家の動き次第で、すぐ離縁するかもしれないからな。美雨様を孕《はら》ませたりすれば面倒も増えそうだ。あの方には酷な対応だろうが、あれこれと文句を言うような性格ではなかろう。明霞妃と繋がっている可能性がある限り、距離を置いておけ」

「はい、伯父上」

そうして伯父に命じられるがまま、睿は美雨と夫婦になった。

前もって聞いていたとおり、美雨は内気で物静かな公主だった。睿が「あなたに触れるつもりはない」と告げた時も、文句を言わずに小声で「分かりました」と受け入れた。

いつも薄衣をかぶって素顔を見せず、睿の生活には干渉してこない。

睿も仕事柄、宮廷に泊まりこむことが多く、美雨と過ごす時間はほとんどなかった。

食事は別で、もちろん牀褥も別。さすがに敬語はやめてくれと頼まれて「美雨」と名前で呼ぶようになったが、やり取りは廊下ですれ違う時に挨拶をするくらい。

お茶や食事に誘われたり、遠くから視線を感じることはあっても、そのたび断っていたら向こうから話しかけてくることはなくなった。

美雨はひっそりと屋敷で暮らしていて外部と連絡を取り合っておらず、柳家の動きに関わっていないことも判明した。

しかし、そんな夫婦生活は唐突に終わりを迎えた。

陶馬国との協定を結ぶための会談へ赴いた、その帰りの道中で、睿は重傷を負った。

「殿下……ッ！」

降り注ぐ矢の雨から主を庇った瞬間、鋭い鏃《やじり》がいくつも身体に突き刺さった。

睿は激しい痛みに襲われて吐血し、朦朧としながら皇太子や医官の声を聞いた。

——ああ、私は死ぬのか。

口内に充満する鉄の味を噛み締めて、まぁ、それもいいかと思った。

——生きていたところで、どうせ人生はつまらない。

やるべきことを完璧にこなして漫然とした日々を送るだけだ。

睿を信頼して、護衛官にしてくれた皇太子を守って死ぬのならば、ろくでなしの息子として生まれた自分にしては上等な終わり方だろう。

——本当につまらない人生だったな……今や、楽しいことも何もない。

好きだった笛も「妓女の母が笛の名手だったらしい。その血を引いているんだな」と誰かが嘲笑《あざわら》っているのを聞いてから吹けなくなってしまった。

武を振るうのも、今はすべて仕事のためだ。もはや、人生の楽しみなんて何もない——。

「旦那様。わたくしです、美雨ですよ」

全身が痛んで苦しくて息をするのもつらい時、その声は冬の夜にしんしんと降る雪みたいに優しく降り注いだ。

「わたくしにはあなたが死ぬ未来は視えません。だから大丈夫です。あなたは元気になりますよ。これからも青嵐《セイラン》お兄様を、側で支えてあげてください」

夢か、うつつか。高熱に魘《うな》される睿の耳に、柔らかくて心地よい声が届いた。

「旦那様に話したいことがたくさんありました。後宮でどんな生活をして、あなたのもとへ嫁いできたのか、聞いてほしかったのですよ。わたくしが隠してきたことも、旦那様にだけは打ち明けようと思っていたのです」

汗を拭っていく手の温もりとともに、その声はどんなふうに生きてきたのかを語り始める。

――美雨なのか。

「旦那様に憧れて笛の練習も始めました。腕前は、あなたに到底及びませんが」

語りの内容はところどころしか覚えていない。ただ激しい痛みの中で、もういいのだと諦めそうになるたびに優しい声が聞こえて、この世に引き留められた。

そして一つだけ鮮明に覚えている言葉がある。

「わたくしたち、まるで夫婦のようですね」

ちょうど痛みが引いていたから、朦朧としながら薄目を開けたら、朝の日射しを背にして誰かが側にいた。でも、誰なのかを確かめる前に気を失ってしまった。

次に目が覚めた時、室内は夕暮れ色に染まり、年嵩の侍女が付き添っていた。

睿が起きたと知るなり、侍女は慌てふためいて人を呼びに行ってしまった。

身体の痛みを堪えながら身を起こし、睿はあたりを見渡して開口一番その名を口にした。

「美雨？」

返事をする者はどこにもいなかった。

美雨は忽然《こつぜん》と姿を消してしまい、ようやく動けるようになってから彼女が睿との離縁を望み、北川省の尼寺へ行ったということを知らされたのだ。

◆

貧困層の民が暮らす区域の入り組んだ路地の奥で、睿は物売りの格好をした中年の男とひそひそと話していた。

「残念ながら情報はありません。美雨様が寺を出たあとの動向も不明で、街の寺院で匿われているのではないかと探ってみましたが空振りでした。他の密偵もそれぞれ動いていますが、今のところめぼしい情報は手に入っておりません」

「そうか。名士や商家のもとにも彼女はいなかった。汜憂炎《ハンユウエン》に同行して妓楼も見て回ったが、それらしい人物はいない」

「北川省だけではなく、他の地域にも捜索の手を伸ばしますか？」

「そのほうがいいかもしれないな」

ただし、皇太子が提示した捜索の期限は二ヶ月だ。その期限が来週に差し迫っている。

捜索を密偵に引き継いで、睿は汪州へ帰還しなければならない。

「楊護衛官。やはり、美雨様のお顔が分からないのも、捜索が難航している原因の一つです。聞きこみ用の似顔絵も作れませんので。失礼ながら、楊護衛官は美雨様とご結婚されていた時期がございますよね。似顔絵の制作などは……」

「言いづらいことだが、私たちは、まともに夫婦生活を送っていなかった。彼女の素顔もしっかりと見ていない」

いつも彼女は素顔を隠していたから、身の丈や立ち姿の特徴は分かっても顔立ちばかりは如何《いかん》ともしがたい。

妻だった女性の顔がはっきりと分からないだなんて、まったくもって情けない話であるが。

「申し訳ありません。出すぎたことを訊きました」

「いや、構わない」

「それから、もう一つ気がかりなことが……趙《チョウ》家の密偵が動いております。この街で何度か姿を見かけましたが、あれは以前、後宮にいた宦官《かんがん》です。情報収集能力が高く、趙大臣に引き抜かれた者だと、密偵の間で情報が流れていました」

「宦官だと？　何故、そのような密偵が……いや、そういうことか」

未婚の公主は後宮の外で素顔を隠す。

宮廷内における昔からの決まり事だが、つまるところ「未婚の公主は男性に素顔を見られるのが好ましくない」という理由なので、後宮内では隠す必要がない。

現に、降嫁して夫を持ったり、他国へ嫁いだ公主は素顔をさらすことが多い。

……本人が望むのなら、美雨のように素顔を隠して生活する場合もあるが。

「その者は、後宮で美雨の素顔を見たことがあるというのだな」

「おそらくは。そして、今も黄陵に留まっております」

「つまり、美雨が黄陵にいると」

「定かではありませんが、何か情報を持っているのは確かです。美雨様の居場所を趙大臣に報告して、連絡を待っているのかもしれません」

「万が一にも居場所が特定されているとしたら危険だ。相手が趙大臣なら、強硬な手段を取る可能性がある」

趙大臣は、孫娘――かつて後宮で自死をした賢妃、紅花《ホンファ》が生んだ公主の雹華《ヒョウカ》を巫に推している。

雹華は亡き母に似て美しく、聡明で『巫の資格』も有しているとか。

それこそ後宮外では素顔を隠しているため、容姿の噂は眉唾物ではあるが、いずれにせよ巫選定の儀に出るのは間違いない。

趙大臣は温厚な人柄だったが、溺愛していた娘の紅花が自死をしてから、人が変わったように冷酷な人物になってしまった。

娘の忘れ形見である雹華を巫にするためには、きっと手段を選ばない。

今は朱宰相を中心とし、朱家が祭事を取り仕切っているが、雹華が巫に選ばれたら趙家がその権限を引き継ぐだろう。それによって宮廷における発言権は高まる。

問題は、かねてより皇太子と趙大臣が不仲ということ。

政での派閥も違うため、皇太子は趙大臣にこれ以上の権力を持たせたくない。

そして現時点で、美雨と雹華の他に、巫の資格――『異能』が発現している公主はいないため、皇太子は美雨の行方を探っているのだ。

当の本人である公主たちをよそに、すでに水面下では次代の権力争いが始まっている。

もし美雨が趙大臣の手の者に捕まれば、選定の儀が終わるまで幽閉か、最悪の場合は命を奪われることもありうる。

「宦官の密偵とやらの居場所は捜せるか」

「一度、尾行したのですが撒《ま》かれてしまいました。向こうにも仲間がいて、情報を共有しながら動いていているはずです。どうにか尻尾を摑んでみましょう」

「頼む」

密偵が一礼し、路地の向こうへ消えていく。睿も踵を返して大通りへ向かった。

――もし本当に美雨の居所が特定されていて、趙大臣が強硬手段を取るつもりなら荒事になるかもしれない。

黄陵の大通りに出て、雑多な賑わいを見渡す。この街のどこかに美雨がいるのだろうか。

『捜し人は見つかると相が出ているよ』

不意に、北菜館の店主の言葉が過ぎる。

これまで占術の類は信じていなかったが、あまりに的を射ていたので忘れられなかった。

『すべてに嫌気がさして冷めていただろう。でも、その捜し人のお蔭であんたは変わりつつある』

――嫌気がさして冷めていた、か。

そのとおりだ。三年前までの睿は何に対しても無関心で、人生に楽しみなんてなかった。

自分の死に直面した時ですら、諦めて受け入れようとしたのに――。

『旦那様。わたくしです、美雨ですよ』

睿は大通りを歩き出して前髪をくしゃりと乱した。

――私は何も知らず、美雨に正面から向き合うこともしなかった。たとえ伯父の命でも、縁を結んだ夫婦だったというのに。

美雨が去ってから、睿はひどく悔やんだ。

嫁いできた彼女は柳明霞や親族とは一切連絡を取っていなかった。今になって思えば、それだけ冷えきった関係だったのだろう。

母には冷遇され、後宮では息をひそめて生きてきて、利用されまいと隠し通した異能について睿にだけは打ち明けてくれようとしていたのだ。

『わたくしが隠してきたことも、旦那様にだけは打ち明けようと思っていたのです』

――それなのに、私は美雨を冷たく突き放した。

何もかもつまらないと斜に構えて、彼女の人生にまで無関心を貫いてしまった。

その態度が、どれだけ彼女を傷つけたのだろうか。

自分の取った冷ややかな言動を思い返しては、悔いて、悔いて……だから、睿は自らの意思でここまで美雨を捜しに来た。

――美雨がいなくなってから、私は後悔してばかりだ。

もう一度、美雨に会いたかった。自分のしたことを謝罪し、もし許されるのなら、今度こそ彼女ときちんと話をしたかった。

――だが、肝心の美雨の居場所が分からないとは。いったい、どこにいるんだ。

深いため息をついた時、また、あの店主の声が蘇った。

『あんたの目には見えているのに、見えていない』

謎かけのような言い回しだが、思い浮かんだのは、ある娘の姿だ。

睿は黄陵へ来てから、美雨の面影を感じる娘に出会っていた。面影といっても立ち姿や体形、声が似ているだけで顔立ちまでは分からない。

かつて薄衣越しに見えた顔と似ている気はするが、悔しいことに断言できなかった。

睿の足は自然と北菜館へ向かっていた。昼過ぎで混んでいたけれど、店内を覗いたら氾憂炎が昼食を取っている。

――あの男、暇なのか。

数日おきに黄陵で見かける。氾憂炎は花街で顔が広いから、楼主に聞きこみするのに助かっているが、いかんせん大酒飲みで豪快すぎる性格に呆れることがあった。

――まぁ、悪い男ではない。むしろ剛毅で気のいい男だ。

氾憂炎が目ざとく気づいて手をぶんぶんと振ってくる。相変わらず目立っていた。

睿は諦念のため息をついて、氾憂炎の向かいに座る。

「よう、楊隊長。首尾はどうだい?」

「……よくはない」

「そんな葬式みたいな暗い声で言うなって。腹いっぱい飯でも食って元気を出せよ。……ああ、お嬢ちゃん。注文頼むよ」

その呼びかけに元気のいい返事が聞こえたので、睿の視線はそちらへ向かう。

店内で配膳をしている若い娘、月鈴《ゲツリン》だ。前掛けをつけた格好で、空いた皿と茶碗《ちゃわん》を運んでいるところだったが、その足でこちらへ向かってくる。

「汜隊長、楊隊長。ご注文は？」

「俺は肉饅頭を一つ追加で」

「野菜炒め、花椒多めで。肉饅頭も二つ」

「はい。野菜炒めと一緒にお出しする汁物は、先にお持ちしますね」

月鈴はにこやかに注文を聞くと、食器を持って厨房へ入っていく。

もう一人の配膳の女性も手際がいいため、混み合う店内でも慌ただしさは感じない。

月鈴がすぐに汁物を持ってきてくれた。お盆にのせた椀を、睿の目の前にゆっくりと置く。そのまま別の卓の片づけを始めたが、動きは丁寧で緩やかだった。

——所作がきれいだ。

睿は汁物に手をつけず、月鈴を視線で追いかける。

汜憂炎に連れられて行った華祭の夜、舞台の上で笛を吹く彼女を見た。

はじめは月鈴と分からなかったが、笛の音色に聞き惚れて、いったい何者だろうと汜憂炎と話しながら大通りを歩いていた時、いきなり彼女が現れたのだ。

鬼気迫る様子で助けを請われ、その必死さにただ事ではないと思い、ついていった。

結果、雪華楼での惨劇を止めることができたが——月鈴の着ている襦裙を見て、笛を吹いていたのは彼女だと気づいた。

睿は一度、北菜館で月鈴の笛の音色を聞いたことがあるが、まさか大衆の前に立つ度胸と技量を併せ持っていたのが年若い彼女だとは思い至らなかったのである。

そこから、いくつか疑問が湧いた。

人前で披露できるほどの腕前を、市井の娘が身につけるのは難しいだろうし、雪華楼での事件も、危険を察知してから睿と汜憂炎を捜しに来たとしても早すぎた。

それに、どうして『彼ら』でなければいけなかったのか。

雪華楼には用心棒がいて、ある程度の荒事は片づけられるだろう。

だが、月鈴はわざわざ睿と汜憂炎を捜しに来た。まるで雪華楼で起きることを知っていたかのように——。

——美雨の異能は『先視』と聞いた。それで身内の悪事を告発し、皇太子殿下を救ったのだと。

ならば、雪華楼で起きる事件も先視したのではないか。

以前の睿であれば、荒唐無稽と一蹴したかもしれないが、今はそう言われても信じる。

「汁物が冷めるぞ」

汜憂炎に肩をつつかれても反応せず、睿は店内を動き回る月鈴を見つめ続けた。

——しかし、彼女が美雨と仮定しても印象が違いすぎる。

まず、美雨と言葉遣いが違う。悪態をつくなんてもってのほかだが、市井に紛れるためには丁寧な言葉遣いは浮くだろう。周りの者を真似て口調を変えているとしたら？

『こんちくしょう、です。あなたじゃなく、自分に対してですけど』

——あれは明らかに言い慣れていない感じだったが。……いや、考えすぎか。私がそう信じたいだけなのかもしれない。

あの娘が美雨であればいいのに、と。

会話をしてみれば別人としか思えないが、そう願ってしまう自分がいる。

――捜し人の話をしても、彼女の反応はおかしくなかったはずだ。

そもそも美雨であれば、睿に茶を飲んでいかないかと誘ったりはしないだろう。二人きりになるのも避けそうだ。

頭の中で色々な要点を繋ぎ合わせながら、月鈴から目を逸らせずにいると、氾憂炎が呆れたように肩を小突いてきた。

「さすがに見すぎだろう。どうしたんだ？　お嬢ちゃんが気になるのかい？」

「捜し人に似ているんだ」

「あのお嬢ちゃんが？　それで、さっきから穴のあくほど見ているのか」

月鈴が振り向いたが、睿と目が合った途端、困ったように顔を背けてしまう。

「だから見すぎだって。あんたみたいな男に見つめられたら、若い娘は緊張しちまうだろう」

「彼女はいつからここで働いているんだ？」

「さぁな。俺がここへ通うようになった時には、もう働いていたが……その捜し人っていうのは小料理屋の娘と見間違えるような娘なのか？　街の名士のもとを訪ね歩いていると聞いたから、てっきり身分の高い娘だと思ったが」

「身分は高い。ただ情報がなさすぎて、手詰まりだ」

「花街の妓楼にも、それらしい娘はいねぇしな。このあたりには、いないか。もしくは……」

氾憂炎が運ばれてきた肉饅頭を手に取り、ぴたりと動きを止める。先ほどの睿みたいに店内を動き回る月鈴を見て、琥珀色の双眸を細めてみせた。

「市井に紛れて暮らしている、か。絶対にありえない、とは言いきれねぇな」

「可能性は、ある」

「だが、易々と紛れこめるとも思えねぇな。身分の高い娘が、あんなふうに働いていけるもんかね。簡単なことじゃねぇだろうし、よほどの覚悟がねぇと難しいと思うぜ。ただ似ているってだけじゃ根拠には薄い。断定できるほどの証拠がねぇとな」

「分かっている」

「じゃあ、とりあえず食えよ。食ってから考えりゃいい。俺もこのあと暇だから手伝うぜ」

「氾憂炎。自分の仕事はいいのか」

「信頼する部下に任せているから、俺がいなくたって平気さ」

「……押しつけてきた、の間違いではないのか？」

「いいんだよ。部下はみんな優秀だし、俺だってたまには息抜きが必要さ」

氾憂炎が白い歯を見せて笑ったが、その笑い方がどことなく、うさんくさい。

これまで息抜きと称して、どれだけ部下を困らせてきたのだろう。

見るからに自由人な氾憂炎に胡乱《うろん》な目を向けて、睿はぽつりと呟いた。

「お前の部下にはなりたくないな」

◆

――また、こっちを見ているわ。

食事中の睿と目が合ったので、月鈴はさっと顔を背けた。

ここ数日、やたらと目が合うのだ。なにげなく顔を向けるたびに視線が絡むので、極力そちらを向かないようにしているが、つい意識が持っていかれてしまう。

――気のせいじゃないわよね。

空いた席を片づけている間も、睿の視線を感じた。

ちらりと目をやれば、またもや視線が合って鼓動が一気に跳ね上がる。

――やっぱり見ているわ。もしかして、お茶に誘った時のやり取りで、何か勘づいたのかしら。でも、それなら探りを入れるために声をかけてきそうだけど。

今のところ、睿はこちらを観察しているだけだ。

皿を抱えて厨房へ逃げこみ、月鈴はどきどきと鳴っている胸をさすった。おそるおそる店内を覗いたら、睿は寡黙に茶を啜っている。

――あの人、いつも無表情だから、何を考えているのかさっぱり分からないわ。

せめて眉を寄せるなり、口をへの字に曲げるなり、わずかなりとも変化があれば思考が推測できるのに。きっと表情筋が死んでいるのだ。

――変に動揺せず、いつもどおりにしていたほうがよさそうね。……待てよ。疑われているんじゃなくて、ただ単に、わたしを睨んでいるっていう可能性もあるわね。

こちらの素性が疑われているか、何か機嫌を損ねたのか。思いつくのは、その二択である。

ちなみに、好意を抱かれているという考えは微塵も頭を過ぎらない。

夫婦だった頃、女としてはまったく相手にされなかったので、華やかな装いや公主という名もなくなった『月鈴』が、睿からそういう目で見られるという可能性にすら思い至らなかった。

ひとまず、彼の様子がおかしいというのは詩夏にも話しておいたほうがよさそうだ。

炒めものを作る詩夏を横目に皿洗いをしていたら、静に呼ばれた。

「ちょいと、月鈴。出前の注文が入ったよ。今は雨が降っているからね、小降りになったら行ってきておくれ」

「はい、静《セイ》さん」

「で、その出前が終わったら、大通りの薬屋にも遣いに行ってほしいんだよ。薬膳で使う漢方薬が欲しくてね」

「お店で薬膳を出すんですか？」

「いいや、あたしが食べるのさ。ここのところ疲れが溜まって不眠ぎみなんだ。星宇《シンウー》が作ってくれると言うもんだから、材料くらいはあたしが用意しなきゃいけないと思ってね。……まったく。年を食うと、身体のあちこちに不調が出てきて困るよ」

静が肩を回しながらぼやく。普段かくしゃくとして老いを感じさせないが、頭髪には白髪が交じっているし、それなりの年齢なのだ。

「分かりました。どの漢方薬を買ってくればいいのか、あとで教えてください」

「ああ。とりあえず出前の支度をしておきな。それと、今日は薬屋まで遣いを終えたら仕事を上がっていいよ。明日は詩夏《シカ》に休みをくれてやるつもりだから、今日はあんただよ」

「はい！　そういうところ、静さんって優しいですよね」

「優しいだって？　……あたしはただ、働きっぱなしで倒れられても、人手が足りなくなって困るから休みをくれてやるだけさ。勘違いしてんじゃないよ、こんちくしょうめ」

こちらに背中を向けた静がぶつくさと悪態をついた。

月鈴はにこやかに出前の支度をし、裏口から外の様子を窺う。雨がぱらぱらと降っていた。

小降りになったのを見計らい、出前へ向かった。帰り際に天を仰いだら鉛色の雲の隙間から、暖色に染まり始めた空が見える。もうすぐ夕暮れ時だ。

——早めにお遣いを終わらせてしまおう。

さりげなく周りを見渡した。ここのところ出前に行く時は人通りの多い道を選び、周囲を窺うようになった。

美雨と呼び、追いかけてきたあの男がいるんじゃないかと警戒しているが、何の変哲もない下町の光景が広がっている。

華祭の夜の出来事は、詩夏にも話した。睿にお茶をごちそうしたことは呆れられたが、それよりも詩夏は名前を呼んで追いかけてきた男を気にしていた。

最悪、睿に素性が知られたとしても、彼はこちらに危害を加えたりはしない。

しかれども、名前を呼んできた謎の男の目的は不明だった。

——さすがに白昼堂々、わたしを攫《さら》ったりはしないだろうけど、あの男が青嵐《セイラン》お兄様の密偵でないとすれば、どうしてわたしの名を知っていて、追いかけてきたのかしら。

あれから男の接触はなく、何事もなく日常生活を送れている。

現段階で『美雨』を捜しているのは皇太子という認識でいたし、今さら尼寺の追手が来るというのも考えづらい。他に彼女を捜している勢力があるとすれば――。

うーんと、考え事をしているうちに北菜館に着く。その足で静から漢方薬の名を教えてもらい、大通りにある薬屋へお遣いに行った。

雨がやんで、雑然とした下町は斜陽に照らされていた。

月鈴は足元の水たまりを飛び越したが、道の端できらりと光るものを見つける。すかさず身を屈めて、光ったものを拾い上げた。

「小銭だわ！」

丸い小銭を戦利品のごとく夕陽に翳し、ほくほく顔で財嚢にしまう。

軽やかな足取りで薬屋へ行き、静から預かったお金で漢方薬を購入した。大きな布袋に入れてもらい、腕に抱えて薬屋を出る。

すでに外は薄闇に包まれていたが、通りは賑やかだった。

空には雲が残っているけれど、山間《やまあい》から昇ってきた月が顔を覗かせている。

完全に暗くなる前に帰ろうと思い、走り出そうとした時、背後で「うわっ！」と声がしたので反射的に振り返る。薬屋から出てきた男が抱えた荷物をばら撒いていた。

「やっちまった……」

食糧の包みや、漢方薬として使う木の皮を束ねたものが散乱している。

月鈴の近くにもその束が落ちていたので、拾ってあげて男がまとめている荷物の上にのせた。

「ここにも落ちていましたよ」

「ああ、すみませんっ。焦っていたもんで……ありがとうございます！」

引っこめる間もなく手を取られて、礼を言われた。

刹那、視界がぐらりと揺れたので振り払おうとしたが、もう遅かった。

馴染みある白い靄がかかって——古びた家屋の室内が視えた。年老いた女性が息も絶え絶えに横たわっている。男がぼろぼろの痣《あざ》だらけの姿で、苦しげな老女に寄り添い謝っていた。「遅くなって、ごめん。金も荷物も奪われちまって……母さんの薬も、失《な》くして……」老女が何か言おうとしたが、ひどい咳《せき》をしたきり動かなくなり、男が泣きじゃくり始めて——。

「！」

「じゃあ、急いでいるので失礼します！」

「……あなた、ちょっと待って！」

呼び止めたが、男はよほど急いでいるのか、荷物を抱えて人ごみに紛れてしまう。

ただちに周りを調べてみると、段差の陰に数日分の薬包が入った小さな布袋が落ちていた。放っておくと行き交う人に踏まれそうだったので、慌てて拾い上げる。

男の去ったほうを見やるが、もはや雑踏に呑みこまれて影も形もない。

——さっきの光景で、あの男性は薬を失くしたと言っていた。もしかしてこれのことかしら。

「…………」

相手は赤の他人だ。謎の男も気になるし、仕事以外では極力、出歩きたくない。

あとは薬屋に任せて、北菜館へまっすぐ帰るべきだと思うのに、老女が動かなくなる場面が浮かんだ。

痣だらけの男が嗚咽《おえつ》を零している姿まで過ぎり、月鈴はため息をついて天を仰ぐ。雨雲の間から白い月が煌々《こうこう》と顔を覗かせていた。

――こういう時、いつも自分がどうするべきか迷ってしまう。

できることは限られている。誰かに助けを求めなければ解決できない場合も多くて、必死に奔走したところで救えるという確証もない。

――そう、頭では分かっているのに。

月鈴はくるりと踵を返した。薬屋に戻り、店主に男が落としていった布袋を預ける。

「おや。さっきのお客さん、これを落としていったのかい。発作の薬じゃないか」

「もしかして急ぎの薬なの？」

「ああ。肺を患っている母親がいて、咳の発作が出ると呼吸ができなくなっちまう。そういう時に吸いこむと楽になる薬なのさ。昼過ぎから発作が出て、急いで買いに来たみたいだったが……おーい、お前。あのお客さん、どこに住んでいるか知っているか？」

店の奥で粉薬を調剤していた女性が首を傾げながら答えた。

「花街を抜けた先の住宅区じゃありませんでしたっけ。確か、前にそう話していた気がしますよ」

――花街を抜けた先の、住宅区。

だいぶ寂れていて治安が悪く、一人では近づかない場所だ。

先視に出てきた男性は痣だらけで、金と荷物を奪われたと言っていた。もしかしたら、そこで誰かに襲われるということでは――。

「届けようにも少し遠いな。まぁ、薬がないと気づいたら取りに来るだろうさ。とりあえず、うちで預かっておくよ」

月鈴は額を押さえた。先ほど視えてしまった光景がぐるぐると頭の中を回っている。

――もし、あれが今夜起きてしまうことだったら？

麗花の時とは違い、今回は赤の他人だ。

これ以上はお節介だと自分に言い聞かせるが、どうしても気になって帰れない。

店主が預かった布袋を棚にしまい、怪訝そうに話しかけてくる。

「まだ何か用があるのかい？」

「……ああ、もうっ」

月鈴が大きめの声を出したせいか、店主がびくりと肩を揺らした。

――人が死にかけている場面を視たら、やっぱり放っておけないわ！

父の未来を視た時、どうしようもないのだと無力感に襲われた。

街でぶつかった少女の将来が視えた時も、自分にはしてやれることがなくて見送ったのだ。

だが先ほど視えた未来は、まだ変えられる。肺の病とやらは治せなくても、あの親子が一緒にいられる時間をもう少し延ばすことくらいはできるかもしれない。

――自分のことでも、考えなくちゃいけないことがたくさんある。人にお節介を焼いている場合じゃないのは分かっているけど……！

自分だけを守り、息をひそめて見て見ぬふりをしてきた結果、三年前は後悔した。

だから自分の選択でもう後悔したくない。できることが少なくても最善を尽くしたかった。

「さっき届けた薬を半分だけ預からせて。わたし、ちょっと届けに行ってくるわ」

「ええ？　届けに行くって……」

「もし会えなかったら、預かったぶんは明日また持ってくる。わたしは北菜館で働く月鈴よ。あのお客さんが入れ違いで来たら、わたしの名前を出してくれていいから」

薬屋の店主は目を白黒させていたが、調剤していた女性が預けた薬包を二つに分けて「北菜館であなたを見かけたことがありますよ。これをよろしく」と布袋を渡してくれた。

「ちなみに、あのお客さんの詳しい家の場所まで分かる？」

「そこまでは分からないけど、家から花街が見えると言っていましたよ」

「分かった、ありがとう！」

月鈴は漢方薬の布袋に、薬包の布袋を入れてから薬屋を飛び出した。

――詩夏に事情を説明して一緒に来てもらおう。

北菜館に寄ると遠回りだが、詩夏は武術の心得もあるから、何かあっても対処できる。

あの男性に会い、何事もなければそれでいい――と、近道である路地へ入った時だった。

雲の切れ間から降り注ぐ月明かりのもと、路地の向こうに白いうさぎが視えた。なにやらぴょんぴょんと飛び跳ねている。

「っ！」

――まただわ。まるで呼ばれているみたい。

華祭の夜と同じく、こっちへおいでと導くようにうさぎが走り出したから、月鈴は数秒の間をおいて後を追いかけた。

嫦娥の化身が、いったいどこへ導こうとしているのか。

薄らと予感しながら追いかけて、入り組んだ路地を抜けた、その先に通りを歩く睿がいた。

——やっぱり、彼のもとまで案内された。

うさぎは路地の暗がりで止まり、緋色の目でこちらを見ていた。まるで彼に協力を仰げと言っているかのようだ。

——北菜館へ帰って、詩夏を連れて抜け出すには時間がかかる。ここで彼に頼んだほうが早いし、荒事になっても対応できるだろうけど……。

しばし葛藤したのち、腹を括って足を踏み出した。

睿は捜索を終えて宿屋へ帰る途中だったのか、大通りと逆のほうへ歩いていく。

一軒の宿屋へ入ろうとする彼の背中に向かって腕を伸ばした。思いきって黒い外衣を摑むと、睿が振り返って瞠目した。

「月鈴？」

「こんばんは、楊隊長。今、お時間ありますか？」

「時間はあるが、君はこんなところで何をしている」

「ちょっと用事があって。もし可能なら、なんですけど……護衛を頼めませんか」

「護衛？」

「はい。その、花街を抜けた先の住宅区へ、急いで薬を届けに行きたいんです。でも、あのあたりは治安が悪くて……詩夏を呼びに行くより、あなたに頼んだほうが早いかと思って。詳しい事情はあとで説明します。お礼も、しますから」

ところどころつかえながら説明したら、睿は冴え冴《さざ》えとした双眸でこちらを見下ろし、その視線を月鈴の背後へ向けた。鋭い眼差しで雑踏を見渡してから、こくりと頷く。

「あい分かった。護衛を請けよう」

「ありがとうございます！　では、行きましょう」

月鈴は荷物を抱え直し、花街へ通じる路地へと足早に入った。

お遣いの漢方薬を届けるのは少し遅くなってしまうが、あとで謝ろう。

睿も追いかけてきたが、何度か振り返る仕草をしてから低い声で話しかけてきた。

「月鈴」

「はい」

「また誰かに追われていたのか？」

「いえ、追われてはいませんでしたけど」

「さっき嫌な視線を感じた。最近、身の回りでおかしいことはないか」

——あなたがやたらと見てくることよ。

喉元まで出かかったが、月鈴は言葉を呑みこんだ。

とりあえず睿のことは置いておくとして、華祭の夜に会った謎の男は気になっている。

「特別、おかしいことは起きていません。でも華祭の夜、わたしを追いかけてきた男のことを覚えていますか？」

「覚えている」

「あの男は、なんというか、ちょっと嫌な感じがしました。嫌な視線を感じたと聞いて思い浮かんだのは、あの男です」

「なるほど。一つ訊きたいんだが」

「？」

「あの男に口説かれたか。君に懸想して、付きまとわれているという可能性は？」

唐突な質問に思わず足が止まった。勢いよく振り返ったら、睿も立ち止まって目をぱちぱちと瞬かせる。

「今、口説かれたか、って訊きました？」

「可能性の一つとして……」

「わたしは口説かれてはいませんし、男性に付きまとわれてもいません」

月鈴は一文字ずつはっきりと発音して言いきると、身体の向きを戻して大股で歩き出した。

——元妻に、口説かれたのか、なんてよく訊けるわね。美雨だと気づいていないってことだろうけど……あんなふうに平然と尋ねるから、なんだか腹立たしくなってきたわ。

わけの分からない苛立ちに歩調を速めたら、きょとんとした睿が追いかけてくる。

「私の質問が気に障ったか」

「いいえ。気に障っていません」

「声に棘がある」

「あなたの気のせいでしょう。それと、わたしは生まれてこのかた、男性に口説かれた経験は、ただの一度もありません」

「…………」

「だから、わたしに付きまとうような男性もいません。まったく、誰一人として」

「……悪かった」

「どうして楊隊長が謝るんですか。もしかして……もてない女だと、憐《あわ》れに思ったんですか」

まずい。自分で言っておきながら悲しくて涙目になってきた。

華祭の夜のやり取りから、睿に対して少々つんけんとした態度を取ってしまう自覚はあるが、こうやって話していると、ふとした拍子に心の平穏が保てなくなる。

「違う。私が不躾なことを言ったから、謝罪しただけだ。勘違いしないでほしい」

「……分かっています。わたしも、こんなことで、むきになってごめんなさい」

「いや、もとは私のせいだ。それに……君は、なんというか……」

心を鎮めるように深呼吸をしながら振り向くと、睿は言い淀んでから、まじめな顔で続ける。

「前も言ったが、自然と目が惹かれる」

「わたしに、ですか?」

「ああ。だから、君に懸想する男は必ずいる」

静かな声色でそんなことを言われたから息が止まりそうになった。ぎこちなく前を向くが、じわじわと頬が熱くなってくる。

――どうして今、それを言うの?

夫だった頃、あなたは懸想どころか、わたしをまったく相手にしてくれなかったじゃない、と。

心の底から言い返したかったが、ぐっと堪えて絞り出すように言った。

「楊隊長は、いつもそうやって女性を口説いているんですか」

「口説いたことは一度もない。まともな口説き文句も知らない」

「一つも？」

「ああ、一つも」

薄暗い路地を抜けて花街が見えてきた。

もはや腹立たしさを飛び越し、なんでこんな話をしているんだろうと滑稽に思えてきたので、月鈴は足早に進みながらやけくそぎみに言った。

「じゃあ、一つ教えてあげましょうか。わたしが憧れている、口説き文句を」

煌びやかな花街の通りに出ると、口説き文句の一つも知らない朴念仁な元夫に振り向きざまに教えてあげた。

「相手の目を見て、こう言うんです。――他のすべてを手放したとしても、君だけは誰にも渡さない、って」

いつか彼に言ってほしいと密かに夢見ていた台詞だ。夢は夢のまま終わったけれど。

睿の切れ長の目が見開かれるのを確認し、月鈴は顔をぷいと背けた。

「女性は意外と、こういう言い回しが好きなんです。意中の相手に言ってあげれば、きっと喜びますよ」

「…………」

「なんでこんな話になったのかしら……まったく、こんちくしょう、です。ほら行きましょう」

瞬きもせずに見つめられたものだから、たちまち気恥ずかしくなってきて、不慣れな悪態をつきながら踵を返す。

目的達成のために気持ちを切り替えて小走りになると、睿も寡黙に後をついてきたが、後頭部に穴が空きそうなほど強い視線を感じた。

あまりに見られるものだから居た堪れなくなり、話題を変えるべく、薬屋の前で会った男性が薬を落としていったという経緯を説明する。

さすがに未来が視えたとは話せないので、あくまでお節介ゆえの行動だと強調したら、睿が呆れたように相槌を打った。

「本当にお節介だ。赤の他人だろう」

「分かっています。でも、放っておけなかったので……もしできることがあるなら、何もしなくて後悔するより、どんな結果であっても行動しておきたかったんです」

睿はしばし黙ると、噛み締めるように「そうだな」と頷く。

「その男を見つけよう」

華やかな通りを進んでいき、花街と住宅区を隔てる土塀をくぐると、それまでの賑わいとは打って変わって一気に閑散とした。

古い民家が立ち並び、土塀に沿って点々と燈籠《とうろう》が設置されている。

月鈴は民家から漏れる薄明かりと、厚い雲の端から覗く月光を頼りに歩いた。

また、あのうさぎが導いてくれたりはしないかと視線を巡らせるが、見当たらない。

月の浮かぶ夜、ふとした瞬間にうさぎは視えるが、今宵は天候が不安定で、月も雲の陰から出たり入ったりしている。睿のところまで案内してくれて以来、姿を現さない。

しかし民家の隙間の薄暗がりには時折、人の気配があった。酔っ払った男の笑い声や、がなり声も聞こえる。

――確か、家から花街が見えると言っていた。このあたりだと思うんだけど。

花街と隔てる土塀に沿って歩いていると、睿が問いかけてきた。

「男の住まいは分かるのか」

「詳しい場所は分かりません。ただ花街が見えると言っていたらしいので、ここから、そう遠くない場所だと思います」

――あの男性、痣だらけになるような騒動に巻きこまれるんじゃないかしら。だから騒ぎが起きていたら、そこにあの男性がいるかもしれない。

がなり声が聞こえるほうへと顔を向けた時、民家の陰からふらっと人影が現れた。

「おおっと～、こんな時刻に散歩かい？」

花街帰りなのか、酔った千鳥足の男に絡まれそうになり、月鈴はびくりと肩を揺らして、すかさず睿の背後に隠れた。

「はぁ～？　なんだ、男連れかよ～」

「…………」

「そ、そんな睨むなよ……得物まで持ってんじゃねぇか。おっかねぇな」

冷たく睨み下ろす睿の出で立ちと下げた剣に気づいた途端、男は腰が引けたらしく、よろよろと去っていく。

酔っ払いが見えなくなった頃、睿がちらりと視線をくれた。

「……隠れてすみません」

「いや、構わない。しかし、治安が悪いというのは確かだ。ここは長居するべきではない」

嵜が目を細めながら背後を見やる。つられて目をやれば、ちらほらと黒い影が見えた。

「うかうかしていると、また絡まれるぞ」

「はい。もう少しだけ歩いてみて、見つからなければ帰りましょう」

頷く嵜に付き添われて、騒ぎがないか耳を澄ませながら土塀沿いを進んでいく。

何度か酔っ払いや無頼漢に絡まれそうになったが、そのたびに嵜が追い払ってくれた。

――彼についてきてもらって正解だった。

隙のない嵜にひと睨みされただけで、無頼漢は尻ごみして逃げていく。

身体が触れ合わないよう一定の距離を取っているが、夫婦だった頃でさえ、こんなふうに肩を並べて歩いたりはしなかった。

――華祭の一件があったから、素直に助けを求めることができた。普通に会話もできるし、彼がいれば安心だと思える。

皮肉なことだが、昔であれば無理だっただろう。

ほのかな篝火に照らされた嵜の凛々しい横顔と、頼もしい存在感に、いつもより心臓がとくとくと早鐘を打っていたが気づかぬふりをする。

しばらく歩いても騒ぎは起きず、さすがに家は特定できなかったので、諦めて帰るかと向きを変えた時、ひときわ大きな怒声と叫び声が聞こえた。

月鈴は弾かれたように面を上げて、嵜の外衣をぐいぐいと引いた。

「楊隊長！　この騒ぎの先に、あの男性がいるかもしれません」

「何故そんなことが分かるんだ」

「それは、ええと、なんとなくです！」

勢いで誤魔化して睿の外衣を強めに引くと、彼が額を押さえてため息をつく。

「つまり、君の勘か？」

「そう、勘です！　とにかく様子を見に行ってみましょう！」

「……様子を見るだけだ」

睿は意外と押しに弱いらしい。こちらの勢いに呑まれて諦めたのかもしれないが。

ついてきてくれるならなんでもいいと、月鈴は民家の細道を縫っていき、騒がしい場所からほど近い物陰で身をひそめた。

睿と一緒に耳を澄ませると、男たちの野太い声が聞こえる。

「おいおい、金も返さねぇで、こんなに色々と買いこみやがって。いったい何をしてんだ」

「に、荷物を返してくれっ……返済期限は、来月のはずだ！　証文だってあるし、金を返すあてはある。それより、今は母の薬を探しているんだ！　どこかで落として……」

「あーあー。金を借りている分際で、うるせぇな！」

おそらく金貸しの男たちだ。悪態をつき、殴打の音と男の呻き声が聞こえた。

身震いしてから顔を覗かせてみると、金貸しの男の中には松明を持つ者がいて、殴られている男性の顔も見えた。

「やっぱりそうだ。薬を落としていったのは、あそこで殴られている男性です」

「間違いないのか？」

「はい、間違いないです」

——あの男性は、ここで荷物やお金を奪われたんだわ。

月鈴はすうっと息を吸いこんでから、様子を窺っている睿に向き直った。

「楊隊長。わたしが囮《おとり》になって注意を引くので、その隙に、あの殴られている男性を救い出すことはできますか」

「君が囮？　どうやって？」

「思いつく限りの悪態をぶつけて、ついでに石を投げてから全速力で逃げます」

「………」

「わたし、逃げ足には自信があります。土塀沿いに走れば花街の入り口に辿りつくと思うので、そこで落ち合いましょう」

黙りこむ睿に、まじめな顔で計画を説明した。毎日のように出前をして足腰は鍛えられ、走るのも苦手ではない。公主だった頃とは比べ物にならないほど体力もある。

「それでは、まず、わたしが出ていって……」

「月鈴」

物陰に荷物を隠し、足元の石を拾い上げた時、いきなり名を呼ばれて胸がどきりとした。

睿が腰に下げている剣を帯から外して、物陰から出た。

「君はここにいろ」

それだけ告げると、彼は鞘《さや》に収まった剣を右手に持ち直し、街をぶらつくような無造作な足取りで男たちのほうへ向かっていった。

ちょっと待って、と止める間もなく、睿が男たちに向かって言い放った。

「やめろ」

腹の底に響くような強い制止の声に、金貸しの男たちが振り返った。

ひときわ体格のいい男が「はぁ？」と苛立った声を上げたから、月鈴は身を乗り出し、ひやひやしながら睿の背中を見守る。

「なんだ、てめぇは……」

「お前たちは金貸しだな。過剰に痛めつけると、金を回収できなくなるぞ」

「だから、なんだってんだよ。てめぇに関係ねぇだろうが。憲兵じゃあるまいし、横から出しゃばってくんじゃねぇよ！　ぶっ殺すぞ！」

男がゆっくりと歩み寄っていく睿の胸倉を摑んで殴ろうとした。

次の瞬間、睿が男の腕を捻り上げて足払いをかける。それだけで、男はどすんと尻餅をついてしまった。

「っ、な……！」

「その男を解放して、去れ」

睿が冷ややかに命じると、男たちはたじろいだように後ずさった。

「はぁ？　こいつ、何者だよ……」

「どっかの武官じゃねぇのか？　得物を持っていやがるぞ」

「よくもやりやがったな！」

尻餅をつかされた男が憤激して立ち上がり、再び睿に殴りかかった。

睿はその拳もあっさりと避けて、空振りをしてたたらを踏んだ男の腕を摑み、勢いを利用して軽々と地面に投げ飛ばす。丸太のごとく転がった男の胸元を足でぐっと踏みつけて、流れるような手付きで鞘に収まっている剣先を喉元へ突きつけた。

「このまま喉を突けば、お前は死ぬ」

「ひっ……」

「そんな手荒な真似はしたくない」

静かで冷淡な声色、ただならぬ威圧感。加えて松明に照らされた端整な顔も無表情だから、彼ならば顔色一つ変えずに喉を突きそうだという気配が滲《にじ》み出ていて、転がっている男も含めた金貸したちが怯んだ。

「こいつ……なんか、やべぇぞ……」

一部始終を見ていた月鈴も口をぽかんと開ける。

——本当に、やばいわ……思ったよりも物騒だし、こんなに強かったなんて。

睿が腕の立つ武人というのは知っていたが、都にいた頃は戦う場面を目にすることはなかったし、華祭の事件も一瞬で勝負がついてしまった。

だが、今この場において、素人目でも圧倒的な実力差があるのが分かる。

赤子の手を捻るように男を一人制圧したのに、睿はまだ剣すら抜いていない。

「さて、どうする？」

先ほど「お前は死ぬ」と言った時と同じく、抑揚のない声色で問いかけるものだから、腰の引けた金貸しの男が一人くるりと踵を返した。

脱兎のごとく逃げ出す仲間に倣い、金貸したちは次々と逃げ出していく。

睿が剣を引けば、地面に転がっていた男もふらふらと立ち上がって「覚えていやがれ！」と絵に描いたような捨て台詞を残して退散していった。

その場には放り出された荷物と、地面で蹲っている男性だけが残される。

松明の明るさはなくなったが、少し離れたところにある燈籠と月明かりにより、あたりは薄らと見えた。

睿が何事もなかったように剣を帯に差し、こちらを振り返った。

「月鈴」

「……っ、はい！」

呆けていた月鈴は我に返って荷物を抱えると、手招く睿のもとへ駆け寄る。

「立てるか」

「……はい……ありがとう、ございました」

男性が睿の手を借りてのろのろと起き上がり、腫れた頬をさすりながら月鈴を見て「あれっ」と声を上げる。

「あなたは、薬屋の前で会った……」

「はい、そうです。これを落としていかれたでしょう」

預かってきた薬を差し出したら、はっと息を吞んだ男性の目に見る見るうちに涙が浮かんだ。

「これは、母の薬だ……あの時、落としていたのか」

「発作の薬と聞いたので届けに来たんです。でも家の場所が分からなくて、入れ違いになるといけないので、残りの半分は薬屋に預けてきました」

「あ、ありがとうございます！　途中でないと気づいて、このあたりを捜していたんですが、金貸しの連中に捕まって……あいつらは憂さ晴らしで、よく人を殴ってくるもんで……薬は高価だから買い直す金もないし、もう、どうしたらいいかと……」

　男性が半泣きになりながら頭をぺこぺこと下げて薬を受け取った。

「わざわざ届けてもらって、何とお礼を申し上げたらいいか」

「いいんです。それに、わたしも一人ではここまで来られませんでした。この方が一緒に来てくださったお蔭です」

　月鈴は隣に佇む睿を示し、男性に笑いかける。

「早く帰って飲ませてあげてください。お母様は発作で苦しんでいるんでしょう」

「本当に、ありがとうございました。はい、すぐに帰ります……！」

　男性は目元の涙をぐいと拭うと、睿にも懇切丁寧に礼を言ってから帰っていく。

　――ちゃんと薬は届けたし、荷物も奪われなかった。どうか薬が間に合いますように。

　月鈴にできるのはここまでだ。あとは祈るしかない。

　通りの向こうへ消えるのを確認してから踵を返そうとしたら、傍らにいる睿と目が合う。

「楊隊長。ここまで護衛してくださって、ありがとうございます。あなたがいなかったら、きっとあの男性を見つけることはできなかったと思います」

　背筋をぴんと伸ばして礼を言うと、睿がゆるりと首を横に振った。

「君が行動したから見つかった」

「けれど一人では難しかったです。あの男たちも、あなたが追い払ってくれましたし、囮も必要ありませんでしたね」

「あれは本気だったのか」

「もちろんです。本気でするつもりでしたよ」

「勇敢だが、相手は数人の男だった。甘く見てはいけない。捕まれば大変なことになっていた」

淡々と窘められて何も言えなくなる。

――あの時、囮になると簡単に言ってしまったけど、確かに相手は何人もいた。男と女では足の速さも違う……彼の言うとおり、捕まっていたかもしれない。

月鈴は自分が箱入りで育ち、できることが少ないという自覚がある。

公主だった頃は家事すらやったことがなく、外を走り回る機会もなかった。

身の回りの支度はできるようになったが、今だって料理は作れないし、気を抜くと皿を割る。

注文を聞いたり、出前ができるのは細かい作業が必要ないからで、それを知っている静も月鈴に料理をしろとは言わない。

人に頼れるところは頼り、少しずつ自分にできることを増やしていく。

市井に降りてからそんな考えで生きてきたが、働くようになって前よりも体力がついたと自負があった。自分にできる範囲を見誤ってはいけないのに。

「……あなたの言うとおりです。ごめんなさい」

過信してしまったと素直に反省したら、睿が眉根を寄せる。

「危険な真似はするなと言いたかっただけだ」

「でも、実際、楊隊長がいないと何もできませんでした」

「君は危険を見越して、私を護衛にした。賢く、機転が利く」

「…………」

「荒事の対応は護衛の仕事だ。無事に薬を届けるため、君の取った方法は最善だった」

いつもの抑揚のない口調なのに、心なしか口数が多い。

月鈴は目をぱちりとさせて、睿を見上げた。少しためらい、おそるおそる訊いてみる。

「もしかして、褒めてくださっているの？」

彼は答えなかったが、わずかに細められた切れ長の双眸には、あの冬の雨に打たれた時みたいな冷たさはなかった。

むしろ、かすかに柔らかさがあって……気のせいかと思ってしまうほどの微細な変化だったが、息を止めて睿を見つめていたら、鼻の頭に冷たい雫《しずく》が当たった。

「っ……雨？」

「帰ろう」

「あ、はい」

いつの間にか月が雲間に隠れている。ぽつぽつと冷たい雫が降ってくる天を仰いでから、足早に歩き出す睿の後を追いかけた。

住宅区を通り抜けて花街に出る頃には、だいぶ雨脚が強まっていた。

お遣いの漢方薬が濡れてしまいそうだったので、妓楼の脇にある物置の屋根の下へ入り、しばし雨を凌《しの》ぐことにする。

「小降りになるまで、少し様子を見ましょうか」

「ああ」

月鈴は懐から手拭いを取り出して雫を払いながら、花街の通りを覗いた。妓楼帰りの男たちが走っていく。

派手やかな灯火のお蔭で、あたりは薄明るいが、雨のせいで視界は悪い。

——北菜館のみんなが心配しているかもしれない。小降りになったら早く帰らないと。

地面に当たった雨粒が跳ねて、あっという間に水たまりができていく。

月鈴はなにげなく隣に視線をやったが、ぎくりと固まった。

睿が前髪を撫でつけて、濡れた顔を手の甲で拭っている。雨のせいで気温が低くなって、はぁ、と吐き出す彼の息が薄らと白い。

妙な色気があり、水も滴るいい男という言葉まで過って後ずさりそうになった。

——わたしったら、いったい何を動揺しているの。

相手はとっくに離縁した元夫だ。別にうろたえてはいないと顔を背けて、雨の音を聞きながら小さくなっていたら、睿がぽつりと言った。

「君に声をかけられる時は、いつも騒動があるな」

——それはそうよ。だって、何か起きる時に声をかけているんだもの。

雪華楼での事件も然《しか》り、今回も助けてもらったし、宵の帳が下りているのに雨にまで降られてしまった。巻きこんでいる自覚はあるから、さすがに罪悪感に見舞われる。

「色々と巻きこんでしまって、すみません」

「いや、構わない」

睿がまだ鬱陶しそうに顔を拭っていたので、月鈴は手拭いを裏返し、乾いたきれいな面を折り畳んで差し出した。

「よかったら、使ってください」

「ああ、ありがとう」

じかに触れないよう手拭いを渡してから、はたとあることを思い出し、懐から財嚢を出す。

「そういえば、護衛のお礼をしなければ……」

財嚢を覗きこんで声が小さくなる。小銭が十枚。そのうち一枚は、道端で拾った小銭だ。

礼の品を買うとしても、こんな雀《すずめ》の涙ほどの銭で買えるものはたかが知れている。

たとえ財嚢ごと渡したところで、皇太子の護衛官を務めるくらい腕利きの睿への報酬には到底足りないだろう。

「…………」

「どうした」

「……お礼は、北菜館に着いてからでいいでしょうか」

牀褥の下に隠した甕の貯金がある。あれで手を打ってもらうしかない。

また銭がなくなるなと心の中で嘆きながら囁くと、睿がかぶりを振った。

「礼は不要だ」

「でも、こういうことはきっちりしないと。北菜館へ帰れば、少し貯金もあります。あなたのような武人の方への報酬には、ちょっと足りないかもしれませんが」

「貯金？」

「そうです。甕にちまちまと小銭を貯めているので」

「甕に、小銭……」

両目をぱっちりと開けた睿にまじまじと見下ろされた。

この観察するような視線は、最近やたらと感じていたものにそっくりだ。隠し事があるんじゃないかと探られている気になる。

……待てよ。やはり、何かしら疑われているのか？

月鈴ははっとして彼を見つめ返した。直後に口から飛び出したのは――。

「貯金は趣味です」

「趣味？」

「はい。小銭を貯めて、一枚ずつ丁寧に並べて数えるのも好きなんです」

公主だった美雨が甕に銭を貯めて、せこせこと数えているなんて想像もできまい。

どうだ、疑いなんて一瞬で吹き飛ぶだろう。

悪態をついてみせた時のように胸を張って言ってのけると、睿が双眸を瞬かせて「なるほど」と頷いた。

「興味深い」

「何が興味深いんですか？」

「甕に銭を貯めるという発想」

「それは静さんを真似てみました。甕の底に貯まっていくのが目に見えて嬉しいですし、日々の積み重ねを感じられて楽しいので、おすすめです」

「そうか。一考する」

てっきり聞き流されると思ったから、一考するんだ、と虚をつかれてしまう。

「試しに言ってみただけですよ」

「楽しいんだろう」

「わたしは楽しいですが、あなたは貯金をする必要もないでしょうし、もっと楽しいことや趣味もありそうですけど」

「楽しいと思えることも、趣味も、今はない」

「それは、なんというか……つまらなそうですね」

「ああ。つまらない」

睿が降りしきる雨を見つめながら呟く。

こんな会話は適当に打ち切ってくれたらいいのに、なんだか調子が狂う。

——そういえば以前、彼に対して「いつも冷めていて、つまらなそう」って思っていたわ。

雨ではなく、それより遠くの何かを見ているような睿の横顔は、彼の屋敷にいた頃に何度も見かけた、とりとめもなく空を眺めていた姿と似ている。

当時は声をかけられなかったが、今はすんなり言葉が出てきた。

「貯金じゃなくても、楽しくなるような趣味が見つかるといいですね」

「そうだな。ただ黄陵へ来て、つまらないと感じることは減った。汜憂炎にも、あちこち連れ回されているからな」

「汜隊長の周りは、いつも賑やかで笑い声が絶えませんしね」

「たまに騒々しいが」

「でも、ああいう明るい方が側にいてくれると、自分もやる気が出ませんか」

「まぁな。君も明るい」

「そうですか？」

「元気で、よく働き、よく走る」

「前の二つはともかく、よく走るって……確かに、出前ではよく走っていますが」

「一緒に来てくれと、私の前を走っている印象が強い」

「ああ、なるほど」

「君についていくと、つまらないと思う暇がない。珍しく、会話も続く」

「汜隊長とは話しているのを見かけますけど」

「ほとんど彼が一人でしゃべっている。その点、君は話しやすい」

女性とこんなに会話が続いたためしはないんだが、と睿が付け足した。

また特別扱いされていると勘違いしそうな言い回しだが、これはきっと月鈴が「騒動を持ちこんでくる騒々しくて危なっかしい娘」であり、ただ単に「女として見ていない」ので話しやすいという意味だろう。

深く考えないようにして、当たり障りのない会話を続けるが、ふとした瞬間に会話が途切れた。

たえまない雨音と沈黙。

睿も口を噤んでしまったので、なんだかそわそわしてきて、雨脚が弱まっていないか確認しようとした時、屋根の端から落ちてきた水滴が顔に当たった。

「っ、つめた……」

雨粒が思いのほか冷たくて驚き、外衣の袖で雨粒を拭おうとしたが、それより早く横から手が伸びてきて手首を摑まれた。

吃驚して目線を上げた先に、身を乗り出した睿の秀麗な顔があった。

不意打ちで、視界がぐらりと揺れる。

「あ――」

「顔をこすらず、これで拭け」

先ほどの手拭いを差し出されたが、その時にはもう視界が白い靄によって覆われ始めていた。

――ああ、だめ……！　彼の未来は視たくない！

不幸な未来も、幸福な未来も、どちらも視たくないのだと心の中で叫んでも無駄だった。

為《な》す術《すべ》もなく別の光景が視えて――夜更けの、見覚えのある屋敷の一室。ほのかな明かりが灯っていて、睿が牀褥で誰かを組み伏せている。牀褥の中が暗くて表情までは見えないが、彼が甘く掠れた声で囁く。「こんなに誰かを欲しいと思ったのは、生まれて初めてだ……これ以上は抑えられない、私のものにする」と――。

「！」

白い靄が晴れていく。あまりの衝撃で固まり、手を振りほどくこともできなかった。

――今のは、まさか。

月鈴に視える未来は決まっている。幸福であれ、不幸であれ、その人にとって大きな転機となる出来事だ。

先ほど視えたものは十中八九、不幸な未来ではない。

楽しいことも趣味もないと言い、冷めていた睿の人生が変わるほどの相手に出会い、彼の心に大きな変化が生じた瞬間の光景ではないのか。

「月鈴？」

動けずにいると、睿が怪訝そうに首を傾げた。掴んだ手首は解放してくれたが、もう一度「月鈴」と呼んでくる。

「様子がおかしいが、どうした？」

睿はめったなことでは感情を波立たせないし、声色にもあまり抑揚がない。

先ほど視た光景のように甘く掠れた声なんて聞いたことがなく、口説き文句の一つも知らないと言っていたくせに、あの台詞は――。

――何を、うろたえているの。わたしには関係のないことじゃない。

そうだ。彼が誰と結ばれようが気にする必要はない。

睿との離縁は自分が望んだことで、公主の身分を隠して市井で暮らす限り、生きる道が交わることもないのだから動揺するなんて愚かなことだ。

「……いいえ、なんでもありません」

口ではそう答えたが、眉尻を下げて唇をきゅっと噛み締めてしまった。ひとりでに涙がこみ上げて鼻の奥がじわりと熱くなる。

するとこちらを食い入るように見つめていた睿が口を開いた。

「やはり、おかしい」

「何がですか？」

「先ほどまで、そんな顔をしていなかった」

「これは……雨粒が冷たくて、驚いたんですよ」

自分が泣きそうな表情をしていると気づき、なんでもないそぶりで手拭いを受け取るが、情けないことに手まで震えている。

「手が震えているが」

「雨に濡れて、冷えたみたいですね」

顔についた雨粒を拭うついでに、不覚にも目元に滲んだ涙をごしごしと拭っていると、急に手拭いを取り上げられてしまった。

「ちょっと、何、を……」

手拭いを高いところへ掲げた睿が距離を詰めて、目線を合わせるように屈んできたから言葉が尻すぼみになる。

——近すぎるわ。

秀麗な面を鼻先まで近づけられ、頭を整理するどころか落ち着く暇もない。

そのまま屋根の端までじりじりと追いつめられて、動揺するなと自分に言い聞かせようにも心臓は勝手にうるさくなり、涙が引っこむ代わりに頬や耳の先が熱くなってきた。

「楊隊長……！　そんなに迫ってこないでください！」

とうとう耐えきれずに声を張ったら、睿が我に返ったように身を引く。

「ああ、すまない」

「いったい、どうしたんですか」

「いや……顔を、しっかり見たくなって」

「？」

「目元が赤くなっている。手拭いでこすらないほうがいい」

彼は少し早口で言って手拭いを返し、ようやく視線を逸らしてくれた。

——何だったの、吃驚した。まだ心臓がうるさいわ。

深呼吸をしていると、睿が少し迷うそぶりをしてから低めの声で切り出す。

「月鈴。私は人を捜していると言っただろう」

「わたしに似ていると言っていた人のことですか？」

「ああ、よく似ている。出で立ちも、声も。だが、雰囲気が違う」

「雰囲気？」

「私の捜し人は、おとなしい女性だ。君のように走り回ったり、表情豊かではなく……表情は、単に見たことがないだけだが。私の知る限り行動的ではなかった」

「……わたしと違って、ずいぶん淑《しと》やかで品のある方のようですね」

「君も品がある。所作がきれいだ」

皮肉を交えて応じたのに、睿が真剣に返したので「それは、どうも」と小声になってしまう。

「その捜している人が、どうしたんです？」

「もう見つからないかもしれない。私はまもなく、この地を離れる。捜索の期限がきて、上官のもとへ戻らなくてはならない」

睿は皇太子の護衛官だし、巫選定の儀まであまり時間がない。

捜索を打ち切って都へ戻り、美雨が見つからないと報告しなければならないのだろう。

「期限がきたら、もう捜さないんですか？」

「いや。仲間に捜索を委ねるが、糸口がない。おそらく本人の意思で隠れているんだろう」

――どうして、今ここでそんな話をするのかしら。

かまをかけているのかと訝《いぶか》しむが、睿の表情からは何を考えているのか読み取れない。

ただ、その目は月鈴をひたと見据えている。以前は近寄りがたいと恐れた眼差しなのに、今は無関心さや冷たさがなく、憂色を帯びた双眸を向けられるとこちらが戸惑ってしまいそうだ。

「じゃあ、その方にも、何か隠れたい理由があるのかもしれませんね」

とにかく、この話題は早々に切り上げるべきだと思い、月鈴は雨の降る宵空へと目をやった。

「雨が少し小降りになってきました。今のうちに帰りましょうか」

「月鈴。帰る前に、訊きたいことがある」

君は美雨じゃないのか。

捜し人の前振りがあったので、そう続くんじゃないかと息を止めたが、睿は言いかけて黙ってしまう。幾度もためらい、やがて深い吐息をついて「やはり違うか」と小さく零した。

「なんでもない。忘れてくれ」

なんでもないと言うくせに、その顔は歪んでいる。

――やっぱり、わたしのことで何か勘づいていたのかもしれない。

だが、月鈴と美雨の雰囲気があまりにも別人だから、その疑いを切り捨てたのだ。

――そうよね。あの頃のわたしと今のわたしでは印象がまったく違うだろうし、彼は『美雨』の顔をきちんと見たことがない。わたし自身のこともほとんど知らない。

しかし、今思えばお互いさまだったかもしれないなと、月鈴は顔を伏せた。さりげなく目元に触れる。とうに涙は乾いていた。

「訊きたいことは、いいんですか」

「いい。帰ろう」

口数少なく頷いた睿とともに、小雨の中へと駆け出した。

隣を走る睿を盗み見たら、彼は深刻そうな面持ちをしている。

――美雨が見つからないから、そんな顔をしているのかしら。帰ったら、青嵐お兄様に報告しないといけないものね。

『だが、私も彼女に会いたい』

そういえば以前にそんなことも言っていたか。

――会いたい、か。

とっくに会っているのだ。そして今も目の前にいるのに、睿には分からない。

なんて滑稽な状況だと思うと同時に、先ほど視えた彼の未来が蘇り、自分から縁を断ち切ったはずなのに、あれで動揺する自分もなんて滑稽だろうと重いため息が漏れた。

第六話　腹を括りましょう

華汪国の都、汪州。趙《チョウ》家の邸宅にて。

大臣として宮廷勤めをしている趙家の当主、趙貞勇《テイユウ》は卓の前で筆を置き、影のように控える密偵を一瞥した。

「美雨《メイユイ》様は黄陵で身を隠していたか。接触はしたのか？」

「一度だけ。顔も確認したとのことです。どうやら市井に紛れて生活しておられるようです」

「ほう。気弱な公主と思っていたが、存外逞しい御方のようだな」

「どういたしましょう。黄陵にもぐらせた者たちが指示を待っております」

「私のもとまで連れてこい。皇太子殿下のもとへ行かれると面倒だ。その前に話をせねばならん」

趙貞勇は書き損じた紙を丸めて、卓の横に置かれた屑籠《くずかご》に放りこんだ。

「抵抗された場合はいかがいたしますか」

「市井に紛れているのなら、誰の庇護《ひご》も受けていないだろう。ひどく抵抗するようなら、お前たちの手で片づけてしまえ。本人に巫選定の儀に出る意思がなくとも、邪魔になる可能性があるのならば、その芽は摘んでおきたい。雹華《ヒョウカ》には巫になってもらわねばならんからな」

冷徹に命じると、密偵が「御意」と応答して部屋を出ていった。

静かになった室内で、趙貞勇は窓の外を見る。宵空には青白い月が浮かんでいた。

「趙家のためにも、紅花《ホンファ》のためにも、な」

賢妃として後宮に召された紅花は愛娘《まなむすめ》だった。飛びぬけた美貌を持つ優しい娘だったが、それゆえに後宮の毒にあてられて心を病み、自死してしまった。

愛娘の変わり果てた姿を前にした時の衝撃は忘れられない。

あれから彼の心は凍りつき、趙家と孫娘のことだけを考えるようになった。

――雹華は紅花の忘れ形見だ。なんとしてでも巫にしてやらねばならん。それで趙家の力も増すならば願ってもないことだ。

趙貞勇は窓に背を向けて部屋の明かりを消した。

◆

北菜館まで睿《ルイ》に送ってもらうと、裏口で出迎えた静《セイ》に開口一番、怒鳴られた。

「ただのお遣いで、どれだけ時間がかかっているんだい！　休みをやるとは言ったが、連絡も入れずにこんな時刻までほっつき歩いて心配かけさせるんじゃないよ！」

「はい……すみませんでした、静さん」

お遣いの品を渡し、小さくなって謝罪をしたら、静の後ろで顔を顰めている詩夏《シカ》と目が合う。

「詩夏も、心配かけてごめんなさい。ちょっと色々あって、楊《ヤン》隊長に助けてもらったの」

詩夏の無言の圧に身を竦ませると、傍らに佇んでいた睿が説明を引き継いでくれた。

「彼女は薬を届けに行き、私は護衛をした。急ぎで薬が必要だったようだ。あまり叱らないでやってくれ」

それだけ伝えて帰ろうとする彼を呼び止める。

「楊隊長。お礼を……」

「不要と言っただろう。気にしなくていい」

にべもなくそう言いきり、睿は「ではな」と足早に立ち去ってしまった。

それから店じまいを手伝い、詩夏と部屋で二人きりになった途端に叱られた。

「いつまでも戻ってこられないので、何かあったのではないかと心配したんですよ」

静にはねちねちと小言をぶつけられ、星宇《シンウー》や林杏《リンシン》にまで「心配した」と言われたため、月鈴《ゲツリン》は改まって正座をしながら「ごめんなさい」と身を縮めた。

「それで、何があったんですか。薬を届けたと言っていましたが、それだけではないんでしょう」

「ええ。実は――」

詩夏は先視の力を知っていて、未だにうさぎが視えることも把握している。

一連の説明を聞き終えると、詩夏が大仰なため息をついた。

「お節介がすぎます、と言いたいところですが、あなた様の性格上、放っておけなかったのは理解できます。楊護衛官に護衛を頼んだのも、安全面を考えれば正しい選択だったと思います。あなた様も怪我一つなく戻ってこられましたからね」

ですが、と詩夏が怖い顔で続ける。

「素性が知られたらどうするつもりだったんですか。他にも、謎の男がこちらを探っているんじゃないかと心配ですのに」

「返す言葉もないわ」

「楊護衛官には、何も怪しまれなかったんですか？」

「そのことなんだけど」

ここ数日、睿にやたらと見られていたことや、今日のやり取りを話して聞かせる。

「だけど結局、何も訊かれなかったの。彼の知っている『美雨』とわたしが違いすぎて、確信を得られなかったんだと思う。案の定、素顔も分かっていないみたいだし、諦めて都へ帰るでしょう。巫選定の儀まで、そう時間はないし」

「しかし、怪しまれているのは確かですよね。仲間に捜索を引き継ぐというのも、おそらく密偵のことでしょう。……明日の夜は休みなので、私が念のため楊護衛官の周辺を探ってみます。皇太子殿下の密偵と接触するかもしれませんし」

「分かった。でも、無理はしないでね」

「はい。あなた様も、今後は何かあれば私を呼んでください。本当は四六時中お側に付き添っていたいくらいですよ。出前だって行かせたくないんです」

「気持ちは嬉しいけど、それだと目立つでしょう。……でも、詩夏がいてくれて頼もしい。いつも本当にありがとう」

これからもよろしくね、と頭を下げたら、詩夏は慌てたようにかぶりを振って「私はいつでもどこでも、あなた様と共におります」と言ってくれた。

そして一夜が明け、いつもの一日が始まった。

朝から働きどおしで、夕暮れ時にごみをまとめて裏口へ出しに行く。

厨房で出た食材のごみは腐って異臭を放つので、街の外れにある土地に埋めて土壌に返す。

主に貧困層の人々の仕事であり、月ごとに金を払えば回収しに来てくれるので、厨房で出たごみは裏口にある木箱にまとめておくのだ。

木箱の蓋を閉めたところで、ふうと一息ついた。

――あの人、今日も来ていた。

昼時、睿は何事もなかったように現れて「花椒多めで」と注文し、月鈴に話しかけてくることもなく昼食を取って去っていった。

――でも、彼はもうすぐ都へ帰る。

昨日、手を取られた時に視えた光景が蘇り、胸の奥底がきりきりと痛んだ。

この三年で彼への想いは整理がついたと思っていたし、実際、睿が黄陵に現れなければ時の流れによって思い出になっていただろう。

しかし、再会してしまった。

知らなかった睿の一面を知り、何度も助けられて、昨日の件から一夜が明けた今となっては、あの未来を視て衝撃を受けるほど未練があるのだと気づかされた。

そういえば離縁する前も、彼の冷たい眼差しは苦手だったのに、胸の内に秘めた想いは捨てきれなかったのだ。

――色々と思うところはあっても、彼を嫌いになって離れたわけではなかったものね。本当に未練がましいことだけど。

だが、睿が都へ帰ってしまえば今度こそ忘れられる。

なにしろ彼には人生を変えるほどの女性と結ばれる未来が待ち受けているのだから。

悩ましげに夕空を仰いだ時だった。背後から低い声が聞こえた。


「美雨様」


その瞬間、心臓の拍動がたちどころに速くなって一気に冷や汗が出てきた。

すぐにでも逃げられるよう足に力を入れて、背を向けたまま気づかぬふりを貫こうとするが、もう一度、はっきりと呼ばれた。

「美雨様でございますよね」

「……わたしに訊いているの？　何のことか分からないんだけれど」

「とぼけても無駄ですよ。後宮にて、あなた様のお顔を拝見したことがあります」

――わたしの顔を知っている。

後宮では茶の席へ呼ばれることがあっても、いつも俯いて目立たぬようにしていたし、薄衣をかぶっていることが多かった。

とはいえ女官や後宮を出入りできる宦官であれば、素顔を見られる機会はあっただろう。

「先日、お会いしてから少々調べさせていただきました。二年前から『月鈴』と名乗り、この店で働いているそうですね。遠縁の親戚と名乗る、詩夏という女は、あなた様とともに尼寺を逃げ出した者でございましょう。これ以上の隠し立ては無用です」

そこまで分かっているのかと、月鈴は深く息を吸いこんで振り返った。

夕闇に包まれた路地に長身の人影が立っていた。あの華祭の夜に会った細面の男だ。どこにでもいそうな町人の格好をしているが、眼光は鋭くこちらを観察している。

「お話がありますので、今宵お時間を頂きたいのです。店が閉まってから、お付きの者も連れてお出でください」

「……あなたは何者なの？」

「夜に詳しくお話しいたします」

ただし、と男は平坦《へいたん》な声色で告げた。

「逃げようとは思わないほうがよろしいかと。私以外にも見張りがおりますゆえ」

そう警告をして、男はあっという間に路地の暗がりに消える。

月鈴はふらつきそうになったが踏みとどまり、今のやり取りを詩夏に伝えるべく店内へ戻った。

ちょうど仕事を上がり、睿の動向を探るため街へ行こうとしていた詩夏を引き留めて、ひそひそと事情を説明する。

「行くしかありませんね。相手が何者で、何が目的なのかを聞き出さなくてはいけません」

「ええ、わたしもそう思うわ」

険しい表情を浮かべた詩夏とそう結論づけて、北菜館が店じまいをしたあと、静には見つからないよう二人で裏口の外へ出た。

夜はすっかり更けて、あたりも静かだった。

見計らったみたいに提灯を持った男が現れて、こちらへと手招きをしたから、詩夏が「私が先に行きます」と一歩前に出る。

ひとけのない路地裏へ連れていかれたところで、男がくるりと振り返った。

「このあたりでいいでしょう。改めまして、美雨様。柳《リュウ》家の公主様にお目にかかれて光栄です」

「挨拶はいいわ。わたしに用があるんでしょう」

警戒する詩夏の隣に並び、硬い口調で促せば、細面の男が重々しく頷く。

「では申し上げますが、私はある御方の命で美雨様を捜しておりました」

「ある御方？」

「はい。そして、あなた様を汪州へお連れしたいのです。その方が話をしたがっておられます」

「わたしと何を話すというの」

「来春に皇太子殿下が即位されますが、その前に巫選定の儀が行なわれるというのは、あなた様もご存じでしょう。趙家の公主、雹華様の名が巫の候補として挙がっております」

「それは……噂で聞いていたけれど、本当だったのね」

美雨の異母妹で、趙家の公主である雹華。後宮で顔を合わせていたが、佳人だった紅花の娘ということもあり、大層美しい公主だった記憶がある。

ただ母が自死したことが影響してか、華やかな生活を避けていて、いつも葬儀のような暗い面持ちでひっそりと暮らしていた。

「嫦娥《ジョウガ》様とお目通りをし、異能を授けられた公主様は巫の資格があります。公にはされておりませんが、雹華様はとある異能をお持ちでいらっしゃいます。そして、あなた様もお持ちでいらっしゃいますね。三年前、その御力で柳家の計画を止められたのでしょう」

「…………」

「雹華様と美雨様。巫に選ばれる資格をお持ちの公主様はお二方のみです。それゆえ、我々の主があなた様と話がしたいと仰せなのです。一緒に汪州まで来ていただけませんか」

ある御方というのは趙家の者だなと察して、月鈴はきっぱりと意思表示をした。

「汪州には行かないわ。巫選定の儀にも出るつもりがないと、その方に伝えてちょうだい」

「選定の儀をご辞退するおつもりであれば、美雨様の口から直接お伝えいただきたいのです。もし、それを拒まれるのなら荒っぽい手段を取っても構わないと命じられております」

男が言い終えるなり、物陰から人影が現れて退路を塞ぐ。

すかさず詩夏が隠し持っていた短刀を取り出したが、男は「動くな」と低く命じた。

「今ここで余計な真似をしたら、美雨様の身が危険ですよ」

「っ……」

「お前たち、美雨様に危害を加えるつもりなのか」

月鈴を背後に隠して警戒する詩夏の言葉に、男は静かにこう返す。

「おとなしくしていただければ危害は加えません。ただし、下手に騒がれるとこちらも手段を選びません。誰の庇護もなく、別人として生きている美雨様がここでお命を落とされたとしても、不幸な事故だと片づけられて終わりでしょう。我々はそれでも構わないのですよ」

その声色がどこまでも静かだから、嫌な悪寒が月鈴の背筋を駆け抜けた。

この男の主とやらは、つまるところ雹華を巫にするために『美雨』が邪魔なのだ。

——汪州までついていっても、どんな扱いを受けるか分からない。

会ったところで辞退を促されて軟禁か、下手をすると始末される可能性だってある。

「あなた様が拒まなければ、我々は手厚く汪州までお連れいたします」

細面の男は慇懃《いんぎん》無礼とも取れる丁寧なお辞儀をする。

「この地を離れるのに準備もあるでしょう。明日の夜、またお迎えに上がります。……ああ、それから、我々とは別で、あなた様の周りを嗅ぎ回っている連中がいますが、彼らとは接触しないようお願いいたします。見張りもおりますし、あなた様の大事なものを守りたければ、どうか浅慮な真似はされませんよう」

そんな不穏な言葉を残し、男は他の人影とともに暗がりの中へ消えていった。

静まり返った路地で、詩夏が憤激の声を上げる。

「あれは脅迫です！　ついていっても、何をされるか分かったものではありませんよ！」

「……………」

「美雨様？」

月鈴は深々と息を吸って天を仰いだ。青白く光る月が浮かんでいる。

結局どこへ行っても『公主の美雨』の名はついて回るのだ。

巫選定の儀に出る権利も放棄したつもりでいたが、周りはそう見なさない。こうして見つけ出されて、気づけば権力争いの一端に加えられている。

――わたしがどれだけ別人として生きようとしても、公主として生まれたことには変わりがないのだと突きつけられた気がした。

いつの間にか、路地の隅に白いものがいる。見慣れたうさぎだ。緋色の双眸でこちらを見ているけれど蹲ったまま動かない。

幼少期に一度だけ相対した、女神の嫦娥。白髪の少女の姿をとり、奇怪で愛嬌のある笑みを浮かべていた人ならざるもの。

――嫦娥様は、こうなることをご存じだったの？

巫の資格。公主という血筋。宮廷の権力争い。

この二年間、それらに背を向けて暮らしてきたが、もう一度、真っ向から向き合わなくてはならない時がくるのだと。

「戻りましょう、詩夏。どうするべきか一晩、考えるわ」

いつもであれば意見をくれる詩夏も、口を出すべきではないと判断したのだろう。黙礼してから後をついてきた。

「美雨様、これだけはお伝えしておきます。どこへ行こうとも、詩夏は決して、あなた様のお側を離れません」

詩夏の言葉に励まされて、月鈴は天を仰ぎながら「ありがとう」とかすかな声で応じた。

視界の端で蹲っていた白いうさぎも、小さく跳ねたのが見えた。

北菜館の部屋へ戻り、まんじりともせず一夜を明かす。

しかし、早朝。店を開くために階下へ下りていった静の怒声が響き渡った。

「なんだい、こりゃ！」

月鈴は牀褥から起き上がり、同様に飛び起きた詩夏を連れて階段を駆け下りたが、そこで目にした光景に絶句する。

店内には裏口にまとめてあったごみが散乱し、赤茶けた泥がまき散らされていた。

椅子や卓は壊れていないが、壁にはあちこち傷がついている。厨房のほうまで泥で汚れていたから、掃除をしなければ店を開けられそうにない。

「なんだって、こんなことになっているんだい！　悪戯にしちゃ悪質すぎるよ！」

静が厨房まで確認しながら憤慨している。

家具や食器は壊されておらず、なくなっているものはない。明らかに物盗《ものと》りの犯行ではなく、壁につけられた傷は刃物で切り刻まれたような傷だった。

昨夜は階下の異変に気づかなかったが、それだけ静かに事が為されたということである。

『あなた様の大事なものを守りたければ、どうか浅慮な真似はされませんよう』

――これは警告だわ。わたしが彼らの申し出を拒絶したら、この北菜館や静さんがどうなるか分からないと脅している。

「詩夏。やっぱり、これは……」

色素の薄い両目に怒りを滲ませた詩夏が無言で頷く。

慌ただしく店内の掃除を始めると、林杏と星宇も出勤してきた。

「あれまぁ、どうしたんですか！」

「これは、ひどいな」

呆然《ぼうぜん》としていた同僚夫婦も、すぐ我に返って片づけを始める。

早々にごみは始末したが、泥は掃除に手間がかかり、壁の傷は壁紙を貼り直さなくてはならないだろう。

近所の住人たちも騒ぎを聞きつけて、掃除の手伝いをしに来てくれた。

「誰がこんな真似をしたか知らないけどね、ふざけたやつらだよ！　さっさと片づけて営業を始めないと商売あがったりだ、こんちくしょうめ！」

静は終始怒りながら掃除をしていたけれど、月鈴がごみを捨てに行こうとした際、ひとけのない裏口の壁に凭れて意気消沈していた。

いつも元気な静が力なく項垂《うなだ》れる様はずいぶん老けこんで見えて、心臓がきゅっと締めつけられて声もかけられなかった。

——わたしのせいだわ。

ごみを隅に避けると、店内に取って返す。泥の撒かれた床を拭いている林杏と詩夏に並び、月鈴はごしごしと床を拭いた。

——北菜館のみんなを巻きこんで、静さんを……大切な恩人を傷つけてしまっている。

壁の傷が目に飛びこんできて、ふつふつと憤りと悔しさがこみ上げる。

——こんなこと許せない。

奥歯を噛み締めた時、店の入り口から「うわっ」と声が聞こえた。

「おいおい、こりゃひでぇな！　どうしたんだよ」

はっと面を上げたら氾憂炎《ハンユウエン》がいて、その後ろには睿の姿もある。

汚れた店内をぐるりと見回した睿と目が合うなり、瞼の奥がじわりと熱くなったので、月鈴はすばやく顔を伏せた。

「昨夜のうちに、何者かに店内を荒らされたんですよ。物盗りではないみたいなんですが」

「ったく、馬鹿な連中がいるもんだな。壁まで傷だらけじゃねぇか。手伝うことあるかい？」

「あとは床を拭くくらいなんで平気ですよ。近所の方に手伝ってもらって片づいてきましたし、店主も午后から店を開ける気でいますから」

林杏と氾憂炎が話している横で手を動かしていたら、不意に目の前が暗くなる。

そろりと目を上げると睿がいて、月鈴の前で片膝を突いた。

「大丈夫か？」

「……大丈夫ですよ。氾隊長と一緒に昼食を食べに来られたんですか？　であれば、またのちほどお越しください」

「おーい。俺たちがいると掃除の邪魔になるから出ようぜ」

氾憂炎に呼ばれた睿が「ああ」と返事をしてから、声をひそめて囁いてくる。

「店の前で、また嫌な視線を感じた。何か気がかりなことがあれば言ってくれ。今日は氾憂炎もいる、対処できるだろう」

小声でそう告げると、睿はすっくと立ち上がって店を出ていった。

彼の背中を見送り、月鈴も立ち上がる。こちらを窺っていた詩夏に「二階から雑巾を取ってくる」と声をかけて階段を上った。

一直線に部屋へ入り、扉を閉めた途端に天井を仰いで胸いっぱいに息を吸う。

『何か気がかりなことがあれば言ってくれ』

こんな卑怯《ひきょう》な方法で脅すなんて、と腹が立っていたのに、睿の言葉を聞いた瞬間、不覚にも涙腺が緩みそうになった。

――だけど、泣いている場合じゃないわ。

月鈴は吸いこんだ息を吐き出し、箪笥《たんす》の抽斗から一着の服を取り出した。尼寺を出た時に着ていた白い襦裙である。

――この場所も、ここにいる人たちも、これ以上傷つけるわけにはいかない。絶対に。

北菜館の人たちは世間知らずな月鈴を迎え入れてくれて、特に店主の静からは多くを学んだ。

『誰かに何かをしてもらった時に、当たり前だと思っちゃいけないよ』

黄陵へ来るまでの記憶が蘇ってきて、月鈴は重いため息をついた。

◆

三年前――美雨が向かった尼寺を総括していたのは、木蓮《モクレン》という、皇族の血を引く高齢の女性だった。

「ようこそいらっしゃいました。困ったことがあれば、なんでも言ってくださいね」

朱《シュ》宰相から内密に事情を聞いていたらしく、木蓮は優しい微笑みで美雨を受け入れ、身の回りの世話をする詩夏を紹介してくれた。

「詩夏と申します。これから美雨様の世話をさせていただきます。よろしくお願いします」

「ええ、よろしく。……あなた、ご両親のどちらかが異国の方？」

「母が陶馬国の出身です。ご不快にさせてしまったのなら申し訳ありません。この瞳の色は気味が悪いとおっしゃる方が多いものですから」

「おかしなことを言うのね。あなたの瞳、きれいなのに」

美雨は異人を見たことがなく、ただ思ったことを口にしただけなのに、詩夏は驚いていた。

あとで聞いたことだが、孤児だった詩夏は木蓮に拾われて、寺院では「異人の混血」と陰口を叩かれていたらしい。折檻《せっかん》を受けて足を不自然に引きずっていたり、食事を減らされるなどの嫌がらせも受けていた。

お堂の掃除中にもよく腹を鳴らしていたから、ある時、見かねて尋ねたのだ。

「詩夏。食事もそうだけど、もしかして嫌がらせを受けているの？」

答えあぐねる詩夏を見るなり、美雨は木蓮のもとへ向かった。

詩夏は必死に「お待ちください」と止めてきたが、とかく目に余り、後宮で見て見ぬふりをしてきたことも後悔していたから、総括している木蓮に窘めてもらうのが一番だと思ったのだ。

「木蓮様。どうも詩夏が嫌がらせを受けているようなのです。新参者のわたくしが注意するより、木蓮様から改善するよう尼僧の方々に言っていただいたほうがよろしいかと思って」

「まぁ、なんてこと。今まで気づかなかったわ」

びくりと身を震わせた詩夏を凝視してから、木蓮は頷いた。

「わたくしから窘めておきましょう。それと、あなた宛てに書簡が届いていましたよ」

「ありがとうございます」

木蓮から渡された朱宰相の書簡には、柳家の処遇が決定したと記されていた。

折を見て、美雨のことを公表したいと追記もあった。

――わたくしも返事を書こう。今すぐというわけにはいかないけれど、都へ戻るということも、いずれ前向きに考えたいと。

寺では早朝に起きてお堂の掃除をし、昼は写経をして、夜は嫦娥に祈りを捧げるというのが一日のお勤めだった。食事は質素だが、規則正しい生活は心地よく、抜け殻みたいになっていた美雨も少しずつ未来について前向きになっていった。

乱れた心が鎮まるのと同時に、公主としての役目についても考えた。

――父や異母兄のためだけではなく、この国のためにも、わたくしにできることは何かしら。

柳家の血を引き、出戻りであっても役に立つのならば、また政略的な婚姻を受け入れるのも一つの道だと思えるようになり、再び自分の立場を受け入れる覚悟ができていく。

ある夜は、窓から射しこむ月明かりの下で白いうさぎが丸まっているのが視えた。

――あのうさぎ、まだ視える。嫦娥様は今も、わたくしを見守ってくださっているのね。

つまり巫の資格は失われていないということだ。巫になれば異能を用いて、人々の役に立てるかもしれない。そんな道もあるのだと考えながら眺めていたら、部屋の隅に控えていた詩夏が小声で話しかけてきた。

「美雨様、食事の件なのですが……お蔭さまで改善されました。ありがとうございます」

「よかった。出しゃばるのはよくないかと思ったけれど、木蓮様に相談して正解だったわね」

「…………」

「わたくしもあなたに感謝しているの。わたくしの世話なんて誰もやりたがらないでしょう」

世話といっても尼寺で着る襦裙は質素で、髪を結う必要もなかったから、美雨は詩夏との接触を避けるために自分で身支度をして、こまごまとした雑用を頼んでいた。

ありがとう、と笑いかけたら、詩夏は何か言いたげにしてから「とんでもございません」と深く頭を下げた。

だが、この頃から徐々に周りの空気がおかしくなっていった。

尼僧たちの態度が冷たくなり、心なしか食事の量が減って、お堂に集まって写経する際も誤った時間を教えられ、木蓮に「時間は厳守ですよ」と叱られることが増えていく。

半年余りが経過すると、目に見えて食事の量が減った。

汁物の具材が減らされて雑穀米は椀の半分。一日三食とはいえ、お堂の掃除で動き回る成人女性には足りない量だ。配膳係の尼僧に声をかけても知らんぷりをされる。

――さすがに、おかしいわ。

見えないものに、じわじわと首を絞められていくような息苦しさを覚えた。

詩夏の件を木蓮に言いつけたのがいけなかったのかと察して、自分がされていることは言わないようにと口を噤んだけれど、とある夜に寝つけなくて、寺の廊下へ出た時に聞いてしまった。

「最近何の報告もしてこないけれど、どうしたのですか、詩夏。あの生意気な娘のことは逐一、報告しろと言っておいたでしょう。そのために側付きにしたのですよ」

「……はい、木蓮様」

「食事が減っても平然としているようだけれど、泣きついてくる時の顔を見るのが楽しみですよ」

木蓮の嘲笑交じりの声色と、詩夏の細い返答を聞いてから、美雨は忍び足で部屋へ戻った。

――生意気な娘、というのは、わたくしのこと……ああ、そういうことなのね。

穏やかな態度は表向きの顔。木蓮に進言してから食事が減り、周りの態度も冷たくなった。極めつきは側付きの詩夏が監視をしていたという事実。

つまり、嫌がらせは木蓮の指示なのだ。

尼寺は厳粛で、清く正しい場所だと思っていたが、蓋を開ければ後宮と変わらない。特有の上下関係があり、たかがそれくらいでと思うようなことがきっかけで悪意が芽吹く。よく知っていたはずなのに、美雨は木蓮を信じきっていた。

——どこへ行っても変わらないのね。

美雨はうるさい腹の虫を抑えるように牀褥で丸まり、声を殺して泣いた。

それからの日々は地獄のようだった。

生まれて初めて耐えがたい空腹というものを知った。極限まで腹が空くと眩暈がし、動きが鈍くなって頭は回らなくなる。空腹を水で紛らわせても体重は減って、配膳係に直接抗議をしたり、敷地に生《は》えた草を食んだこともあったが見て見ぬふりをされた。

それでも木蓮には泣きつきたくなくて、救いを求めるために朱宰相宛ての書簡を綴《つづ》り、木蓮の目に入らないよう、街から来た者にこっそり預けていた。

だが一度たりとも返事はなく、助けが来ることもなかった。

尼寺の外へ出ようにも敷地は塀に囲まれ、昼は入り口に門番が立っていた。夜なら抜け出せるが、麓までは山道だから土地勘のない夜歩きは危険だった。

なによりも監視の詩夏が側にいたから、おいそれと逃げ出すのは難しかった。

食事の時間になると、詩夏がこっそり自分の食事の椀と、量の少ない美雨の椀を取り替えてくれていたが、もう声をかける気力もなくなっていた。

我慢に我慢を重ね、尼寺へ来て一年が経過した頃、とうとう限界がきた。

──朱宰相からの連絡は途絶えた。ここを出たいと申し出ても無視をされ、都からは迎えどころか、戻る許可も下りない。わたくしは見捨てられたのかしら。

俗世と隔絶された寺では、外界がどうなっているのか情報が入ってこない。

だが、もはやどうでもいいかと諦念の息をついた。都へ戻ったところで居場所はないし、このまま悪意ある嫌がらせによって身も心も死んでいくのだろう。

力なく窓の桟に凭れかかった時、また外に白いうさぎが視えた。

「……？」

いつも動かないうさぎが一生懸命ぴょんぴょんと跳ねて、注意を引こうとしている。

愛らしくも必死な姿を見ていたら妙におかしくなり、久方ぶりに笑みが零れて──そこで、はっと我に返った。

──わたくしは何を考えていた？　ここで死んでいくのだろう、って思ったの？

冷や水を浴びせかけられたような衝撃を受ける。空腹ですっかり鈍っていた思考が回り始め、滑稽なくらい飛び跳ねているうさぎを見つめながら呟いた。

「なんて馬鹿なことを」

こんな嫌がらせに甘んじて、生きることまで投げやりになるなんて心底馬鹿らしい。

そう思った瞬間、死にかけた心に火が灯り、じわじわと憤りがこみ上げてきた。

腹がぐるると鳴ったが、飛び跳ねるうさぎに元気をもらって立ち上がる。

「もういいわ」

これ以上、尼寺に居続ける意味はない。ここは悪意に満ちていて、都からも音沙汰がなく、公主の役目を果たそうと前向きになった心も打ち砕かれた。

——公主の役目も、世間体も、今は何もかもどうでもいい。それよりまずは、どうにかしてここを出て生きることを考えるべきだった。

飢えにより視野が狭まり、耐えるしかないと思いこんで勝手に追いつめられていた。

——どうしてここまで我慢していたのかしら。こんな嫌がらせをされて、死ぬんじゃないかと諦めるくらいなら、いっそ自分のやりたいようにやる。

どうせ木蓮に言葉など通じない。外部から助けが来ないのなら自力で逃げる。都に居場所がないのなら、どこか生きられる場所を探してやる。

——ここを出て、お腹いっぱいご飯を食べて、もう好きなように生きてやるわ！

ずっと抑えこまれていたものが、ぷちんと切れた瞬間だった。

自分の中にこれほど強い感情が眠っていたのかと驚きつつも、ただちに尼寺を脱走しようと決めて計画を練った。

問題は監視役の詩夏だったが、美雨の動きに気づいたのか、決行の前夜に「美雨様」と話しかけてきた。最悪、咎められても構わず逃げてやろうと思っていたので身構えたけれど、床に額をこすりつける勢いで懇願された。

「ここを出られるおつもりなら、どうか私も一緒にお連れください！」

「……あなた、木蓮様の命令でわたくしを監視していたでしょう。一緒に行って、わたくしの居場所を報告するつもり？」

「違います！　確かに、私は監視役を命じられておりました。しかし、あなた様の行動を報告していたのははじめの頃だけです。今はすべて、でたらめな報告をしております」

「信じられないわ。だって、あなたは……」

自分の食事と、少ない美雨の食事をこっそり入れ替えていた詩夏の姿が蘇り、言葉に詰まる。

すると、唐突に詩夏が糯裙の襟を緩めた。白い肌には蚯蚓《みみず》腫れのような折檻の痕が多々あった。

「！」

「私は木蓮様に拾われて育ちました。密偵として男装し、街へ下りることもありました。多少の武術の心得もあります。ですが、ここでの扱いは人間以下の道具でした」

「………」

「これまでの無礼の数々、申し訳ございません。私に人として接してくださったのも、この瞳をきれいだと言ってくださったのも、あなた様が初めてなのです。どうか、一緒にお連れください……何でもいたしますから」

詩夏の声が小さくなり、最後のほうは弱々しく震えていた。

――嘘をついているようには思えない。

美雨は膝を突き、初めて自分から詩夏の手に触れてみた。

その瞬間、視界がぐらりと揺らぎ、白い靄がかかっていく――どこかの路地で、詩夏が片膝を突いて頭を垂れていた。その前には自分……美雨がいて「詩夏は一生、あなた様にお仕えいたします」と、詩夏が毅然とした面持ちで誓っている姿が――。

白い靄が晴れていく。美雨は頭を伏せている詩夏を見下ろし、ため息をついた。

「――分かったわ。一緒に行きましょう」

詩夏の手を握ると、面を上げた彼女の瞳から涙がぽろりと零れ落ちた。

本来の計画は、物資を運んでくる商人の荷馬車にもぐりこむというものだったが、詩夏が「見つかる危険性が高いです」と言い、宵闇に紛れて寺を出て麓まで下りることになった。

決行の夜に部屋を抜け出したら、廊下で尼僧と話す木蓮を見かけた。

「木蓮様。そろそろ、公主様の待遇は改善されたほうがよろしいと思うのです。見ていられないと訴える尼僧もいて……」

「そんな声は放っておきなさい。あの娘は皇太子殿下のお命を狙った逆賊の血を引いているのですよ。その身にふさわしい扱いでしょう。わたくしとて親族が罪を犯し、尼寺へ追いやられて、長いこと辛酸を嘗《な》めてきたのですよ。あのくらいで音を上げるようでは――」

それ以上は聞くに堪えず、踵を返して寺を抜け出した。

詩夏は松明を掲げて先導してくれて、夜通し歩いて麓に着いた頃に朝日が昇ってきた。

――やっと解放された。今、わたくしを縛るものはない。自由なんだわ。

眩しい日射しを浴びながら、そう実感した途端に大粒の涙が零れた。


とにかく尼寺を出ることが最優先で、美雨はその後どうするかを決めていなかったが、都へ帰るつもりはなかった。北川省の名士に保護を求める案もあったが、身元を証明するものがなくて尼寺の追手も気がかりだった。

そこへ、手を貸してくれそうな詩夏の知人が黄陵にいるというので向かうことにした。

ただ、旅路は苦労した。路銀が少なく、途中で食糧も尽きてしまう。

美雨は懸命に歩いたが衰弱しきっており、力尽きそうになるたびに詩夏がおぶってくれた。

さんざんな体で黄陵に着いた時には疲労困憊《こんぱい》でふらふらだった。

「部屋でお待ちください。水をもらってきます」

下町の宿を取り、詩夏が水をもらいに行ってくれている間、美雨は窓辺に凭れかかった。

黄陵へ着いた時にはとっくに日が暮れて、月が出ていた。

――お腹が、すいた……。

これから詩夏の知り合いを捜さなくてはならないが、居場所が分からないらしい。

空腹のあまり気が遠のきそうになった時、窓の外に白いうさぎが視えた。ぴょんとぴょんと跳ねている。

「お待たせしました、美雨様。お水をどうぞ」

「ええ。……色々ありがとう、詩夏」

水を飲んで、また窓の外を見る。まだ、うさぎがいた。なにやら急かすようにその場でうろうろとしているものだから、美雨はふらりと立ち上がった。

「詩夏、ちょっと一緒に来てくれる?」

怪訝そうな詩夏を連れて宿を出ると、飛び跳ねていたうさぎが走り出した。

――たぶん、どこかへ案内しようとしている……でも、どこへ?

わけが分からないまま、ふらつく足取りで追いかける。入り組んだ路地を抜けた先には小料理屋の裏口があり、白髪交じりの女性が休憩していた。

その女性を見た瞬間、詩夏が「あっ！」と声を上げる。

「静！」

「ん？　あんたは、まさか……詩夏じゃないか。何年ぶりだろうねぇ」

静が瞠目して立ち上がった瞬間、限界を迎えた美雨の腹が大きな音を立てた。ぐるる、と小動物の唸り声のような音を聞いて、静が目をぱちくりとさせる。

「なんだい、腹が減っているのか。ずいぶん痩せこけた娘だけど、詩夏の連れかい？」

「うん、まぁ、色々と事情があって」

「事情ねぇ。まぁいいさ。ちょいと待ってな」

言い淀む詩夏の横で、美雨が赤面しながらお腹をさすっていたら、裏口の中へ引っこんだ静が肉饅頭の皿を持って戻ってきた。

「ほら、食べな。そんな青白い顔色でうろうろされちゃ、こっちも気分が悪いんだよ」

問答無用で湯気の立つ肉饅頭を渡される。ただでさえ空腹で死にそうだったところに、おいしそうな匂いを嗅いだら我慢できなかった。

こみ上げる食欲のまま肉饅頭に齧りついたら、口内に香ばしい肉汁が広がっていく。

食の作法も忘れて、夢中で肉饅頭を頬張っていると、詩夏も喉を鳴らして肉饅頭に齧りついた。

——おいしい……おいしいわ……。

もぐもぐと口を動かしていると、何故かぼろぼろと涙が溢れてきた。

泣きながら二つ目の肉饅頭を頬張ったら、腕組みをしてこちらを眺めていた静が口を開く。

「あんたたち、あのクソ婆《ばばあ》がいる寺から逃げ出してきたのかい？」

くそばばあ。耳慣れない響きに面食らい、美雨は栗鼠《りす》みたいに肉饅頭を頬に詰めこんだまま涙目をぱちぱちさせた。

詩夏がこくりと頷いたのを確認し、静はふんと鼻を鳴らす。

「この娘が痩せこけているのは、どうせあのクソ婆のせいだろう。人を苛《いじ》め抜くのが生きがいの老いぼれが、まだ寺で幅を利かせているとはね。胸糞《むなくそ》悪い、こんちくしょうめ」

悪態に驚きつつも肉饅頭を食べ終えたら、静が「肉饅頭代」と手のひらを差し出してくる。

「申し訳ありません……お金は持っていなくて」

「無銭飲食かい。ずいぶん肝が太いねぇ」

「静！　あとで払うよ。今は持ち合わせがなくて」

「冗談さ。銭を取ろうなんて思っちゃいないが、あたしに何か言うことはないのかい？」

話を振られて、涙を拭いていた美雨は目を瞬かせた。

「ええと……」

「まずは『ありがとうございます』だろう。あんたたちが腹を空かせていたから、あたしは厚意で肉饅頭を食わせてやったんだ。礼も言えないのかい」

「……ありがとうございます」

「声が小さいねぇ」

「あ、ありがとうございます！」

「ちゃんと元気な声が出るじゃないか。ぼそぼそしゃべるから聞き取りづらいんだよ。話をする時はもっと大きな声ではっきり話しな」

静がにかっと白い歯を見せて笑い「それで」と店のほうをちらりと見やった。

「あんたたち、行くあてはあるのかい」

「実は、静を訪ねようと思って黄陵へ来たんだ。私の知り合いで、頼れる相手は静くらいしかいないから」

「そうかい。……ちょうどいい、人手が足りなくてね。今なら二階も空いているから、破格の家賃で間借りさせてやるよ。だが詩夏はともかく、あんたは働けるのかい？」

「わたくしですか？」

「なんだい、その口調は。庶民は、わたくし、なんてお上品なしゃべり方をしないよ。働くつもりなら、まずは話し方を変えな」

「静、ちょっと待って。働くのは私だけで……」

「何を言ってんだい、詩夏。働かざる者、食うべからず。そんなのは当たり前のことさ」

静がぴしゃりと言いきって、唖然とする美雨をじろりと見てきた。

「あんた、自分で銭を稼いだことがないだろう。見るからに世間知らずの甘ったれだ。あんたが食った肉饅頭がいくらか言ったところで、銭がどれだけ必要かも分かっちゃいない」

返事できずに硬直していたら、静はくるりと踵を返して裏口の扉を開ける。

「覚えておきな。飯を食うには対価が必要さ。それが庶民の生活では銭なんだ。対価がいらない時は、ただの親切さ。でも、そんなお人好《ひとよ》しはそうそういない」

こんこんと扉を叩いた静が少し歪んだ笑みを浮かべる。

皮肉げなのに愛嬌ある笑い方で、美雨は幼い頃に相まみえた嫦娥の笑顔を思い出した。

「誰かに何かをしてもらった時、当たり前だと思っちゃいけないよ。ちゃんと礼を言って、してもらったぶんを返すのさ。それが世の中の道理ってもんだ」

「世の中の、道理……」

「そうさ。だから、まずは肉饅頭のぶんをあたしに返しな。銭じゃなくていいから、働くんだよ」

――お金の価値なんて考えたこともなかった。こんなふうに叱られたこともない。

世間知らずの甘ったれ。確かにそのとおりだ。

満たされたお腹をさすりながら、また自然と零れてきた涙を手の甲で拭って「はい」と返事をしたら、静が「そういえば」と振り向いた。

「あんたの名前はなんていうんだい？」

「名前は、その……」

「ああ、事情があるんだっけね。……じゃあ、あんたは今日から月鈴だ。あたしは月が好きだし、鈴みたいにちっちゃい声でしゃべるからねぇ。ほら、さっさと来な。死人みたいな顔色してんだから、今夜は二階で死ぬほど寝るんだよ。起きたら仕事だ」

「っ、はい……！」

「……とりあえず、私は宿まで荷物を取りに行ってきます！」

美雨は走っていく詩夏を見送ってから路地の暗がりに目をやった。

案内してくれた白いうさぎが満足そうにこちらを見ていて、元気よく飛び跳ねてみせる。

ここで生きてみるのもいいんじゃないかと、嫦娥に言われている気がして、美雨はうさぎに向かって一礼すると、北菜館へと足を踏み入れた。

その夜、食が細くなっていたところに肉饅頭をたらふく食べたせいで、腹を下して寝こむことになったが、静は呆れたように「手がかかるねぇ、こんちくしょうめ」と悪態をつきながら消化にいい粥《かゆ》を作ってくれた。

◆

——懐かしいことを思い出したわ。

北菜館へ来てからの二年、自分がいかに世間知らずであったかを実感させられた。

皿洗い、接客、出前。はじめは何もできなくて叱られっぱなしだったが、賄いをお腹いっぱい食べさせてもらえたし、逞しく、我慢強く、ここでの生き方を身につけていった。

月鈴は牀褥の下から貯金の甕と笛の入った箱子を取り出した。つるりとした甕を撫でて呟く。

「この二年、わたしは自由だった」

人目を気にすることなく、生まれて初めてのびのびと生活ができた。

恥ずかしいくらい無知であると分からされて、気の好い人々と出会い、前向きに生きたいと思えるようにもなった。

だが、もう『月鈴』のままでは、この場所や大切な人たちを守ることができない。

——わたしはこの状況に『公主の美雨』として向き合わなくてはならないんだわ。

寺での過酷な経験から、一度は公主の立場を投げ出した。

都にはもう自分の居場所などないと思っていたし、今さら巫選定の儀をすると言われたところで、美雨がいなくても滞りなく行なわれると考えていた。

なにより、ただの月鈴として生きていけるこの生活が心地よくて、手放したくなかった。

しかし、あんな脅迫をする相手に素性が知れたとなれば、きっとまた似たようなことが起きる。

店を荒らされて意気消沈する静の姿は、二度と見たくはない。

ならば、自分はどうするべきなのか。

――覚悟を決めるしかないのね。

ただの月鈴から、公主の美雨に戻る時がきた。

それで大切なものを守れるのならば、ためらうことなんてないだろう。


その日の午后、店は復旧して営業を再開した。

近所の人の手伝いのお蔭で掃除は終わり、壁の傷は布で隠すことで応急処置をした。

「いってきます」

雪華楼から注文が入ったので、月鈴はいつもどおり出前に向かったが、怪しい人影がちらほらと見えた。余計な接触をしないよう監視しているのだろう。

黄陵の街並みを目に焼きつけるように花街までの道のりを歩き、雪華楼に到着すると、厨房の下男がすぐに麗花《リーファ》を呼んできてくれた。

「月鈴！　北菜館が荒らされたと聞いたわよ。あちこちで噂になっているわ」

「悪戯で荒らされたみたいなの。でも、もう復旧したから大丈夫。……はい、これ。肉饅頭」

蒸籠の中の皿を渡したら、入れ替わりに細長い箱子を差し出される。

「まだ、華祭の夜に助けてもらった礼をしていなかったでしょう。あなたにこれをあげるわ」

小首を傾げながら蓋を開けると、韓紅の美しい横笛が入っていた。

「きれいな笛ね」

「自分で使ってもいいし、値の張るものだから質屋に売って換金してもいいわよ」

「大事に使うわ。わたしの宝物にする」

「宝物だなんて大げさねぇ」

月鈴は苦笑する麗花に笑いかけて、去り際に一度だけ深いお辞儀をした。

そのあとも、いつものように仕事をして過ごした。

夜は早めに店じまいをし、静が「慌ただしい一日だったねぇ」とぼやきながら自室に入っていく姿を見送ると、自分たちの部屋で詩夏と向き合う。

「詩夏、彼らのもとへは行かないわ。あんな脅しは許せないし、どんな扱いを受けるか分かったものではないから」

「私も同感です。しかし、どうするおつもりなのですか」

月鈴は一呼吸おいて告げた。

「あの人……楊護衛官に保護を求めて、青嵐《セイラン》お兄様のもとへ行きましょう」

「よろしいのですか？　都へ戻りたくないとおっしゃっておられましたのに」

「今のままでは恩人を傷つけてしまうし、もう素性も知られてしまった。戻りたくないと言っている場合ではないでしょう」

ふと窓の外を見やる。今日もきれいな月が浮かんでいた。

都へ戻ると決めたからには、公主の美雨と切り離せないもの――『巫』についても考えなくてはいけないが、今はとにかく睿に保護を頼まなければならない。

詩夏が荷物をまとめている横で、牀褥の下から笛の箱子と貯金の甕を取り出し、卓に紙を広げて静宛ての手紙をさらさらと綴った。

「この店のことは、楊護衛官を通して氾隊長に相談しようと思うの。あの方は憲兵に顔が広いし、よく北菜館にも来られるから」

静に不義理を詫《わ》びる手紙を綴り、貯金の甕は持ってはいけないので手紙の横に置いていく。

「ひとまず楊護衛官に会いましょう。彼が泊まっている宿の場所なら分かるわ。今日は氾隊長が一緒だと言っていたし、外に出ているかもしれないけど周辺にはいるはずよ」

「では、今すぐここを出ますか」

「そうね、あの密偵の男が来る前にここを出たほうがいい。まだ、おとなしく従うと油断しているはずだから」

詩夏と目配せし合い、二つの笛の箱子を布に包んで背負う。できるだけ身軽な状態で、忍び足になって一階へ下りようとした時だった。

「あんたたち、あたしに何も言わずに出ていくのかい」

驚いて振り返ると、腕組みをした静が立っていた。

「静さん？」

「今日のことと何か関係がありそうだね。だけど黙って行くのは、ちょいと不義理だねぇ」

「ごめんなさい！　巻きこみたくなくて……」

「謝罪はいらないよ。事情だって訊くつもりもない。あたしは面倒事に巻きこまれるのはごめんなんだ。でも、一言くらいは言っていきな」

仁王立ちする静を前にして、月鈴は詩夏と顔を見合わせてから深く頭を下げる。

「二年間、ありがとうございました。静さん」

「本当にありがとう、静」

「ふん。また人手が足りなくて忙しくなるねぇ、こんちくしょうめ」

鼻を鳴らした静が「せいぜい元気でやりな」と手をしっしっと振った。

「静さん。身の回りには気をつけて……」

「あたしは自分の身は自分で守れるからね。とっとと行っちまいな」

相変わらず口は悪いのに、平時より柔らかい静の表情を見たら涙が出そうになったが、月鈴はもう一度、詩夏と一緒に「ありがとうございました」と礼をして北菜館を後にした。

店の前に人影が見えたので、すかさず大通りへ出る。まだ人通りが多いので接触してこないが、後ろから何人かがついてきた。

――相手の人数が、そう多くないといいけど。

先日、睿が入ろうとしていた宿を目指して足早に進んだ。

しかし薬屋の前を過ぎて、宿屋が軒を連ねる通りへ入った時だった。脇の細道から黒い影がさっと現れて、行く手を遮られる。あの細面の男だ。

「お待ちください。我々と来ていただけると思っておりましたが、どこへ行かれるのですか」

「……人に会いに行くのよ」

「どなたにお会いになるのですか」

「言う必要はないわ。あなたたちと行く気もない」

毅然として応じたら、男はしばし沈黙して「そうですか」と低い声で呟く。

「ならば、強引にでも来ていただくことになりますね」

男が手を伸ばしてきた瞬間、詩夏がためらいなくその手を払いのけた。

「行ってください、美雨様。必ず追いつきますので！」

詩夏が細面の男へと蹴りを繰り出した隙に、月鈴は俊敏に真横をすり抜ける。

「追え、できるだけ傷をつけるなよ！」

攻撃を受け止めた男が仲間に指示を出すのを聞きながら、宿屋の並ぶ通りをひた走った。

だが、目的の宿屋が見えてきた頃、左斜め前の路地に「ここだ」と主張するようにぴょんぴょんと跳ねるうさぎがいた。

逡巡したのは一瞬で、月鈴はすぐに方向転換して路地へ飛びこんだ。

直後、うさぎが俊足で先導し始めた。月明かりを頼りにくねくねと入り組んだ路地を駆けるうさぎの後を必死に追いかける。

背後からは、詩夏の足止めをくぐり抜けた密偵の男が二人、迫ってきた。

——ここで捕まるものか！

いくつも角を曲がり、路地の向こうに明かりが見えてくる。

勢いよく大通りへ飛び出したら、うさぎが跳ねて示す方向には氾憂炎と、彼に肩を組まれて面倒そうにあしらっている睿の背中があった。

息が上がっていて呼び止める余裕はなく、月鈴は彼らのもとへ駆けた。

遅ればせながら路地から飛び出してきた追手も二人の存在に気づいたのだろう。

「待て！」

追手の制止を無視し、必死に右腕を伸ばす。

もう睿の未来は視てしまった。同じ光景は二度と視えない。だから触れるのをためらわなかった。

睿の腕を摑んだ瞬間、弾かれたように振り返った彼を見上げ、息せき切って告げる。

「楊護衛官！　今すぐ、わたしを保護してくれませんか！　追われているんです！」

「！」

「お？　なんだ、お嬢ちゃんか。また何かあって……」

「その方をこちらへ渡していただこうか」

追いついてきた男の一人が低い声で言う。

双眸を見開いていた睿がはっと目を瞬き、すぐさま月鈴を背後に隠した。氾憂炎も眉根を寄せて男たちを睨みつける。

「こいつら、堅気の人間じゃねぇな。……どこかの密偵か？　連中の独特な雰囲気とそっくりだ」

「その方をこちらへ渡せ」

「さっきから、それしか言えねぇのかい」

腰に差した小刀を抜く男たちを見て、氾憂炎が好戦的に笑って腰を低くした。

「事情は知らねぇが、刃物を持って若い娘を追いかけ回すなんて、ろくな連中じゃねぇな。……おい、楊睿。お嬢ちゃんを連れてここを離れろ」

「任せていいのか、氾憂炎」

「おう、人を守りながら戦うのは苦手なんだよ。ちょうど腕も鈍《なま》っていたところだしな」

月鈴は荒い呼吸を整えながら氾憂炎を見た。彼はいつも持参している槍を持っておらず、代わりに腰に下げた剣に手をかけている。

氾隊長、と声をかけようとした時、太い腕が腰に巻きついてきた。

突然の浮遊感とともに目線が高くなり、何事だと驚いている間にそこから連れ出される。

「えっ……あっ、ちょっと……！」

走り出した睿に抱えられていると気づいた時には、すでに氾憂炎の姿は小さくなっていた。

「は、氾隊長！　詩夏が足止めをしているんです！　詩夏のことも……！」

「了解だ！　任せておけ、お嬢ちゃん！」

元気のいい声が返ってきて、愉快そうに迎え撃つ氾憂炎が野次馬に隠れて見えなくなる。

――あんな状況なのに、氾隊長、すごく楽しそうだわ……じゃなくて！

月鈴は我に返り、まるで子供みたいに彼女を抱きかかえて走っている睿を見下ろした。

「どうして抱えて走っているんですか！」

「君が保護しろと言った」

「確かに、言いましたが……自分で走れます、離してください！」

ただでさえ身の丈がある睿に抱えられているものだから、すれ違う人が必ず振り返る。

恥ずかしいやら焦るやらで、思わず声を張り上げて腰に巻きついた腕を叩いたが、睿は逆にぐっと力をこめてきた。

「離さない」

「重いでしょう……！」

「むしろ軽いが」

彼が真顔で受け流し、ちらりと背後を見る。

「まだいる。しつこいな」

つられて目をやると、別の場所で待機していたのか、さらに二人の男が追いかけてきた。

いったい、どれだけの密偵で張っていたのだろうと背筋が冷たくなる。

寂れた住宅区の外れまで来たところで、睿はようやく立ち止まり、身を縮ませている月鈴をすとんと地面に下ろすと、追いついてきた男たちと対峙した。

「その方をこちらへ渡せ。我々が都へお連れする」

わずかな沈黙をおいて、睿は「隠れていろ」と月鈴に言い、追手を迎え撃った。

長い黒髪を靡かせながら剣を抜き、得物を取り出して斬りかかってくる男たちを流れるように返り討ちにしていく。激しい剣戟《けんげき》の音が響き渡り、合間に呻き声が錯綜《さくそう》した。

睿は相手が二人でも物ともせず、死角の攻撃も見えているかのごとく刃で弾き返す。剣の柄《つか》を男の鳩尾《みぞおち》へと叩きこみ、後ろから襲ってきたもう一人の男に回し蹴りを食らわせた。

時折、月光を反射した剣の煌めきが目につく。

荒々しい混戦なのに、月影に照らされる睿に焦りの色はなかった。

月鈴は近くの物置の陰に身を隠し、睿の武神のごとき戦いぶりを眺めていた。

――あの人は、やっぱり強い。

五分と経たないうちに追手は二人とも倒れ伏し、少し息を切らした睿だけが立っていた。

「終わった。無事か？」

「はい、無事です」

おそるおそる物陰から出ると、睿が歩み寄ってきて正面で立ち止まる。

見上げると彼の眉間には皺が寄っており、なんとも苦々しい表情が浮かんでいた。

――彼はもう気づいているわよね。

先ほど、焦って『楊護衛官』と呼んでしまった。月鈴はその呼び方を知らないし、密偵に追われてこんな大立ち回りまでさせた。

この騒動の原因が『美雨』であると、睿が気づかないわけがないのだ。

――青嵐お兄様のもとへ連れていってもらうには、まず彼と話をしないと。

そう意を決して息を吸った時、宵闇の向こうから男の声が聞こえた。

「あなたをお連れせよと、命を受けているというのに……」

声のしたほうを見れば、詩夏と対峙していたはずの細面の男が立っていた。負傷したらしく腕を押さえているが、ここまで追いかけてきたようだ。

「詩夏はどうしたの？」

「……さんざん暴れていましたが、あとのことは知りません。陶馬国の武官に邪魔をされ、我々は撤退しましたので」

武官とは汜憂炎のことだろう。彼が助けに行ってくれたのなら、おそらく詩夏も無事だ。

男がふらふらと近づいてきたので、睿が剣の柄に手をかけながら進み出る。

「下がれ」

「……おとなしくついてきていただければ、危害を加えず、お連れすると申し上げたはずです……ただで済むとお思いですか。あの店と従業員が、どうなってもよいと……」

彼らは密偵だ。いくら腕利きでも歴戦の武人には敵《かな》わない。

こうして返り討ちにされ、勝算はないと分かっているはずなのに、尚《なお》も脅しをかけようとするものだから月鈴は息を吸いこむ。

大きな声ではっきりと話せと、静に叱られたのを思い出しながら腹に力をこめて言った。

「――もう、下がりなさい。あなたたちとともには行かないと伝えたでしょう」

力強い一喝により、男の動きがぴたりと止まった。睿の視線もこちらへ向けられる。

「わたくし、美雨は自分の意思で都へ戻り、青嵐お兄様のもとへ参ります。そう、あなたたちに命じた人にも伝えてちょうだい」

臆することなかれと自分を鼓舞して宣言した。

天から降り注ぐ月光が、男をまっすぐに見つめる月鈴の顔を照らしていく。

かつての美雨は下を向き、内気なふりで目立たぬようにしていた。宮廷にいる者たちの美雨への印象は当時のままだろう。

今だって守られてばかりだし、一人でできることも、まだ少ない。

しかし、心から信頼できる人と出会い、自分を奮い立たせるほど守りたいものができた。

「あなたたちは趙家の密偵でしょう。ここで下がらなければ、わたくしの大事なものを傷つけるという脅しや、その行為について、都へ戻ってから『趙家に脅された』と公言しますよ」

しがない町娘の月鈴から、公主の美雨へ。

しゃべり方も、心も切り替えて、月鈴――美雨は背筋を伸ばし、凛乎《りんこ》として告げた。

「わたくしへの脅迫が公になれば、少なからず趙家の評判に関わるでしょう」

「っ……」

「今、傍らにいるのは青嵐お兄様の側近、楊護衛官です。彼はこの場で起きたことや会話も見聞きしています。楊護衛官の言葉があれば信ぴょう性は高まるはずです」

美雨は背筋をぴんと伸ばしたまま、絶句する密偵をしっかりと見据えた。

「ここで下がるのならば、わたくしも公言しません。巫選定の儀を控えたこの時期に揉《も》めるのは互いによくないでしょうから」

密偵の男は悔しそうに渋面を作ったが、それ以上は食い下がらなかった。地面に転がっている仲間たちに肩を貸し、よろよろとした足取りで退散していく。

静寂が戻ってきたので、美雨は張りつめた緊張が解けて足元がふらつきそうになったが、傍らから突き刺さるような視線を感じて、はたと動きを止めた。

――まだ問題が残っていたわ。

ちらりと横を見ると、睿が無言でこちらを見下ろしている。

瞬きもせずに見つめられるから、美雨は背筋を伸ばして「楊護衛官」と改めて切り出した。

「助けていただきありがとうございます。そして黙っていて申し訳ありませんでした。月鈴というのは、仮初の名前と姿で……改めまして、わたくしは美雨です。こうして美雨としてお会いするのは三年ぶり、ですね」

「……ああ。三年ぶりだ」

「本当は素性を明かすつもりはなかったのです。でも、あの密偵に見つかってしまい、北菜館に害が及ぶのを避けるため、わたくし自身も公主として戻ろうと覚悟を決めて来ました。青嵐お兄様のもとへ連れていってもらえますか？」

「あい分かった。私が責任をもって、君を殿下のもとまで連れていく」

「はい。よろしくお願いします」

「…………」

「あの、さっきから、わたくしの顔に何かついていますか？」

あまりに凝視されるので堪らず問うと、睿は我に返ったように目を瞬かせ、無愛想に「なんでもない」と横を向いてしまう。すげない態度に胸がちくんとした。

——美雨と分かった途端、この態度なのね。

まるで三年前と同じく、見えない氷壁ができてしまったようだと思ったが、睿にとって美雨はとっくに離縁した元妻で、ましてや素性を隠して騙《だま》し続けていたのだ。快く思わないのは当然かと納得する。

「美雨だと黙っていたことを、怒っていらっしゃるのですか」

「違う。ただ、気づけなかった自分に腹が立っている。疑ってはいたのに」

よくよく見れば睿の口角は歪んでいて、なんだか悔しげだ。

「出会った直後から、よく似ていると言っていましたものね」

「ああ。しかし、確証がなくて」

「あなたの知る美雨とは印象が違って、顔も分からなかったからでしょう。夫婦だった頃、わたくしに興味がなかったでしょうから」

皮肉も交えて言ったら、ぴくりと肩を揺らした睿がこちらに向き直った。

「その件だが……まずは謝らせてほしい。すまなかった」

「…………」

「私はもっと君を知る努力をするべきだった。無関心で、冷たい夫だっただろう。何も知ろうともせずに突き放し、つらい思いもさせてしまった。本当に申し訳ない」

睿がおもむろに片膝を突き、深く頭を下げる。

すべてにおいて淡泊で無関心に見えた昔と違い、真摯な謝罪には感情がこもっていた。

「……今すぐ、許す、とは言えません。ですが、謝罪の言葉は受け入れます」

美雨は押し殺した声で応じて、跪《ひざまず》いたまま見上げてくる彼と見つめ合う。

一年も夫婦をしていたはずなのに、今初めて逃げずに睿と向き合っている気がした。

「それに、わたくしも、あなたのことをうわべしか知らなくて、それ以上を知ろうともしませんでした。月鈴として再会してから、新しく知ることも多くて驚いたんです」

誰もいないところで睿と二人で話すのはこれが最後かもしれない。

そう思ったから、美雨は一拍の間をおいて、これまで隠してきた心中も吐露した。

「もしかしたら心のどこかで、気づかれなかったのが悔しかったのかもしれません。あの頃の自分があなたの眼中になかったんだと再確認させられたから」

「美雨……」

「正直に言うと、十四の頃に笛を吹く姿を見てから、ずっとあなたに憧れていたんです。感化されて笛の練習まで始めて、縁談がきた時も、本当はとても嬉しかった」

当時は伝えることができなかった想いを、睿は真剣に聞いてくれている。真剣すぎて、こちらの気恥ずかしさが倍増したから、美雨は紅潮した顔で口を尖らせると、なけなしの勇気を振り絞って睿のほうへと足を踏み出した。

――この想いは実らないと分かっている。だから、これで最後にするわ。

「あなたは、わたくしの想いにはこれっぽっちも気づいていなかったでしょうけど――それだけ、あなたが好きだったんですよ」

すうっと息を吸いこんでから両手を伸ばし、何をされるか分かっていないのか、不思議そうな睿の頰に添えた。前屈みになりながら彼に口づける。

「っ！」

不意打ちの接吻《せっぷん》に、密偵の男たちと対峙しても動じなかった睿が身を強張《こわば》らせた。

それでも押しのけられなかったので、美雨は唇をぴたりと重ねるだけの口づけをし、ゆっくりと顔を離す。

両手は震えていたし、火を噴きそうなほど顔が火照っていたが、石像のごとく固まっている睿に市井で覚えた悪態をぶつけてやった。

「一度もしてもらえなかったので、自分からしてやりました。こんちくしょう」

火照った顰め面で睨みつけ、唖然とする彼の頬を両側から強めに抓《つね》る。

「わたくしを冷たくあしらって、心を弄んだ仕返しですよ。本当に、こんちくしょうです！」

続けざまに悪態をつき、くるりと背中を向けて、危うく涙が滲みそうになった目元を拭った。

――終わったわ。これで、きっと心に区切りがつけられる。

「さぁ、もう行きましょう。詩夏と氾隊長が、わたくしたちを捜しているかもしれません」

「……ちょっと待ってくれ」

「口づけの文句だったら受けつけませんよ。最後に思い出くらい、くれてもいいでしょう」

「最後とは、どういう意味だ」

ほんの拍子に視えてしまった睿の未来の情景が蘇ってきて、美雨は背を向けたまま「だって、そうでしょう」と告げた。

「都へ戻れば、わたくしは公主ですし、あなたは青嵐お兄様の護衛官です。こうして二人で話す機会はないと思いますよ」

「それは、まだ分からないだろう」

「予想はつくでしょう。あと言っておきますが、わたくしは謝りませんから」

「君が謝ることは何もない」

「……なんとも思っていない相手に唇を奪われたのに、そんなことを言えるんですね」

半目で見やれば、慌てたように立ち上がった睿が「あ、いや」と言い淀む。

――って、すごく感じの悪い態度を取ってしまったわ。他の人の前では絶対にこんな嫌味なことは言わないのに。

内心ちょっと後悔した。どうしてもつんけんとした態度になってしまうのだ。

しかし、ついぞ女として相手にしてくれず、他の女性との未来が待ち受けている元夫に対して、多少の嫌味は許してほしい。

「美雨。私は……」

睿が何か言おうとするが、それにかぶせて「おーい！」と汜憂炎の声が聞こえた。

「確か、こっちのほうへ行ったたって聞いたんだけどな」

「通りで目立っていたそうですからね。たぶん、このあたりにいるはずです」

詩夏の声もする。どうやら捜しに来てくれたらしい。

「汜隊長と詩夏の声のようですが……今、何か言いかけていませんでしたか？」

「……いい。都へ帰ったら、君と話す機会を作ってもらう。今は、落ち着く時間が欲しい」

睿が美雨から見えないよう顔を横へ向けた。

――落ち着く時間って、そんなに口づけされたのが嫌だったのかしら。

ならば振りほどけばよかったのにと少しむっとして歩き出すと、すぐに睿が隣に並んできた。

「なんだか、距離が近くありませんか」

「まだ密偵がいるかもしれない」

近いほうが安心だ、と彼は付け足し、肩が触れ合いそうなほどの距離で歩いている。

その横顔が相変わらずの無表情だったから、美雨は眉間に皺を寄せた。

──絶対、表情筋が死んでいるわ。素性を明かしただけじゃなく、告白して口づけまでしたのに平然としていて……別にいいけれど。相手にされないのは分かっていたもの。

こちとら後宮で生き抜き、夫婦生活、尼寺や市井の暮らしと荒波に揉まれまくってきたのだ。元夫のすげない対応で心が折れるほど柔《やわ》ではなくなり、秘めた想いを伝えることもできた。

ここで一区切りつけて、他に考えなくてはならないことに意識を向けよう。

そう開き直って前だけを見て歩いていたから、睿が斜め下を見て、目元を薄らと赤くしながら美雨が奪った唇を手のひらで覆っていたなんて、まったく気づかなかった。

第七話　公主として都へ

華江国の都、汪州は異国情緒溢れる黄陵とは違った賑わいで、とにかく人が多い。

睿《ルイ》の馬に同乗させてもらいながら、美雨《メイユイ》は賑々しい通りを見渡した。

――まさか、都に戻ってくることになるとは思わなかった。

この三年で色々あったなと思い返して感慨深くなる。

ちなみに気がかりだった北菜館のことは、黄陵を発つ際に氾憂炎《ハンユウエン》に託してきた。

足止めしてくれた彼にも可能な範囲で事情を説明すると、しばらく北菜館の周辺に目を光らせておくと快諾してくれたのだ。

『俺も北菜館の飯は好きだからな。憲兵の連中にも声をかけておいてやるよ』

華江国の人間ではないというのに、その剛毅な人柄と顔の広さで、なんとも頼もしい言葉をかけて送り出してくれたのである。

美雨はまた黄陵へ足を運べる日がきたら、必ず氾憂炎に礼を言いに行こうと決めていた。

「都はずいぶん賑わっていますね、美雨様」

「そうね。黄陵も人が多かったけれど、暮らしている人の数が違うと実感するわ」

「そのぶん不逞《ふてい》の輩《やから》も多そうですが……」

馬に乗って隣を歩いていた詩夏《シカ》が言葉を濁し、美雨の背後にちらりと目をやった。睿が美雨の腰をしっかりと支えて馬の手綱を握っている。

乗り下りする際もいちいち睿に抱き上げられ、馬上では終始逞しい身体がくっついているものだから、その距離感に美雨もはじめは緊張していたが、都までの道中で慣れてしまった。

「楊《ヤン》護衛官。美雨様を同乗させる上で、貴殿のほうが馬に乗り慣れていて安全というのは納得していますが、やはり少し距離が近すぎませんか？」

「こうして支えないと落ちるだろう」

「……ただ単に近づきたいだけではないのですか。黄陵を発つ時も、美雨様の許可を得ずに、いきなり抱き上げて自分の馬に乗せようとしていましたが」

「私の馬に乗るかと、先に尋ねてあったんだ」

「道中の街でも、気づくと美雨様の真隣にいましたね」

「私は殿下のもとまで彼女を送り届けると約束した。隣にいないと守れない」

詩夏の声には棘があり、睿も眉間に皺を寄せている。二人は事あるごとに衝突し、美雨が睿の馬に乗るかどうかでもさんざん揉めたのだ。

仲裁しても聞き流されるため、美雨は遠い目をしながら口を噤んだ。

かつて睿と暮らしていた屋敷に到着すると、皇太子に会うためすぐに支度を整えた。

一室を借りて湯浴《ゆあ》みをし、詩夏に手伝ってもらい襦裙や髪型を変える。長く手入れをしていなかった髪を下ろして艶が出るまで梳《す》いてから、薄紫色の上品な襦裙を着て化粧もした。

美雨は秀でた美貌ではないが化粧映えがする顔立ちで、目元と唇に紅を乗せただけで、垢《あか》ぬけない町娘から品のある公主に一変する。

姿見の前で確認し、詩夏が嘆息した。

「お美しいです、美雨様」

「ありがとう。こういう格好をするのも懐かしいわ」

美雨は鏡に映る自分をまじまじと見つめて、服装や髪型は懐かしいのに、以前とは少し違うなと思った。顔付きが晴れやかで、目に明るい光が宿っている。

身支度を整えて部屋を出たら、睿が腕組みをして廊下で待っていたが、一礼する美雨を見るなり氷像のごとく動かなくなった。

「お待たせいたしました。身支度が整いましたので、これから青嵐《セイラン》お兄様のもとへ連れていっていただけますか」

「…………」

「楊護衛官？」

「……ああ。私の伯父が住む本家の屋敷に、皇太子殿下はいらっしゃる。そちらへ移動しよう」

睿は踵を返したが、馬車の待つ玄関先へ出る際、珍しく段差に躓《つまず》いていた。

詩夏と一緒に馬車に乗りこみ、美雨は窓越しに馬で先導する睿の様子を窺う。

「ねぇ、詩夏。彼、なんだか様子がおかしくなかった？　段差に躓いていたわよ」

「美雨様の美しさに驚いて、動揺していたのではありませんか」

「さすがにありえないでしょう。わたくしの容姿に、あの人は興味がないと思うわ。離縁する前だって見向きもされなかったのだから」

ぴしゃりと否定したら、詩夏が薄く笑みを浮かべた。

「それは離縁する前のことでございましょう。この二年で、美雨様はずいぶん逞しくなられて生きしていらっしゃいますし、より一層、魅力が増していらっしゃると思いますよ」

「……確かに、逞しくはなったわね。尼寺の暮らしに比べたら、たいていのことは乗り切れる気がするもの。静《セイ》さんのお蔭でなんでも図太く受け流せるようになったから、いざという時は走って逃げるくらいの心持ちでいるわ」

「詩夏もお供いたします。足止めはお任せください」

そんな軽口を叩いているうちに、高い塀に囲まれた楊家の本宅に到着した。

馬車を下りると、楊将軍と夫人に出迎えられる。

二人とは睿との婚礼の折に面識があるが、とりわけ楊将軍には尼寺まで護衛をしてもらった。

当時、朱《シュ》宰相から事情を聞き、三年前の真実を知っていた数少ない人物でもある。

厳めしい顔付きをした楊将軍と相対すると、彼は膝を突いて頭を垂れた。夫人も同様に跪いて美雨に拱手をする。

「お久しぶりでございます、美雨様」

「楊将軍、三年ぶりね。夫人も元気そうでよかったわ」

「美雨様もご無事で何よりでございます」

「ええ、ありがとう。青嵐お兄様がいらっしゃるんでしょう。部屋へ連れていってくれるかしら」

「かしこまりました」

「美雨様。こちらへおいでくださいませ」

美雨は案内してくれる楊将軍と夫人の後に続き、楊家の本宅へと足を踏み入れた。

人払いをされた客間に通されて、しばらく庭園を眺めていたら、にわかに廊下が騒がしくなる。

まもなく扉が開き、外衣を纏ってお忍びの格好をした皇太子の青嵐が現れた。

「青嵐お兄様。お久しぶりでございます」

泰然自若とした足取りで入ってきた異母兄に拱手すると、青嵐はまじまじと美雨を見つめてから破顔した。

「美雨、久しぶりだな。よく無事で戻ってきてくれた」

「はい。青嵐お兄様もお元気そうで安心いたしました」

青嵐の後ろからは楊将軍、皇太子の側近である空燕《クウエン》や睿も入ってくる。楊将軍の夫人が手早く茶の支度をし、外に出て扉を閉めた。

部屋の前には皇室の衛兵が立ち、人払いがされたのを確認すると、青嵐が椅子に座る。

卓を挟んだ向かいの席に座るよう促され、美雨は一礼してから従った。

「寺へ行った経緯は、すでに父上から聞いている。お前とは色々と話したいこともあるが、まずはどうして寺を抜け出して市井にいたのか、説明してくれるか」

「はい。ただし、少しばかり聞き苦しい話になるかもしれませんが」

そう前置きをし、市井で暮らすことになった一連の出来事を語って聞かせると、途中から顔を顰めていた青嵐が「そういうことだったか」とため息をついた。

「事情があるとは思っていたが、お前が寺でそんな目に遭っていたとは知らなかった。都へ戻ってこなかったのも、見捨てられたと思っていたからなのだな」

「それもあります。わたくしの書簡に返信はなく、朱宰相からの連絡も途絶えて、もはや都に居場所はないのだと思っておりました。今さら戻れと言われたところで、という気持ちがあったのは確かです」

「朱宰相の件だが、書簡や使者を送っても追い返されていたそうだ。お前からの書簡も、都には一通も届いていない。おそらく遮断されていたんだろう」

薄々察してはいたが、そこまでされていたのかと美雨は言葉を失くした。

詩夏まで瞠目して「そんなはずは」と呟く。

「美雨様から預かった書簡の類は、木蓮《モクレン》様の目に入らぬよう、街から書簡を届けに来る外部の者に直接手渡しておりました。しっかり届けてくれるようにと頼んでいたはずですが」

「わたくしも何度か目を盗んで、自分の手で渡していたのに……」

額を押さえて項垂れる。外部にも手が回されて、孤立無援状態に陥らされていたというわけだ。

「今後、その尼寺周辺には監査を入れよう。抜き打ちで行ない、尼僧にも話を聞く」

「そこまでしてくださるのですか」

「この国は嫦娥《ジョウガ》様を祀っている。寺とも縁が深い。膿《うみ》は出さなければならないからな」

「ありがとうございます。青嵐お兄様」

美雨だけではなく、これから尼寺へ入ることになる女性たちの被害も食い止められるだろう。

心から礼を言うと、青嵐が重々しく首肯し、両目を細める。

「しかし、戻らなかった理由は他にもあるのだろう」

「はい。ただ、そちらはわたくしの心の問題で……寺を脱走すると決めた時、わたくしはとても腹が立っていたのです。悪質な嫌がらせだけではなく、公主の役目を果たそうと思った心を打ち砕かれて、生きることを諦めかけた自分に対しても。それで外へ出て、お腹いっぱいの食事をして、もう好きなように生きてやると思ったのです」

「好きなように生きてやる、か。お前の口から、そんな言葉が出てくるとはな」

「今考えてみると、それだけ限界だったんだと思います。とはいえ市井の暮らしは大変で、知らないことや、できないことばかりでした。情けなくて恥ずかしい思いもたくさんしました」

けれど、と美雨は青嵐に向かって笑いかけた。

「厳しくも温かい方に出会ったのです。呆れながら見守ってくれる同僚や、花街で強く生きている女性と知り合い、ここにいる詩夏も、皿洗いすら満足にできないわたくしを見放さずに支えてくれました」

背後に控える詩夏を示す。はじめは敵対心を抱いたが、詩夏は献身的に尽くしてくれた。寺を脱走した直後も励ましながら黄陵までおぶってくれて、北菜館で生活を始めてからはずっと側に居続けてくれたのだ。

今では信頼のおける側仕えで、相棒にも似た感覚を抱いている。

「稼いだ銭で好きなものを買い、好きなものを食べ、そのぶん汗水垂らして働く。どれも知り得なかった経験でした。出会った人々に恵まれたのでしょうが、そこで生きていこうと思えるほどには居心地がよかったのです」

青嵐は少し黙りこんでから「うん、そうか」と呟いた。

「得難い経験をしてきたのだな。私の知っているお前とはもう別人のようだ。以前は俯きがちで、こんなにはっきりと物を言わなかった」

「内気な異母妹だと思っておいでででしたでしょう」

「そのとおりだ。しかし、お前は私が思っていたよりも気丈で、こうして三年越しに都へ戻ってきてくれた。異母兄としては大変嬉しく思っている」

「……喜んでくださっているのですね」

「喜ぶのはおかしいか」

「わたくしが自分の意思を優先したことを叱られるか、公主の自覚がないのかと苦言を呈されると予想していたのです。青嵐お兄様が捜していると知っても、名乗り出ませんでしたし……」

一瞬、きょとんとした異母兄の口調が悪戯めいたものになる。

「なんだ、叱られたかったのか。ならば、今から叱ってやってもいいが」

華武帝《カブテイ》とよく似た彫りの深い面立ちに意地の悪い笑みが浮かんだので、美雨は瞠目した。

「ご冗談でしょう？」

「半分はな」

「残りの半分は本気なのですか」

「うん。三年前、私はお前に命を救われた。その礼に、お前の望みは叶えてやりたいと思っていたが、叱ってほしいと言われるのは予想外だったぞ」

「言っておりませんが」

「何を隠そう、私は笑顔で人を叱るのが特技でね。じわじわと言葉で追いつめるのも得意だ」

「……青嵐お兄様って意地悪でいらっしゃるのね。初めて知りました」

思わず半目になったら、茶目っ気のある笑顔でにやりと返された。

「普段は猫をかぶっているからな」

兄の顔で話していた青嵐が、不意に神妙な面持ちになった。和やかな空気が引き締まる。

「お前に感謝しているのは事実だ。礼を言う、美雨。先視の力についても父上から聞いた。私を救うために動いてくれたのだろう。何も知らず、救ってやれなくてすまなかったな」

「そのお言葉だけで十分です。青嵐お兄様がご無事でよかった」

「うん、ありがとう。お前とは今後のことも話しておきたい。巫選定の儀に出る気があるのかどうかも、意思を聞かせてくれないか」

美雨はしばし瞑目する。巫になるということ。それについては都までの道中で考えていた。

正直なところ、今まで「巫になりたい」とは考えたことがなかった。

巫の仕事は嫦娥の側に仕え、女神の言葉を民に伝えるというのが主たるものだ。

春節には民の前に出て、嫦娥の言葉を口頭で伝え、慰問として各地にも足を運ぶため民と接する機会が多い。その折に異能を使う場面もあるようだ。

平時は月宮で過ごすのが決まりだが、政には関わらずに祈禱《きとう》をしたり、嫦娥にまつわる古い経文を読み解いたりと宮廷の生活とは乖離《かいり》したものとなる。

美雨は巫になること自体に抵抗はないが、それで生じる権力争いに巻きこまれたくなくて避けていたし、降嫁することで資格がなくなると思っていた。

先視の力も扱いづらく、視なくていいものまで視えるから、進んで使わないようにしていた。

――けれど一度、嫦娥様にはお会いしたい。

都を離れたあとも、うさぎの姿で見守ってくれていた嫦娥の真意を知りたいし、自分に資格が与えられた理由も知りたかった。

——それに先視の力をうまく使えるとしたら、巫という立場なんでしょうね。

市井で見知らぬ人の未来が幾度となく視えた。

自分にできるだけのことはしたが、何もできないと無力感を覚えたこともある。

しかし巫になれば『ただの月鈴《ゲツリン》』だった頃と違い、慰問というかたちで人々に手を差し伸べることができる。公主という立場を逆に利用し、救える人も増えるかもしれない。

なればこそ巫になるというのは一つの選択肢だった。

「答えを出す前に、わたくしも確認しておきたいのです。青嵐お兄様は、わたくしを巫に推したいと考えていらっしゃるのですか？」

「考えている。趙《チョウ》家が力を持てば、政がやりづらくなるのは明白だ。私と趙貞勇《テイユウ》では政策が違うからな。美雨が巫に選ばれたのなら、祭事の権限は朱家のままで余計な火種を生まずに済む」

それは一切、迷いのない返答だった。

「利用されるのを恐れて力を隠していたお前にとって、このような考えは疎ましいだろう。だが、私は来春には皇帝になる。先を考えて動き、利用できるものは利用するつもりでいる」

青嵐の声色が冷たくなった。優しい異母兄だと思っていたが、それだけでは腹に一物を抱えた重臣を相手に政はできないし、暗殺の横行する宮廷で生き残っていないだろう。

——確かに、母の野心のために利用されたくはなかった。でも、あの頃と今ではもう置かれた状況が違う。わたくし自身、外の世界を見て色んなことを学んできた。

接点こそ少なかったが、美雨は三年前も異母兄を慕い、とうの青嵐は父の覚えもよくて評判のいい皇太子だ。頭が回って人望もある。

巫選定の儀は、青嵐が皇帝に即位するにあたって初めの関門なのだろう。

──青嵐お兄様は皇帝になるべき御方だわ。こうして戻ってきたからには、できることがあれば尽力したい。それに趙家のやり方は、わたくしも看過できない。

あんな脅迫をされて許せるはずもなく、趙家の意のままに巫選定の儀を辞退するくらいなら、正々堂々と参加したい。

そもそも、自分の立場と向き合うと決めて都へ戻ってきたのだ。

選ばれるかどうかは置いておいて、今も巫の資格があるのならば覚悟を決めるべきだろう。

「──分かりました、青嵐お兄様。わたくしは巫選定の儀に出ます」

「そうか！　よく言ってくれた」

「その代わり、わたくしが世話になっていた黄陵の北菜館と、その従業員の方たちを、しばらく守っていただけませんか。念のため陶馬国の武官の方には頼んできましたが、営業の邪魔にならないようにお願いしたいのです」

「私のほうで、すぐに手を回そう」

異母兄が快く請け負ってくれたので、ほっと胸を撫で下ろす。

「ただ、わたくしは二年も市井で暮らしていましたし、選定の儀の準備をしていません。二日にわたって行なわれるのは把握していますが、詳細も曖昧です」

「あとで詳しい女官に説明させよう。ひとまず一日目には巫候補の紹介もかねて、舞踊か奏楽を披露してもらう。雹華《ヒョウカ》は箏が得意だそうだが、美雨はどうだ？」

「箏や舞踊は、せいぜい人並みといったところですが……笛はどうでしょう。一応、花街の華祭の舞台で吹いたこともあるのですよ」

人前で披露した経験があると伝えたかったのだが『花街』と聞いた途端、青嵐が絶句した。

視界に入る位置にいた楊将軍や空燕まで驚きを露《あら》わにする。

ただ、睿だけは表情を変えなかったが。

「美雨。今、花街と言ったのか？」

「花街といっても、わたくしは頼まれて演奏をしたのですよ。……そういえば、楊護衛官も見ていらっしゃいましたよね？」

青嵐が険しい顔になったので、すかさず睿に話を振ると、彼が真剣に頷く。

「はい。とても美しい笛の音色でした。あれならば問題ないかと思います」

「問題はそこではないんだが、楊睿」

「ご心配なさらないで、青嵐お兄様。素顔を隠して演奏しましたし、謝礼金も頂いたのです。妓楼でけちくさいと噂の楼主が色をつけてくださって、滞納しかけた家賃を支払うことができたのですよ。妓女の方々にも褒められて、上質な蠟梅酒の甕までもらいました」

自慢げに胸を張ってみせたが、異母兄は面食らったように両手を組んで項垂れた。

「美雨が言っているとは思えない言葉ばかりで、脳が理解を拒む」

「わたくしは、ただ心配はいりませんと言いたかっただけなのですが……」

「楊睿。花街の件は、あとで詳しい話を聞かせてくれ」

渋面を作った皇太子の言葉に、睿が「御意」と応じた。

それからひとしきり雑談をして、青嵐は宮廷へ帰ることになったが、こう言い残していった。

「巫選定の儀の前にもう一人、お前に会いたがっている相手がいる。後日、会ってやってくれ」

それが誰なのかは告げずに異母兄が帰ってしまい、美雨もその日は疲れていたため、楊将軍の屋敷の離れで休ませてもらうことになった。

◆

「美雨はまるで別人のようだったな」

宮廷の汪陽殿に帰還し、執務室に入った途端、皇太子が呟いた。

「あれほどまっすぐに私の目を見て、物怖《ものお》じせずに自分の考えをはっきりと口に出すようになるとは。お前が気づかなかったのも無理はないな、楊睿」

美雨の護衛を伯父に任せて、護衛官の職務に戻った睿は、面会に同席した空燕とともに部屋の隅で黙礼する。

皇太子が椅子に腰かけて物憂げに額をとんとんと叩いた。

「尼寺の件はすぐに調査させねばな。まったくもって許しがたい行為だ」

美雨の話を思い出し、睿は顰め面をする。彼女を追いつめた木蓮という尼僧には然るべき罰が下されるべきだ。いっそこの手で捕らえてやりたいくらいだった。

「しかし、市井で暮らしていた美雨は口調や振る舞いも変えていたのだろう。花街の舞台で笛を吹いたというのも本当なのだな」

「はい。顔は隠していらっしゃいましたが、見事な笛の音色を披露されていました」

「お前が言うのなら、笛の腕前は問題ないだろうが……美雨は本当に妓楼に出入りしていたのか？」

「そのようです。小料理屋の配達業務として、ですが」

「想像できないな。本人が名乗らなければ、私も気づかなかったかもしれない」

かつての美雨の印象が強いためか、皇太子は並々ならぬ衝撃を受けているらしい。

妓楼に出入りしていたというのは、まだいいほうだが、と睿は胸中で呟く。

美雨が口の悪い女店主を真似て悪態をついたり、甕に銭を貯めて数えるのが趣味になったらしいと報告すれば、皇太子は「待て、脳が理解を拒む」と制止しそうだ。

「とにかく美雨を保護できてよかった。ただ、趙家が動いていたのなら気が抜けないな。すでに楊将軍には話を通してあるが、しばらく楊家で美雨を匿い、護衛を頼む」

「父上から聞いております。滞りなく準備はしてありますので、お任せください」

空燕に倣って睿も拱手をすると、皇太子が鷹揚《おうよう》に頷いて政務の書簡を広げ、ふと手を止めた。

「ところで、楊睿。先刻の面会時は終始、美雨ばかりを見つめていたな。美雨は気づいていなかったようだが……空燕、お前も気づいていただろう？」

「はい、殿下。帰り際、美雨様が見送りに出てこられた時も、睿がまるで至上の宝玉がそこにあるかのようにあの方を見つめていたものですから、僕も大変驚きました」

空燕が含み笑いを浮かべて言ってのけたので、睿は目付きを鋭くして従兄を睨んだ。

「やはりそうか。黄陵での滞在で親交も深めたようだが、美雨との関係はどうなのだ」

「どうなのだ、とは？」

「離縁したとはいえ、お前たちは元夫婦ではないか。自分から美雨を捜しに行くと言い出したことも然り、今は憎からず思っているのかと」

「……殿下。何故、そのようなことを尋ねられるのですか」

背後に回した両手をぎゅっと握り締めたら、皇太子はまじめな顔で応じた。

「美雨が巫に選ばれなかった場合のことも考えておかねばなるまい。特殊な立場だからな、今さら後宮に戻るのは酷であろう。本人が望むのなら、よい嫁ぎ先を見つけてやることも考えねば。その点、楊家は此度の事情を把握している。再び縁を結ぶのもありなのかと考えただけだ。それで居場所も作ってやれる」

「再び縁を結ぶお許しをいただけるのですか」

睿は顔をぱっと上げて即座に問うたが、すぐ我に返って口元を押さえる。

隣では空燕が瞠目していて、皇太子も何かを察したかのように「ああ」と頷いた。

「ただし美雨が選ばれたのなら、縁を結ぶも何もない。巫はその座を降りるまで独身でいる決まりだ。既婚の公主が候補になったという記録もあるが、離縁を前提で儀式に臨んだそうだ」

だから、あまり期待しすぎるなよ、と皇太子が苦笑交じりに言う。

「私としては美雨が選ばれるのが望ましい。本人も覚悟を決めているようだし、月宮ならば美雨も平穏な暮らしができるだろう」

「……はい。私もそう思います」

「しかし、一生会えなくなるわけではない。嫦娥様にお仕えすることで、他の男のものにはならないという考え方もできるぞ、楊睿」

以前の睿であれば、真顔で「お戯れを」とでも返答していただろう。

しかし今はためらい、悩み、結局は何も言えなくなって唇を引き結んだ。

複雑そうに歪んだ睿の表情を見て、皇太子が「お前もそんな顔をするのだな」と笑い、聡《さと》い空燕は睿の心中を思いやってか苦い表情を浮かべていた。

◆

皇太子との面会から数日後、楊家の本宅に身を寄せた美雨のもとへ、青嵐の言っていた『会いたがっている相手』が訪ねてきた。

とっぷりと日が暮れた頃、衛兵に護衛されて女官を伴い、自身も女官の変装をして現れたその人物は人払いをしてから顔にかぶっていた薄衣を外す。

そして露わになったのは、天女のごとき美貌であった。繊細な目鼻立ち、長い睫毛《まつげ》に縁どられた黒曜石の瞳。紅梅のごとき鮮やかな唇と、雪白の肌。

今は亡き賢妃、紅花を思わせる美貌は紛れもなく趙家の公主――雹華のものだ。

「お久しぶりでございます、美雨お姉様」

雹華は美雨と変わらぬ身の丈だが、手足はほっそりとして、少し力を入れたら折れそうなほど華奢《きゃしゃ》だった。そのせいか儚《はかな》げな印象を抱く。

美雨は予想外の訪問客に言葉を失ったが、すぐ我に返って挨拶を返した。

「久しぶり、雹華。でも、あなたは後宮で暮らしているはずでしょう。どうやって来たの？」

「青嵐お兄様に協力していただき、抜け出して参りました。趙家とは関わりがなく、わたくしが個人的に美雨お姉様とお会いしておきたかったものですから」

雹華は昔から年の割に落ち着いている印象があったが、今日は口調が冷ややかで、その眼差しも鋭さを帯びている。

友好的ではなさそうだなと肌で感じたけれど、美雨はひとまず座るようにと勧めた。

雹華付きの女官が一人と美雨付きの詩夏が戸口に控え、向かい合って椅子に腰かけるなり、雹華が口火を切った。

「お会いするのは三年ぶりでございますね。お元気そうで安心いたしました」

一瞬、これは皮肉だろうかと返答に迷ったが、心を読んだかのように雹華は付け足す。

「本心からそう思っております。柳《リュウ》家の一件があって、美雨お姉様はいきなり都を去ってしまわれたでしょう。行方知れずという噂も出回っていたので心配しておりました」

「見てのとおり、わたくしは元気よ。雹華はしばらく見ない間にとても美しくなったわね」

「ありがとうございます。美雨お姉様は雰囲気が変わられました。顔付きも、まるで別人のよう」

「青嵐お兄様にも同じことを言われたわ。この三年で色々と経験して、心境も変わったから、それが顔に出ているのかもしれないわね」

雹華にじっと見つめられたので、美雨は怪訝に思いながらも見つめ返した。

「わたくしと話したいのは、巫選定の儀に関わること？」

「はい。美雨お姉様の異能についてお聞きしたかったのと、覚悟をもって選定の儀に臨まれようとしているのか確かめておきたかったのです。ただし、わたくしたちは巫の座を争う身。語りたくなければ、このまま帰りますが……」

「あなたが知りたいのならば話すわ。わたくしの異能は先視の力よ。他人に触れると未来が視えるの。でも、命の危機や人生の転機が差し迫っている人だけよ」

巫の資格を持つ公主は不思議な力を持つ、という認識はあれども詳細は公表されていない。

ためらいなく告げると、雹華が目を見開く。

「そんなにも簡単に教えてくださるのですね」

「隠すことではないでしょう。選定の儀はあくまで嫦娥様に選んでいただくのであって、異能の優劣を競うものではないと聞いたもの」

雹華はわざわざ後宮を抜け出して会いに来た。しかも青嵐を介して来たということは、権力争いとは関係なく、本当に個人の意思で美雨の話を聞きたかったのだろう。

口を噤む雹華に、美雨はこれまでの経緯も語った。

趙家の密偵に脅されたことは伏せたが、三年前までの暮らしや事件、尼寺での待遇、市井に降りたあとのことも掻《か》い摘まんで説明する。

「――色んな人の未来を視て、その力も巫になれば役立てられると思ったから、巫選定の儀に出ると決めたのよ」

青嵐お兄様の説得や政治的なあれこれは抜きにしてもね、と言葉を締めくくると、雹華が深々と息を吐いた。

「そういうことでしたか。美雨お姉様が中途半端な気持ちで戻られて、巫になろうとしているのならば、どうしてやろうかと思っていたのですが……」

不穏な言葉が聞こえたが、雹華の眼差しや口調からは冷たさが消えている。

「ご苦労なされたのですね。そして外の世界を見て、多くの経験をされて戻ってこられた。別人のように思えたのはそのせいなのでしょう」

「後宮で暮らしていた頃は目立たないようにしていた、というのもあるだろうけれど」

「その点は、わたくしも同じです」

自死をした賢妃の一人娘、雹華。好奇の目にさらされ、美雨と同じく異能を持つ身でありながら近年までそれを隠し、ひっそりと後宮で生き抜いてきた異母妹――。

「わたくしたちって、ちょっと似ているのかしら」

「そうかもしれません」

「ちなみに雹華の異能は何なの？」

「いわゆる『過去視』というものです。触れた相手の過去を映し出すことができます」

「映し出すということは、他の人にも見えるのね」

「はい。水を張った盆や水晶に手を翳すことで、対象の相手の過去を投影できます。どの時点の過去を視たいのかも調整できます。ただし、映し出す道具が必要となりますが」

「すごい力ね。わたくしは自分の目の前に光景が視えるだけだから」

「でも、美雨お姉様が視えるのは未来でしょう。過去が視えたところで、何も変えることはできないのですよ」

雹華は沈んだ声で言い、一息ついて立ち上がった。

「お会いできてよかったです。長居はできませんので、そろそろ戻ります」

「ええ。わたくしも雹華と話せてよかったわ」

部屋の外で控えていた楊将軍が裏手にとめた馬車まで案内してくれる。

美雨も詩夏を伴って見送りに向かったが、視界の端に白いものが入ってきたので庭先へと目をやった。すると、前を歩いていた雹華もほぼ同時に庭を見る。

月光が降り注ぐ庭園の石の上に白いうさぎがいて、こちらを見ている。

そうか、雹華もあのうさぎが視えるのだなと思ったら、なんだか不思議な心地になった。

「美雨お姉様。巫選定の儀では正々堂々と嫦娥様に選んでいただきましょう」

馬車に乗りこむ寸前で振り返った雹華が、美雨にしか聞こえない声量で囁く。

「それから、どうか身の回りにお気をつけくださいませ。わたくしの知らぬところで祖父が動いているようですので、選定の儀までは警護を万全になさってください」

「……雹華。そんなことを話してもいいの？」

「よいのです。祖父の野望や、権力争いには関心がありません。わたくしの望みはただ一つ、月宮で嫦娥様にお仕えすること」

雹華が薄衣を持ち上げて、美雨と目線を絡めながら「それに」と言葉を継ぐ。

「わたくしは、欲や権力のために他人を害するというやり方は嫌いなのです」

美しい異母妹は低い声で囁いてから、優雅に一礼して馬車に乗りこんだ。

美雨は遠ざかる馬車を見送り、ふうと息をついて身を翻す。

楊将軍に連れられて、滞在させてもらっている邸宅の離れへ向かったら、部屋の前には何故か睿が立っていた。

「睿か。仕事は終わったのか」

楊将軍の呼びかけに、仕事帰りと思しき睿が礼をする。

「はい、伯父上。先刻、帰宅しました。明日まで非番ですので、今宵は私にお任せください」

「……朝までだぞ。夜明けが来たら衛兵と交代しろ。休む時間も取らねばなるまい」

「楊将軍。どういうことですか」

「美雨様、今宵は睿が御身の護衛をいたします。本人の意向ですが、ご存じのとおり皇太子殿下の護衛官を務める武官です。衛兵には敷地内の巡回をさせますので、警備のほうはご心配なく」

——そこは心配していないけれど、どうして彼がわざわざ護衛をしてくれるの？

すでに青嵐とは再会を果たし、美雨を護衛する任も解かれているはずなのに、非番を使って護衛役を買って出るなんて職務の範疇《はんちゅう》外ではないか。

美雨は戸惑いながらも部屋に入り、詩夏の手を借りて寝る支度を整えた。

「彼、どういうつもりなのかしら。非番なのに、わたくしの護衛をするなんて」

牀褥に腰かけて声量を落としたら、白湯《さゆ》を用意してくれた詩夏が薄目になって戸口を見る。

「ご自身で美雨様を守りたいのではありませんか。都までの道中でも、常にあなた様のお側に控えていらっしゃいましたから」

「わたくしを都まで無事に連れ帰るのが職務だったからでしょう」

「同行していた私から見れば、それだけとは思えませんでしたが」

「彼の個人的な意思もあったということ？」

「私はそう感じました。楊護衛官は顔に出されませんし、分かりづらい御方ですが、美雨様を守ろうとしていらっしゃるのは伝わってきますよ」

「……それは、わたくしも感じているわ」

睿が自分の意思で美雨を守ろうとしてくれているなんて、三年前であれば信じなかったが、再会して幾度も彼に守られてきた今では信じられる。

だが、きっと責任感が強いからだと美雨は思った。月鈴だった時みたいに、危険な目に遭いそうな相手を守らなくてはいけないと、そんな感覚に近いのだろう。

詩夏が部屋を出ていったあと、美雨は明かりを消して牀褥に入ったが、外が気になるあまり寝つけなくて、夜が深まった頃に起き上がった。燭台を灯し、上着をはおって、廊下に続く扉をおそるおそる開ける。

廊下を覗くと、扉の真横に睿がいた。壁に背中を預け、片膝を立てて座っているが、その視線は軒先から見える夜空へと向けられていた。本気で朝まで護衛をするらしい。

「あの、楊護衛官」

「美雨？　何かあったか」

睿がすっくと立ち上がったので、美雨は慌ててかぶりを振った。

「何もありませんよ。ただ、ちょっと寝つけなくて……あなた、本当に夜明けまで護衛をするつもりなのですね」

「そのつもりだ。衛兵も周りを巡回している。心配はいらない」

「安全面での心配はしていません。でも、楊護衛官は非番でしょう。こんなふうに泊まりこみでの護衛なんて大変なはずですし」

「私が自ら望んでしていることだ。慣れているから、気にしなくていい」

そう言われても、彼が寝ずの番をしていると気になって寝つけないのだ。

美雨はしばし迷ってから、睿の声が聞こえるよう扉を少し開けたまま燭台を置き、扉の横の壁に凭れながら座った。

「外には出ませんので、眠くなるまで話をしてもいいですか？」

「ああ、構わない」

「こんなふうに二人きりで話すことは、もうないと思っていました」

「前も言ったが、私は話す機会を作ってもらうつもりでいた」

「あれ、本気だったのですね。けれど、離縁した相手と何を話すのですか？」

「色々ある。ただ、何から話せばいいか分からない」

「……そんなにわたくしと話したいと思っていらっしゃるなんて、想像もしていませんでした」

あまりの意外さに苦笑したら、扉の隙間から聞こえる睿の声が少し小さくなった。

「私はこの三年、美雨と話がしたかった」

「嘘がお上手ね」

「嘘じゃない。何度も君に会おうとしたし、書簡も送った」

「書簡？」

「私が動けるようになり、柳家の処罰が決まったあとで。君のいる尼寺に、何通も送った」

そんなものは届いていないと喉元まで出かかったが、はたと口を噤む。

朱宰相の書簡もはじめの一通以降は遮断され、美雨自身の書いた書簡ですら都に届いていなかったのだ。睿が書簡を送っていたとしても、秘密裏に処分されていたのかもしれない。

「私の書簡など、読まずに打ち捨てられているのだろうと思っていたが」

「わたくしの手元には届いていなかったのです。一通も読んでいません」

「ああ。殿下との話を聞いて、それを知った。だが届いていないのなら、私が書簡を送っていたという証拠もない。君は信じないだろうな」

私は冷たく無関心な夫だったという印象が強いだろうから。

睿がぽつりと呟いたきり黙ってしまい、美雨も返答に窮して膝を抱える。

信じがたい話ではあるが、睿が嘘をつく理由も思い至らなくて、少し考えてから訊いてみた。

「書簡には何を書いていたんですか？」

静寂が落ちた。怪訝に思って「楊護衛官？」と呼び、扉をこんこんと叩くと衣擦れの音がして、先ほどよりも近い場所から睿の返答が聞こえた。

「君への謝罪と、いつか私と会ってほしいと」

どうやら扉の前まで移動してきたらしく、すぐそこにいるみたいに彼の気配を感じる。

——そういえば、前もわたくしに会いたいと言っていたわね。

あの睿が自分に会いたがっているなんて、と驚いたのだ。

「では、どちらの願いも叶いましたね」

「そうだな。だが、私の謝罪はまだ足りていない。心の底から悔いている」

不意に、睿の声が低く沈んだものになった。端整な面を憂鬱そうに歪めているのが想像できたから、美雨は気まずくなって早口になる。

「謝罪はもう必要ありません。あとは、わたくしの心の問題ですから」

「君への償いにできることをしたい」

「償いって……まさか、それで護衛を申し出たのですか？」

「私にできる数少ないことの一つだからな」

「そこまでしなくてもいいのですよ。事あるごとに守ってもらって、本当は感謝しているくらいです。月鈴にも親切にしてくださったし、あなたの印象も変わりました」

「それも君のお蔭だ。他人に興味を持ち、関わろうと思えるようになった」

「……わたくしが助けを求めるたびに巻きこまれていましたものね」

北菜館で他愛《たわい》ない世間話をする時のように、明るめの口調で相槌を打てば、睿の声色も少し明るくなった。

「放っておけなかったんだ」

「迷子の猫でも拾ったかのように、あなたに抱えられて逃げたこともありましたね。あの時は、なかなか下ろしてもらえなくて焦りました」

「逃げられるのも、誰かに奪われるのも、どちらも嫌だったから」

「保護して連れ帰るのが、あなたの仕事でしたものね」

「いや、そうではなく」

睿がぼそりと呟く。

「単に、私が君を離したくなかった」

「……楊護衛官。誤解させてしまいそうな言い回しはよくありませんよ」

美雨は物憂げに吐息をついて、わずかに唇を尖らせた。

「あなたのような殿方に言われると、女性は特別扱いされているのではないかと勘違いしてしまいます。相手がわたくしだからいいですが」

「君だからいい、というのは、どういう意味だ」

「わたくしは離縁した妻ですし、あなたも女性として関心はないでしょう」

「そんなことはない。美雨は、その……非常に、魅力的な女性で……関心も、ある」

いつも明快な物言いをする睿が言葉に詰まったので、これは世辞だなと苦い笑みを浮かべる。

この先、睿と美雨の未来は交わらない。ゆえに余計な期待はするなと自分を戒めた。

「褒めてもらえると自信になります。巫選定の儀では人前に出ますが、雹華と並ぶとわたくしは見劣りするでしょうから」

「君が見劣りするものか。品があり、溌剌《はつらつ》として……魅力的だ」

美雨は目を瞬かせ、両手で膝を抱えながらこっそりと笑う。

世辞であっても、他ならぬ睿の口から何度も『魅力的』と褒められたら嬉しいものだ。

「ええ、ありがとうございます。巫選定の儀もがんばります」

「……美雨は、巫選定の儀が終わったあとのことも考えているのか？」

咳払いをした睿から普段以上にぶっきらぼうな口調で問われ、ことりと首を傾げる。

「考えていますよ。嫦娥様に巫として選んでいただいたら、月宮でお仕えします。ですが、もし選ばれなかったとしても、月宮で女官としてお仕えできないか訊いてみるつもりです」

身を縮ませて部屋の暗がりを見つめた。

「親族が罪を犯し、行方知れずになったことも噂になっているようですから、後宮で暮らすのは難しいでしょう。政略的に嫁いでほしいと青嵐お兄様がおっしゃるのならば従いますが、出戻りで、親族に罪人を持つ公主を迎え入れてもよいと言う方はなかなかいないと思います。よほどのことがない限り、わたくしも再婚は望みません」

はっきりとそう答えたら、睿は黙ってしまった。

もしかしたら嫌味に聞こえただろうかと後悔したが、紛れもない本心だったので訂正はせず、美雨は憂いの吐息をつく。

――政略結婚でもない限り、わたくしはもう望んで誰かのもとへ嫁ぐことはない。

もし巫になれば未婚でなくてはならないし、巫に選ばれなくとも異母兄の指示に従うつもりでいたから、睿が他の女性と結婚するのを見守ることになる。

その時、笑って祝うことができるだろうか。想像しただけで目の奥が熱くなりかけたが、美雨は深呼吸をして、ちゃんと笑えるようになれたらいいなと思った。

◆

とりとめもない会話をしていた美雨の声が小さくなっていき、やがて静かになる。

腕組みをして扉に凭れかかり、途中から聞き手に徹していた睿は面を上げた。

「美雨？」

夜陰に慣れた目を扉に向け、抑えた声で話しかけるが返答はない。そっと扉を開けると、壁に寄りかかり眠っている美雨が見えたので柳眉を寄せる。

——寝たのか。どうしたものかな。

護衛の身で女性の、しかも公主の部屋に許可なく入るのはまずいかと迷うが、何もかけずに扉近くの床の上で眠ったら風邪を引くだろう。

詩夏を呼ぶことも考えたが、すでに深更。夜行性の虫ですら羽音を立てない時間帯だ。

先刻、巡回の衛兵も通り過ぎたばかりで、しばらくは誰も来ない。

迷った末、睿は音を立てずに部屋へと入った。すやすやと眠る美雨の傍らに屈みこみ、細い肩と膝裏に腕を回して牀褥まで運ぶ。

——相変わらず軽いな。

都までの道中、美雨は「食べられる時に食べておきます」と言い、出店で買った肉饅頭や月餅をぺろりとたいらげていたが、身体付きはほっそりとしていた。抱いて馬に乗せてやるたびに、食べる割には軽いのだなと思った。

敷布に寝かせて蒲団《ふとん》をかけてやった時、袖を引かれたので、睿は身を乗り出した体勢のまま美雨を見下ろす。起きる気配はないが、彼女の手は上着の袖を握って離さない。

睿はためらいののちに牀褥の端に腰かけた。暗闇に慣れた目で無防備な寝顔を見つめ、空いている右手を美雨の頬に添える。

出前で外を歩き回っていたからか、保護した直後は少し日に焼けていたが、今は肌が白くなってしみ一つない。感触もなめらかで柔らかかった。

しばらく美雨の頬に触れたあと、輪郭をなぞるように指先を顎のほうへと下ろしていく。その指が自然と向かった先は、ふっくらとした唇だった。

あの夜——美雨に初めて口づけられた時、どれほどの衝撃を受けたことか。

押しつけられた唇の柔らかさに思考が停止し、離れていく美雨の顔をまぬけな男みたいに見つめることしかできなかった。

『一度もしてもらえなかったので、自分からしてやりました。こんちくしょう』

ぎこちない悪態すら耳に心地よく、力任せに美雨を抱き寄せて、倍返しの口づけをしてやろうかと思ってしまったとは口が裂けても言えない。

「美雨」

押し殺した声で呼び、袖を握っている美雨の手に自分の手を重ねる。

寡欲な睿はこれまで好んで人と触れ合うことはなかったが、今は宵闇に紛れて美雨に口づけたいと不埒《ふらち》な衝動に焼かれている。それが美雨への好意によるものだということも気づいていた。

睿はゆっくりと前屈みになり、冷然とした瞳に熱を宿しながら顔を傾けたが、唇が触れ合う寸前で止まった。

「っ……」

——だめだ、何をしている。

衝動のままに動くんじゃないと自分を叱咤《しった》し、ぎこちなく顔の位置を変える。美雨の額に触れるだけの口づけをして背を向けると、顔を覆って項垂れた。

我慢だ、我慢。そう唱えながら美雨の手を外し、蒲団をしっかりとかけてやって部屋を出る。

扉を閉めたところで、ふうと重たい息をついた。

そこで初めて自分が緊張していたことと、顔がひどく熱いことに気づく。

——私はどうしようもない愚か者だ。今になって彼女に焦がれているとは。

この三年、睿は彼女に会いたかった。

『——わたくしたち、まるで夫婦のようですね』

彼をこの世に繋ぎ留めてくれた美雨の柔らかい声と、汗を拭う手の温もり。

あれは夫の務めを果たさなかった睿に与えられた無償の献身だ。

しかれども目覚めたら彼女はもう都を去ったあとで、その時、まるで冷水を浴びせかけられたかのような衝撃と胸が押し潰されそうな後悔に襲われた。

美雨に謝りたくて、話がしたくて、なにより会いたくて……だから出会った瞬間に目を惹かれ、親交を深めた月鈴が美雨だと気づいた時、二度と離すまいと思ったのだ。

しかし、美雨は決然とした覚悟をもって巫選定の儀に挑もうとしている。

彼女の覚悟を邪魔するわけにはいかないし、傷つけたことに対しても償いきれていない。

ゆえに今は美雨の心を惑わせることなく、できる限りのことをして守るのだ。

結果がどうなったとしても——それが自分なりの誠意の示し方だと、睿は考えていた。

「……美雨」

その名を紡ぐと心臓がひときわ大きな音を鳴らす。朗らかに働く姿、紅梅のごとき真っ赤な顔で不慣れな悪態をつく様や、公主らしい品のある佇まい、凜とした美しい姿。どれも思い出すだけで心がざわめき、落ち着きがなくなる。

——本当に阿呆《あほう》の愚か者だ。何故、もっと早く彼女を知ろうとしなかったのか。

美雨の話に耳を傾けて自分から歩み寄っていれば、離縁なんて絶対にしなかったし、つらい目にも遭わせなかっただろう。巫になるかどうかも彼女と話し合えたはずだ。

——だが、今さら遅すぎるんだ。美雨が手の届かないところへ行ってしまっても、私は見守ることしかできない。

誰のものにもならないということは、すなわち睿のものにもならないということ。

その事実が胸を突き刺し、じくじくと痛みを発する。

とめどなく後悔が押し寄せてきたが、睿は唇を噛み締めながらかぶりを振った。護衛の職務をこなすべく表情を引き締めると、壁に寄りかかって宵闇を眺める。

それでも尚、夜の静寂の向こうから美雨の寝息が聞こえないかと耳を澄ませそうになり、厳粛な静けさが少しばかり憎らしくなった。

第八話　巫選定の儀

宮廷の庭園に咲く紫陽花《あじさい》を見ながら、趙貞勇《チョウテイユウ》は過去に想いを馳せていた。

『――お父様、とても美しい子でしょう。陛下が雹華《ヒョウカ》と名づけてくださったのですよ』

紫陽花が咲き誇る庭園で、輝くような笑みを浮かべていた愛娘の紅花《ホンファ》。その腕の中には生まれて間もない赤子がいた。

『この子を守って後宮で生きていくためには、強くあらねばなりませんね』

そう微笑んだ紅花は眩いほどに美しく、聡明で清らかな自慢の娘だった。

しかし紅花は命を絶ってしまい、亡骸《なきがら》を見せられた時の衝撃たるや計り知れなかった。しばらく会わないうちに痩せ細り、美貌は見る影もなくなっていた。

当時、趙貞勇は大臣職に就いていたものの、宰相の地位にある朱《シュ》家や、根回しのうまい柳《リュウ》家と比べたら宮廷内の影響力は低かった。紅花の死が後宮での嫌がらせによるものだと主張したところで、よくあることだ、仕方ないのだと黙殺されてしまった。

その時、心に誓った。趙家を強く盤石にし、雹華を守ってやらねばならないと。

「また悪だくみでもしていらっしゃるのですか、お祖父様《じいさま》」

孫娘の呼びかけに趙貞勇は我に返る。今日は紅花の忘れ形見、雹華との面会日だ。

「悪だくみだなどと人聞きの悪いことを。少し思い出に浸っていただけだ」

「お母様との思い出でしょう。わたくしといても、お母様のことばかり考えていらっしゃる」

雹華が茶を飲みながら顔を顰めた。孫娘は今年で十八になり、年々、紅花に似てくる。

「そんなことはない、私はお前のことを一番に気にかけているのだぞ。もうすぐ巫選定の儀であろう。箏の修練は積んでいるのか？」

「もちろんです。ただ、奏楽は候補のお披露目と儀式の一環であり、腕前を競うわけではありません。最終的に選ばれるのは嫦娥《ジョウガ》様なのですから」

「確かにそうだが、お前は巫になりたいのだろう。幼い頃から言っていたではないか」

「ええ。ですが嫦娥様には公平に選んでいただきたいのです」

「公平か。……牽制するために、美雨《メイユイ》様に会いに行ったのだと思っていたが」

密偵が知らせてきたことを口にすれば、湯呑みを持った雹華が眉を顰める。

「会いに行ったこと、ご存じだったのですね」

「何を話したかまでは知らんぞ。美雨様の異能についても聞いたのか？」

「はい。ですが、ここでは教えません。お祖父様がよからぬことを考えそうですので」

雹華はそれきり口を噤んだ。母が心を病んで自死したというのに、まっすぐに育った孫娘を愛《いと》しく思う反面、趙貞勇は美雨の処遇について考えた。

当代の巫、玉風《ギョクフウ》は心を読める。雹華は過去視ができる。巫は政に介入しないが、その異能はいずれも稀少《きしょう》な代物だ。

密偵の調べによると、美雨の異能は『先視』だ。それで皇太子の死を予見し、命を救った。

使用時の条件はあるようだが、雹華が巫に選ばれたあとで美雨は邪魔にならないと言えるか？

――先視などと、それこそ政に利用できそうな力だ。

冷えた表情で、いずれ邪魔になりそうだなと考えた時、雹華が釘《くぎ》を刺してきた。

「どうか余計な真似はしないでくださいませ」

「分かっている。もうこの話はやめにしよう。……雹華。また、あれをやってくれないか？」

話題を変えたら、雹華はため息をついて女官に水を張った盆を用意するよう指示する。

「お祖父様。手を貸してください」

差し伸べられた孫娘の手に自分の手を乗せると、雹華がなみなみと水を張った盆に手を翳した。

まもなく水面が揺れて映像が浮かび上がる――赤子を抱いている、紅花の姿だ。

いつまでも色あせない、大切な過去の記憶。

魅入られたように水面を眺めている趙貞勇を、彼の手をきつく握り締めた雹華が見つめていた。

◆

皇太子と連絡を取り合い、合間に笛の修練をして、あっという間に時間は過ぎていった。

巫選定の儀が数日後に迫ると、美雨は宮廷に足を踏み入れたが、後宮へ移動する最中に飛び交う矢のごとき視線を感じた。

「――美雨様だ。尼寺から脱走して行方知れずになっていたというのは本当なのだろうか。皇太子殿下の庇護下にいらっしゃったとお聞きしているが」

「初めてお顔を拝見したが、柳明霞《メイカ》にそっくりじゃないか。さすが実の娘だけある」

「市井で生活していらっしゃったという噂もあるそうよ。本当だったとして、どうやって暮らしていたのかしら。まさか花街にでも……」

一部の者はわざと聞こえるように嫌味なことを囁いているが、美雨は平然と聞き流した。

陰口なんて尼寺での扱いに比べればたいしたことではない。猥雑《わいざつ》な黄陵の下町で二年も生活してきたから、もっとひどい罵詈《ばり》雑言を聞き慣れている。

その時、前にいる睿《ルイ》がひそひそと囁く女官を冷たく睨んだ。女官は慌てたように散っていく。

三年ぶりに戻った柳家の公主というだけでも注目の的なのに、睿が皇太子の側近として後宮まで先導してくれるから、余計に人目を惹いているのだ。

後宮の外観が見えてきた頃、睿が振り向かずに言った。

「口さがない連中を気にされることはありません」

「ええ。わたくしならば大丈夫ですよ」

美雨は涼やかに応じたが、後宮の門の前に朱宰相の姿があったので足取りを鈍らせる。

「美雨様。お久しゅうございます」

側近を引き連れた朱宰相が厳かに一礼した。

「朱宰相……久しぶりね」

「ようやくお会いすることができました。都へ戻られるまでの経緯も皇太子殿下から聞いております。お迎えに上がれず申し訳ございませんでした。お許しください」

「それは、もういいのよ。あなたこそ大変だったようね」

朱宰相の年齢は五十の手前だが、最後に見た時よりも白髪が多く、目元の皺も増えた。

聞いたところによると、美雨が都を去ったあとに華武帝《カブテイ》が病を発症し、朱宰相はその治療法を探すためにほうぼう訪ねて回り、あらゆる手を尽くしていたとか。

美雨の対応が疎《おろそ》かになったのは皇帝を優先した結果なのだと、都へ来てから知ったのだ。

「お父様にもお会いしたいけれど、お身体の調子がよくないのでしょう」

「はい。日によって体調が芳しくなく、此度の儀式も一日目のみお顔を出されるおつもりのようです。選定の儀が終わってから、陛下の体調がよい日を選んでお会いできる場を整えましょう」

朱宰相の合図で年嵩の女性が進み出たので、美雨ははっと息を止めた。

「つきましては、選定の儀まで、こちらの蘭玲《ランレイ》がお世話をさせていただきます」

「お久しぶりでございます、美雨様。また、お会いできて嬉しゅうございます」

幼少期、世話をしてくれた女官の蘭玲がにこやかに礼をする。異能を隠すよう忠告をし、青嵐《セイラン》の先視をしたあとで朱宰相と連絡を取ってくれたのも彼女であった。

懐かしさに「わたくしも会えて嬉しいわ」と微笑み返し、蘭玲に続いて後宮へ入ろうとしたが、ふと足を止めて振り返り、見送っている睿へと目をやった。

「楊《ヤン》護衛官。わたくしは無事に後宮入りしたと、青嵐お兄様にもお伝えください」

「はい。お任せください」

「それから、楊家でのこと……色々とありがとうございました」

楊家で匿われている間、睿は非番のたびに顔を見せた。衛兵の代わりに護衛をし、餡の詰まった月餅を手土産に買ってくることもあった。

美雨は戸惑いながらも受け取って、夜半になると対話をしたり、練習中の笛を聞いてもらったりもした。いずれも人を介すか、扉越しではあったものの、屋敷の外へ出られずにいた美雨の心の慰めになったのだ。

「礼を言われることではありません。自分にできることをしただけです」

「もうしばらく世話になりますが、よろしくお願いします」

青嵐の命により、巫選定の儀が終わるまでは睿が美雨の護衛をすることになっていた。

睿はいつもの無表情で「お任せください」と拱手した。


巫選定の儀は二日にわたって行なわれる。

嫦娥が音楽と芸術を愛するので、巫には舞踊や奏楽の嗜みが求められ、一日目は宮廷の広場でその腕前を披露する。夜は宮廷内にある月見台の一室にて一夜を明かすのだ。

そして二日目に月宮で嫦娥と対面する。皇族以外は月宮へ足を踏み入れることができないが、神殿に続く長い階段の手前までは立ち入りを許されているため、重臣も交えて候補者を見送りに行くのがしきたりらしい。

彼らが外で待つ間、月宮にて嫦娥と面談したのち、正式に巫が選ばれるというわけだ。

選定の儀の当日。部屋で笛の手入れをしていた美雨は落ち着きのない詩夏《シカ》に苦笑を向けた。

「詩夏ったら、わたくしよりも、あなたのほうが緊張しているじゃない」

「なにぶん、こういった儀式などは初めてなものですから」

詩夏は宮廷内で行なわれる儀式が物珍しいらしく、朝からそわそわしているのだ。

「失礼いたします、美雨様。そろそろ参りましょう」

外の様子を見に行っていた蘭玲が呼びに来た。

ここ数日、蘭玲は後宮の生活を取り計らってくれた。信頼のおける女官を選び、食事には細心の注意を払い、憂いなく儀式に臨めるよう守ってくれている。

美雨は頷き、詩夏や他の女官を連れて、先導する蘭玲の後に続いた。

装いは儀式用の白い襦裙だ。重ね着をして裾は引きずるほどに長く、髪は上部を軽く結うだけで肩に下ろしていた。装飾品は白い玉のついた耳飾りのみ。

後宮の外廊下には衛兵を連れた睿が待っていた。黙礼して、広場の脇にある控えの場へ向かう。

雹華はすでに到着していた。こちらも女官と衛兵を引き連れており、白い襦裙を着て未婚の証《あかし》である薄衣をかぶっている。

「美雨お姉様。この場で会えたこと、嬉しく思います」

「わたくしも会えて嬉しいわ」

「薄衣はかぶられないのですか？」

「ええ。わたくしは降嫁した身だし、今さら素顔を隠す必要はないでしょうから」

薄衣をかぶると俯きがちになるため、美雨は宮廷入りする時から素顔で臨もうと決めていた。

雹華が美雨の手元に目をやり、ことりと首を傾げる。

「美雨お姉様は笛を吹かれるのですね。とても美しい笛です」

「ありがとう。大切な知人から頂いたものなの」

麗花《リーファ》にもらった韓紅の笛は数少ない私物だ。自前の笛よりも音色が透き通っていて、今日のためにたくさん練習してきた。

まもなく広場が静かになり、華武帝と皇太子の青嵐が現れた。父の華武帝は冕冠《べんかん》をかぶって顔こそ見えないが、遠目でも痩せたのが分かる。

それぞれの席に着いたところで、白装束の女官が広場に現れて、美雨と同じく白い襦裙に身を包んだ当代の巫、玉風も姿を現した。

広場は再びざわめきに包まれたが、玉風が中央に設置された舞台に上がると静まり返る。

「巫選定の儀を始めるにあたり、嫦娥様から賜った言葉をお伝えいたします。『巫の資格を持つ二人の公主よ。美しい音色が聞けることを楽しみにしている』と——それでは、まず当代の巫を務めるわたくし、玉風の舞踊で巫選定の儀の開始を告げましょう」

朗々とした口上を合図に、次代の巫選定の儀が始まった。


玉風の舞踊に続き、雹華が見事な箏の曲を披露したため、広場には感嘆の声が広がった。

——次はわたくしだわ。

さすがに緊張して、早鐘を打つ心音を整えていたら、護衛として控える睿と目が合う。

冴え冴えとした瞳に射貫かれた瞬間、花街の華祭の記憶が蘇ってきた。

あの夜は観衆の中に睿と氾憂炎《ハンユウエン》がいて、人も多くて緊張したが、演奏はうまくいったのだ。

——大丈夫。あの夜みたいに臆さずに吹けばいいのよ。

そう自分を鼓舞すると、美雨は戻ってきた雹華と入れ違いに出ていく。

宮廷の広場は正面に謁見の間があり、中央に舞台が設置されて、その前に皇帝と青嵐が座っていた。後ろには大臣と側近、名のある武官が並んでいる。

美雨が舞台に立つと華武帝がわずかに顔を上げ、青嵐も笑いかけてくれたが、後ろにいる趙大臣は鋭い目でこちらを睨んでいた。

楊将軍や朱宰相といった見知った顔もあるが、趙大臣の派閥と思わしき官吏たちは、こぞって厳しい目をこちらに向けている。

突き刺さるような視線に腰が引けそうになったのは一瞬のこと。

美雨は緊張で震える両手を握り締めると、胸いっぱいに息を吸ってから力を抜く。

「公主、美雨です。巫候補の一人として、このたびは都へ戻って参りました。嫦娥様に捧げる一曲を奏でさせていただきます」

毅然と面を上げて名乗ると、韓紅の笛を構えて息を吹きこんだ。

刹那、蒼天へと突き抜けるほどに力強く、流麗な音色が響き渡った。

華汪国に伝わる古い民謡。月の女神、嫦娥を祀る曲で、華祭で好んで演奏される。黄陵では下町の子供たちがよく歌っていた一曲だ。

——そういえば、わたくしが笛の演奏に憧れたのも、この場所だった。

かつての思い出が過ぎった。この広場に華祭の舞台が設置され、若き青年だった睿が嫦娥に捧げる笛を吹いていたのだ。凜々しい彼に心奪われ、卓抜した笛の音に憧憬を抱いた。

それと同じ場所で、今度は自分が嫦娥のために演奏し、笛を手に取るきっかけになった睿もこの音色に耳を傾けてくれている。

最後の一音まで手を抜くものかと気を張りつめて、美雨は笛を奏で続けた。

玲瓏《れいろう》な音の波が静まり返った広場を満たし、曲を終えた時には、雹華の箏にも劣らぬ笛の音色に誰も文句を言えなくなっていた。


お披露目を終えると後宮に戻って禊《みそぎ》をした。すぐに退場したので誰とも言葉を交わしていないが、最前列にいた青嵐はいたく満足そうだった。

公主として堂々と振る舞ったことで、宮廷内で出回っている噂も少しは薄れるだろう。

日が暮れると、美雨は再び後宮を出て、汪陽殿から渡り廊下で繋がった清華宮《セイカ》へ向かった。三階建てで眺望のいい月見台があるのだ。

階段を上り、最上階の部屋からせり出した月見台に立つと荘厳な宮廷が見渡せた。篝火が置かれていて、東の空には月が浮かんでいる。

今夜はここで雹華とともに一夜を明かす。

――夜が明けたら、月宮で嫦娥様と対面することになる。そして巫が選ばれるんだわ。

しかし、あっさり今日を迎えたなと、美雨は眉根を寄せた。

楊家では万全の警護が敷かれていたし、後宮でも命を狙われなかったが、笛の演奏を終えた直後、趙大臣が苦虫を噛み潰したような表情を浮かべていたのだ。

――もし趙家が何か仕かけてくるとしたら今夜かもしれない。

物憂げに視線を落とした時、階下の回廊で、衛兵に指示を出している睿がいた。

過去、選定の儀の最中に公主が襲われたことがあるらしい。それは往々にして月見台で過ごす一晩に起きているため、今宵は宮廷の警備隊による警備が敷かれる。

部屋の前には、公主が選んだ武官と兵士が交代制で立ち、睿もそのうちの一人であった。

指示を出し終えた睿がこちらを見上げてきた。目が合ったので驚く。

――わたくしが見ているると気づいたのかしら。よく目が合うのよね。

睿がいると無意識に見てしまうが、目が合うのは、彼もこちらを見ているということだ。

――都へ戻ってきてから、彼は思わせぶりな言動ばかりする。相変わらず何を考えているのか分からないけれど、こうして宮廷入りしたあとも、青嵐お兄様の命令でわたくしの側にいる。

睿の視線から逃れるように、美雨は顔を背けた。

ほどなくして雹華がやってきたので、月見台に並んで座り、天に浮かぶ月を仰いだ。

「箏の演奏、すばらしかったわ。名手と聞いていたけれど、噂にたがわぬ腕前なのね」

「美雨お姉様こそ、すばらしい笛の演奏でした。笛は殿方の嗜みという印象が強かったのですが、そういったものは関係ないのだと実感させられました」

雹華と語らっていた時、視界の端に白いものが飛びこんでくる。

どこからともなく現れたうさぎが飛び跳ねてきて、二人の前で止まり、一緒に月を見ているかのように緋色の双眸を空に向けた。

「雹華。視えているでしょう」

「白いうさぎのことをおっしゃっているのならば、視えておりますよ」

「いつから視えるようになったの？　わたくしは幼少期、月宮で嫦娥様にお会いしてからよ」

霆華は少し黙ったが、うさぎに視線を注ぎながら告げた。

「嫦娥様にお会いする前に視えておりました。ちょうど、お母様が亡くなった直後でしょうか。年は四つの頃です」

「そう……悲しいことを思い出させてしまって、ごめんなさい」

「お気になさらないで。あの頃は幼かったので記憶も曖昧なのです。ただ、お母様が倒れている横で泣きじゃくっていたことだけは、鮮明に覚えていて」

「まさか、あなたが紅花様を見つけたの？」

息が詰まるような思いで問うと、霆華は美しい顔を歪ませて「ええ」と頷く。

「冷たくなった身体を揺すり、ひたすら『お母様、起きて』と声をかけました。前後の記憶はありません。気づいたらお父様と泣いている祖父が側にいて、お母様の葬儀をしていました」

美雨は絶句する。四つの幼子にとっては壮絶な体験だろう。

「お母様を喪《うしな》い、わたくしは毎日泣いておりました。お父様と祖父がよく会いに来てくださいましたが、悲しみは消えませんでした。そんな時、初めてうさぎが視えたのです」

霆華が両目を細めて、こちらを振り返るうさぎを愛おしげに見つめた。

「月のきれいな夜でした。泣きじゃくるわたくしの前で飛び跳ねて、あっちへ、こっちへと動き回る様を見ていたら、おかしくなって……わたくし、お母様を亡くしてから初めて笑ったのです。以来、うさぎが現れるようになり、悲しくて寂しい夜も励まされたのです」

励まされたというのは、よく分かるなと美雨は思う。

つらい時、悲しい時、危険が迫っている時――いつもうさぎは見守り、時には助けてくれた。

「月宮で嫦娥様にお会いした時、美しい緋色の瞳を見て、あのうさぎと同じだと気づきました。それがきっかけで、将来は巫になって嫦娥様にお仕えしたいと考えるようになりました」

「そんな幼い頃から考えていたなんて、すごいわね」

「どうでしょう。もちろん嫦娥様をお慕いする気持ちは大きいですが、巫になれば、お母様のような目に遭うことはないと思っていたのも確かなのです」

雹華が重いため息をついて手のひらを見下ろす。

「嫦娥様にお会いしてから、湯浴みの最中、お母様に仕えていた女官の手に触れることがありました。その時、水面に過去の映像が浮かびました。他の妃に命じられ、お母様に陰湿な嫌がらせをしている場面です。きっと本人は悔いていたのでしょうね。けれど、わたくしは自分の力に気づくと同時に、お母様を死に追いやった後宮の闇を視てしまった。なんて恐ろしく、陰惨な場所だろうと思ったのです」

「……わたくしも同じよ。野心家の親族ばかりで、紅花様が亡くなられてから後宮は恐ろしい場所だと思うようになった。公主なんて産まなければよかったと言われて育ったから、余計に恐ろしさが目についたのかもしれないけれど」

美雨は隣にいる雹華と視線を絡めた。

愛してくれる母を喪った雹華と、愛してくれない母に疎まれた美雨。

生い立ちは違うのに、どちらも大事なものが欠けていて、やっぱりどこか似ている。

「美雨お姉様と再会するまで、絶対に自分が巫になると思っておりました。ですが、今は嫦娥様に選ばれるのを待っている同士のような……うまく言えない、不思議な感覚で……」

「その感覚、よく分かるわ。雹華が話してくれて嬉しかったし、同じように考えていた相手がいたと知れてよかったもの」

雹華がこくりと頷く。その仕草はやけに幼く見えた。

「嫦娥様はわたくしと美雨お姉様、どちらを選ばれるでしょうか」

「分からないわ。でも、嫦娥様とお会いできるのは楽しみね。ずっと見守ってくださったから」

白いうさぎは耳を動かしながら、そんな姉妹の会話を聞いていた。

話を終えると、二人は合掌して月に祈りを捧げた。今宵は月が真上に来た頃、お神酒《みき》を頂いたら、明日の儀式に差し障らないよう眠ってもよいと言われている。

やがて月が天頂に至った頃、詩夏と雹華付きの女官が酒盃を持って入ってきた。

警備隊に選ばれた毒見役の女官が飲んでみせたあと、二人の前にも酒盃が置かれる。

「では、頂きましょう」

「はい」

美雨は酒盃を手に取って匂いを嗅いだ。酒の芳醇《ほうじゅん》な香りが鼻腔《びこう》を満たす。

さりげなく周りを窺うが、詩夏と雹華の側付きの女官が戸口に控えていて、その横には毒見役の女官がいる。特におかしい様子はない。

しかし酒盃を傾けようとした時、おとなしかったうさぎが急に美雨の前に飛び出し、何かを訴えるように激しく跳ねた。

雹華が酒を一口飲んだところで動きを止め、美雨も酒盃に口をつける寸前で凍りついた。

二人同時に硬直したからか、詩夏が声をひそめて問うてくる。

「どうかなさいましたか?」

ゆっくりと酒盃を置いたら、雹華も飲みかけの酒盃には口をつけずに戻す。

美雨は怪訝そうな詩夏と雹華の側付きの女官を見やり、最後に毒見役の女官を見つめた。先ほどから俯いていて顔が見えない。

「詩夏。わたくしの酒盃と、その女官を調べ――」

言い終える前に、毒見役の女官が髪に挿した簪《かんざし》を引き抜いた。一足飛びで距離を詰め、美雨の首筋へと突き立てようとする。

一瞬の出来事だったが、何か起きるのではないかと身構えていた美雨は振り下ろされた女官の腕を摑んでいた。針のごとく尖った簪の切っ先が、首に突き刺さる寸前で止まる。

その直後、視界に白い靄がかかっていく――夜、どこかの屋敷の一室だ。変装をした女官と数名の男が趙大臣と話している。その中には黄陵で遭遇した密偵、細面の男が紛れていた。趙大臣が「これで次代の巫は雹華だ。よくやった、お前たち。しばらく身を隠せ」と褒賞を渡し、女官が笑っている場面が――。

白い靄が晴れていき、美雨は歯を食いしばりながら、体重をかけて簪を首に突き立てようとしてくる女官……密偵の女を睨みつけた。

――まさか、わたくしはここで殺されるの? 冗談ではないわ!

「詩夏!」

腹の底から叫んだ瞬間、詩夏が女に飛びついて羽交い締めにしたが、機敏に身を捻って逃れた女はよろめいた詩夏に蹴りを食らわせた。身のこなしが只人《ただびと》ではない。

「すぐに部屋の外へ！　交代で席を外していますが、楊護衛官も近くにいるはずです！」

体術の構えを取った詩夏が声を張り上げたので、美雨は即座に動いた。固まっている雹華を強引に立たせ、側付きの女官もろとも部屋から連れ出す。

だが、廊下に出ると衛兵の一人が抜き身の剣を持っていて、もう一人が倒れていた。

廊下の隅に置かれた篝火のもと、こちらを向いた衛兵の細面には見覚えがある。趙家の密偵だ。

「あなたは……」

唖然としている間に、密偵の男が問答無用で斬りかかってくる。

咄嗟に後ろへ飛びのいたが、美雨だけを狙って振り払われた剣を避けきれず、鋭い切っ先が頬を掠めていった。

「っ！」

男が続けざまに剣を振り上げた時、雹華が庇うように割って入ってきた。

「おやめなさい！」

「雹華!?」

「美雨お姉様、ここからお逃げください。どうやら狙われているのは、あなたのようです！」

細面の男が動きを止めたので、美雨は雹華と一瞬だけ視線を交わして身を翻した。廊下の奥にある階段に白いうさぎが視えたから、そちらへ迷いなく走る。

男の狙いはやはり美雨らしく、制止する雹華を無視して追いかけてきた。

階段を駆け下りながら、二階の回廊にも倒れている衛兵の姿が見えた。

――密偵が衛兵に紛れこんでいるんだわ。誰が味方かも分からない。

背筋がひやりと冷たくなる。女の未来が視えた折、密偵は数名いた。上階での襲撃を皮切りに、美雨を逃がさないために裏工作がされていたのだろう。

一階まで下りると、美雨は汪陽殿へと続く長い回廊を走り出す。点々と篝火が置かれて、衛兵がいるはずなのに妙に静まり返っていた。

薄暗い回廊を白く発光しているようなうさぎが走り抜け、美雨は必死にそれを追いかける。

この状況で誰を信じ、助けを求めたらいいのか。頭に浮かんだ名前は、ただ一つ。

「楊護衛官……楊護衛官っ！」

三年前は助けを求めることができなかった元夫の名を連呼するが、密偵の男が真後ろまで迫ってきて剣を振り上げた。

背中を斬られる。そう覚悟して息を詰めた時、回廊の向こうから誰かが走ってきて、振り下ろされる剣の間へ割りこんだ。

「美雨！」

「！」

覚悟した痛みは訪れず、密偵の男から守るように立ちはだかる背中が睿のものであると理解した途端、美雨は安堵《あんど》で泣きたくなった。

「楊護衛官……！」

「下がっていろ。すぐに片をつけて、君を安全な場所へ連れていく」

息を切らした睿が右手で剣を構えて、呼吸を整えている美雨の肩を後ろへ押しやる。

触れられた瞬間、彼の左手が血に濡れていると気づくと同時に、視界がぐらりと揺れて白く染まっていった。

「あっ――」

白い靄がかかり、未来が浮かび上がる――今いる場所と同じ、薄暗い回廊。睿が美雨を守りながら密偵の男を斬り伏せるが、直後、暗がりから矢が放たれて睿の背中に刺さる。矢が飛んできたほうを振り返った美雨の胸にも、立て続けに矢が突き刺さる。「美雨！」と叫んだ睿が血まみれの密偵に背後から剣を突き立てられて――。

たちまち白い靄が晴れていき、睿と密偵の剣戟が始まる。

――今視えたものは、これから起きることなの？

自分の死まで視えたのは初めてで、衝撃を受けた美雨はすばやく周りを見渡した。回廊の暗がりに人影があり、弓矢を構えてこちらを窺っている。

睿が容赦ない斬撃で密偵の男を追い詰め、斬り伏せた。先ほど視えた光景では、この直後に飛んできた矢が彼に刺さるはずで――。

――だめよ！

考える暇はなかった。刹那、美雨は勢いよく睿の背中にしがみつき、そのまま横へと押し倒す。

「美雨……!?」

驚く睿もろとも床へと倒れこんだ瞬間、暗がりから放たれた矢が頭上を掠めていった。

「まだ矢が飛んできます！」

「っ！」

覆いかぶさって警告すると、嵜が弾かれたように面を上げ、瞬く間に美雨との位置を入れ替えて腕に抱きこんだ。

その直後、ひゅんっと空を裂く音がして、嵜が小さな呻き声を漏らす。

「楊護衛官！」

「……平気だ。じっとしていろ、美雨」

彼が一瞬で苦痛の表情を消し、美雨を抱きかかえて立ち上がった。血まみれで這《は》いずりながら剣を摑もうとしている密偵の男を睨み下ろすと、手が届かないところまで剣を蹴り飛ばしてから、汪陽殿へ向かって走り出す。

さらに何本もの矢が飛んできたが、狙いが定まっておらず当たらない。

美雨を抱きかかえて走る嵜はいつもの無表情だが、その腕は血まみれだ。おそらく背には矢も刺さっている。

「わたくしは自分の足で走れます！　下ろしてください！」

「だめだ、矢が飛んでくる」

君に当たるかもしれない、と囁かれたから、美雨はひゅっと息を吞んで顔を歪めた。

「汪陽殿まで行けば、伯父上がいて増援も来る。これ以上、危険な目には遭わせない」

「でも、あなたは血が……」

「たいした傷じゃない。君も知ってのとおり、もっとひどい傷を負ったこともある」

汪陽殿が見えてくる。嵜が「じっとしていてくれ」と掠れた声で続けた。

「今度こそ、私に君を守らせてほしいんだ」

抱きかかえる腕にぎゅっと力がこもったので、自然と涙がこみ上げてきて、美雨は睿に見えないよう襦裙の袖で顔を隠した。

◆

睿が清華宮の様子がおかしいと気づいたのは、部屋の警備を交代した直後のことだ。

宮廷の衛兵は腕利きが多く、ともに鍛錬をすることもあるため顔見知りばかりだ。

しかし、一階の回廊には見知らぬ衛兵が立っていて、睿は違和感を抱きつつも休憩を取るために汪陽殿へ向かったが、その時間に配備されているはずの衛兵までもが詰所にいたので、訊けば「交代時間の変更があった」という。

それで胸騒ぎを覚え、清華宮へ取って返したところで、美雨が「楊護衛官」と叫んでいる声が聞こえて駆けつけたというわけだ。

無事に汪陽殿に到着し、状況を報告したのち、すぐ密偵の捜索が行なわれた。

睿も手当てを受けることになり、心配そうにそわそわしている美雨を顔見知りの衛兵に託した。

「美雨は汪陽殿へ。すぐに伯父上が来るから」

「あなたの傷が心配です。わたくしもここに残って……」

「心配はいらない。私なら大丈夫だ」

睿は血が滴る左腕を背後に隠し、衛兵に彼女を連れていくよう指示をする。

「楊護衛官。本当に大丈夫なのですね」

「ああ、このあと手当てを受ける。早く行け。君にはやらねばならないことが残っているだろう」

巫選定の儀はまだ終わっていない。美雨が顔を曇らせて頷く。

「……分かりました。すべてが終わったら、また話しましょう」

よくよく見れば、彼女の頬には赤い傷があった。剣で斬られたのだろう。

けれども睿はそれ以上、美雨に声をかけずに見送った。彼女は何度も振り返りながら汪陽殿へ入っていく。遠目に伯父の姿も見えたから、これで安全だと思った瞬間、眩暈がした。

「楊護衛官！」

衛兵に肩を支えられたが、睿は前のめりになって呻く。

美雨を庇って割って入った際、左腕が深く切り裂かれて、背には矢が一本刺さっていた。

血が噴き出すだろうから矢はそのままで、美雨に情けないところを見せまいと痩せ我慢をしていたが、額には脂汗が滲み、激痛で足元がふらつく。

「すぐに医官が参りますので！　ゆっくり屈みましょう」

睿は衛兵の手を借りながら膝を突いて、美雨が入っていった汪陽殿を見やった。

――また、美雨に救われた……彼女は自分の命を顧みず、私を守ろうとした。

華奢な身体が覆いかぶさってきて、矢から庇われた時に生じた驚きと、彼女を失うかもしれないという恐れはこれまでの人生で感じたことのないものだった。

――本当に、私はとんだ愚か者だ。

次に相まみえる時、美雨は巫に選ばれて、手の届かない人になっているかもしれない。

たえまなく押し寄せる痛みの中、我慢などせずに口づけの一つでも奪っておけばよかったなと思い、睿は自嘲の笑みを浮かべた。

◆

楊将軍が手配してくれた汪陽殿の一室で待っていると、雹華が衛兵に囲まれてやってきた。

無事を確かめ合ったが、美雨の頬に赤い傷がついていると気づいた雹華が息を呑む。

「美雨お姉様。お顔に傷が……」

「浅い傷よ。血も止まっているし、大丈夫」

沈痛な面持ちで黙りこむ雹華に笑ってみせた時、今度は顔にたくさん痣を作った詩夏が部屋に入ってきた。

「美雨様、ご無事でしたか!」

「詩夏、あなたこそ無事でよかった! でも、あちこち痣だらけじゃない」

「ご心配なく、大怪我はありません。あの女が逃げようとしたので、追いかけ回して捕らえてやったのです」

詩夏の説明によると、美雨を襲った密偵の女は捕縛されたらしい。

しかし、その後の捜索で、回廊で致死量と思しき血痕が発見されたものの、密偵の男の遺体は見つからなかった。おそらく仲間が回収したのだろう。

二階に配備された衛兵は背後から殴られて昏倒しており、一階に衛兵がいなかったのは偽の交代時間を告げられていたのだとか。

本来の毒見役は、清華宮の一室から縛られた状態で見つかって、美雨が飲もうとしていた酒盃にのみ無味無臭の毒が混入されていたことも判明する。

結局、他の侵入者は闇に溶けるように姿を消し、裏で趙大臣が手を回していたという確固たる証拠は得られなかった。

密偵は口が堅いため、捕縛された女の尋問も難航しそうだ。

夜が明けると、清華宮の襲撃事件は宮廷を騒然とさせたが、美雨と雹華が選定の儀の続行を望んだことで、予定どおり二日目の儀が行なわれることになった。

後宮に移動して仮眠をとり、美雨は身を清めてから月宮へ向かった。

途中で雹華と合流し、宮廷の最奥にある月宮に着くと、神殿へと続く階段の前にはすでに皇太子や大臣たちが集まっていた。

「美雨、雹華！　昨夜の一件を聞いたぞ。お前たちに怪我がなくて何よりで……」

青嵐が足早に近づいてきたが、美雨の顔を見るなり瞠目する。

「美雨、その頬の傷は？」

「浅い切り傷です。たいしたことではございません。……わたくしよりも、楊護衛官の具合はどうなのでしょう。誰に訊いても知らないと言うばかりで」

青嵐が背後にいる側近、空燕《クウエン》を振り返った。

「空燕。お前の口から話してやれ」

「かしこまりました。美雨様。我が従弟は迅速な手当てを受けて、今は屋敷で休息を取っております。意識もありますし、命に別状はありませんので、どうぞご心配なく」

にこりと笑う空燕の説明を聞いて、美雨は胸を撫で下ろしたが、大臣の中に趙貞勇を見つけて身を硬くする。

状況を鑑みても、騒動の裏に趙家がいると察する者は多いはずだ。青嵐はもちろん把握しているし、趙貞勇をちらちらと見ている者もいるが、誰も公の場では口にしない。

華汪国の政権は今、皇帝と皇太子、朱家を中心とする派閥と、趙家を中心とする派閥で二分されている。

確たる物証がないのに趙貞勇を糾弾することは難しく、しかも雹華が巫に選ばれたら趙家の力が増すと考えると、この場で不用意なことは言えない。

――後宮の争いと似ているわ。誰かが死んで、その原因も分かっているのに、物的証拠がなければ犯人捜しはされない。そういうものだと皆が口を噤む。

雹華の様子を窺うと、真剣な面持ちで何かを思案しているようだ。

昨夜の事件が誰の命令によるものか、雹華もおそらく気づいた上で美雨を庇ってくれた。

――色々な人に守られて、今日を迎えることができた。とにかく今、わたくしにできることは堂々と月宮へ向かうことね。

趙貞勇の視線を感じるが、さすがにもう手を出してくることはないだろう。

「美雨、雹華。迎えが来たぞ。嫦娥様のもとへ行ってこい」

階段を下りてくる白装束の女官に気づき、青嵐が二人を送り出す。

皇太子の後ろに重臣が整列し、女官の先導で階段を上り始める美雨と雹華を見送った。

長い階段は白く塗られて、その先に建つ月宮は柱や屋根まで真っ白だから、別世界に向かうような心地になる。

——子供の頃を思い出す。ちょうど七歳の頃、わたくしはここを上って……。

あと十段ほどで着くという時、雹華が神殿を見上げて動きを止めた。

美雨もまた、神殿の入り口に佇む小柄な人影に気づいて固まる。

音もなく現れた人影は少女の背格好をして、上から下まで真っ白だった。当代の巫、玉風と女官を引き連れている。雪のごとき白髪はお団子にしているが足元まで垂れており、肌は透き通るほどに白く、襦裙も純白で統一されていた。

しかれども、少女の瞳は真紅だった。白一色の中で炯々《けいけい》と輝く双眸は美しく、それでいて人ならざるものだという畏怖を抱かせる。

純白の神殿の入り口で、神官をずらりと従えて立つ赤目の少女は神々しさがあった。

幼少期に会った時と、姿かたちがまったく変わらない少女——嫦娥と目が合っただけで、美雨は言葉を失った。

嫦娥はめったに人前に現れない。言葉は巫を介して民に伝え、信仰心が薄い者の中には、女神なんて本当に存在するのかと疑う者までいるほどだ。

集まった重臣がざわめき始めたが、嫦娥が一喝した。

「うるさいのう。しばし黙れ」

大声ではないのに、不思議とよく通る声が響き渡った瞬間、一斉に静まり返る。

階段の下を見やれば、大臣たちが口を押さえていた。どうやら声が出なくなったらしい。

「そこにおるのは青嵐だな、凛々しく成長したのう。そなたはしゃべってよいぞ」

嫦娥に名指しをされ、呆気《あっけ》に取られていた青嵐が仰々しく拱手をし、大臣たちもそれに倣う。

「嫦娥様！　お目にかかるのは幼少期の頃以来でしょうか。父、華武帝はこの場におりませんが、ここでお会いできたことを光栄に思います」

「堅苦しい挨拶はいらぬ。わらわは、この子らを出迎えに来ただけじゃ」

嫦娥は抑揚のない声で応じて、ふと緋色の双眸を細める。

「しかし、昨夜はずいぶんと騒がしかったのう」

眼下をぐるりと見渡した嫦娥が口角を歪《いびつ》に上げた。奇怪な笑い方で小さな牙が見える。

「語らう子らの話に耳を傾け、ゆるりと夜を明かそうと思っておったのじゃが、無粋な邪魔が入って不愉快だったぞ」

大臣たちが互いの顔を見合わせるが、不可思議な力が働いて未だに話せないらしく口をぱくぱくと動かすばかりだ。嫦娥の声だけが朗々と響き渡る。

「わらわには宮廷の出来事が手に取るように視えておる。人の政には干渉せぬが、誰が何を企んでおるのかも、すべて筒抜けじゃ。どれ、今ここで言っておきたいことはあるか」

美雨は振り返って並みいる大臣の中から趙貞勇を捜したが、彼は青白い顔で黙りこんでいた。他の大臣と同様に声を出せないのだろう。

ならば、嫦娥の言葉は誰に向けられたものなのか——神殿へと視線を戻せば、嫦娥は雹華をひたと見据えていた。

わずかな静寂ののち、雹華が長々と息を吐き出して口を開く。

「わたくしに問いかけているのですね、嫦娥様」

「うむ。そなたの話を聞かせよ」

「……昨夜の事件の裏に誰がいるのか、わたくしは見当がついております。そして、それはわたくしにも責任の一端があります」

それから一呼吸おき、雹華は声を張って告げた。

「昨夜の一件は、おそらく祖父の趙貞勇が裏で手を引いております。美雨お姉様を襲った密偵の顔には見覚えがあります。物的な証拠はございませんが、過去視の力を使えば、捕縛された密偵が誰の命で動いていたのか判明するでしょうし、祖父が命じている場面も視えるでしょう」

階段下で呆然としていた趙貞勇が喉に手を当てた。嫦娥が目を細めると、たちまち話せるようになったようで「雹華！」と声を荒らげる。

「いったい何を言い出すのだ！」

「お祖父様。わたくしは美雨お姉様が殺されそうになったところをこの目で見たのです。そして、お母様が亡くなられた時のことも思い出しました」

「！」

「美雨お姉様の命と引き替えにしてまで、巫の座を欲してはおりません。人は死んだら二度と戻ってこない。わたくしは、それをよく知っています」

雹華が沈鬱な面持ちで、顔面蒼白で佇んでいる趙貞勇を見下ろした。

「お祖父様のこと、お慕いしております。だからこそ潔白だとおっしゃるのなら、皆が同席する場所で、過去視を受けていただきたいのです」

ぐっと唇を嚙み締めた趙貞勇が踵を返したので、すかさず青嵐が指示を飛ばす。

「趙大臣を拘束しろ！」

槍を持った衛兵が行く手を阻んだが、趙貞勇は振り向きざまに言い放った。

「逃げたりはいたしませぬ！　このまま屋敷へ戻り、沙汰を待つつもりでおりますゆえ」

「ならば、雹華の言ったことは事実であると認めるのか」

「この場では何も申し上げられません。ただ、私がここに留まれば巫選定の儀を妨げることになりましょう」

硬い口調でそう言った趙貞勇がこちらを見上げてくる。

「私は屋敷にて、雹華が巫に選ばれるかどうか知らせを待ちます。そのあとで、雹華の過去視を受け入れましょう」

「……分かった。監視の衛兵をつけるが、それでもよいな」

青嵐の言葉に苦虫を噛み潰したような表情で頷くと、趙貞勇は衛兵に連れられて行った。

固唾を呑んで見守っていた美雨は肩の力を抜き、項垂れる雹華の名をそっと呼ぶ。

「雹華……」

「美雨お姉様、申し訳ございません。祖父が何か企んでいると気づいていながら、強く諫めなかったのです。結果、あのような恐ろしい目に遭わせてしまいました。わたくしが事前に止めることもできたかもしれないのに」

雹華が今にも泣きそうな顔をしたので、美雨は小さくかぶりを振った。

『わたくしは母の野心に気づいていたのに、自分を守ることしか考えていなかった。こんなことになる前に、諫めることができたかもしれないのに……』

同じ思いを味わった経験があるからこそ、かける言葉が見つからずにいると、一連の流れを眺めていた嫦娥が再び口を開く。

「人を裁くのは人の仕事ゆえ、あとのことは青嵐に任せよう。政とは関係なく、雹華は巫の資格を有しておる。このまま儀式は続行じゃ」

皇太子が一礼するのを見て取り、嫦娥は手招きながら身を翻した。

「では、子らよ。わらわについておいで」

嫦娥に招かれて、十数年ぶりに月宮へ足を踏み入れる。

玉風と女官をぞろぞろと引き連れ、案内されたのは月宮の最奥にある広間だ。そこも床や柱が真っ白で、天井にはぽっかりと穴が空いて日が射しこんでいる。ちょうど真下には段差があり、意匠を凝らした紅の座椅子が置かれていた。

嫦娥が座椅子に腰を下ろし、傍らに玉風を立たせてから二人を手招いた。

「美雨、雹華。わらわの近くへ」

促されるままに近づいて段差の前で跪いたら、嫦娥が八重歯を見せて笑う。あの奇怪で、愛嬌のある笑みだ。

「この姿で会うのは久方ぶりじゃのう。しかし、ゆるりと過ごすのはあとにしよう。まず選定の儀を終わらせてしまわねばな」

二日目は月宮で嫦娥と面会する、ということしか知らないため、何が始まるのだろうと緊張しながら頭を垂れていると、嫦娥の笑い声が響いた。

「硬くならずともよい。選定の儀は形式的なものじゃ。演奏や月見台での一夜も、もともと特別な意味はない。ただ、わらわが美しい音色や舞踊を楽しみ、語らう子らと月を眺めたかっただけのこと。そこに人間が意味を見いだし、儀礼という形にして政の一部にした」

美雨がそろりと面を上げると、紅の双眸と視線が合う。

「誰を巫に選ぶかは、そなたらの意思を聞いて決める。幼い頃から見守ってきたが、どちらも巫の才を持ち合わせておる。わらわの授けた異能も使いこなしておるようだしな」

「……嫦娥様。質問してもよろしいでしょうか」

「うむ。言ってみよ、美雨」

「何故、わたくしと雹華を選ばれたのですか？　他にも公主はいたはずです」

その問いかけに、嫦娥は問髪を容《い》れずに答えた。

「美雨は母に愛されず、雹華は母を喪い、不遇であったゆえ。民の声に耳を傾けられるのは、人間の悪意にも負けず、逞しく育った子らじゃ。何の苦もなく育った子に、巫の資格は与えぬ」

嫦娥が少し歪で奇怪な笑みを深めて、得意げに顎を反らす。

「そなたたちの異能はわらわの持つ力の一端を授けたものじゃ。見事に使いこなし、苦難を乗り越えるのに役立っておったな」

美雨は目をぱちくりさせて雹華と顔を見合わせた。

これまで何人もの命を救い、この場にいるのも確かに先視の力のお蔭かもしれない。

とはいえ先視はいつも不意打ちで起こるため扱いづらいし、後宮でも隠して育ち、果てには巫の資格があることで命を狙われたりもした。

すると、無言で聞いていた玉風が口を開いた。

「嫦娥様は、あなたたちの助けになればと異能を授けられたの。それに伴うあれこれに興味を持たれないだけで、よかれと思ってしたことなのです。わたくしたちとは少しばかり感覚がずれているのよ、許して差し上げて」

「人の身で異能を扱えるのは便利であろう。それに伴うあれこれとやらも些事《さじ》にすぎない」

心底不思議そうな嫦娥に、玉風が「ほらね？」と目配せしてくる。

嫦娥は華江国の建国時から存在し、女神として祀られながら長い時を生きているそうだ。人ならざる存在であることは間違いなく、感覚も人間とは違うのだろう。

「まぁよい。人間の感覚は分からぬことが多いのでな。して、他に訊きたいことはあるか？」

「わたくしはございません。自分が選ばれた理由を知ることができ、先刻、お祖父様の件でもきっかけを頂きまして感謝しております。あとは選んでいただくのを待ちます」

「うむ。美雨はどうだ」

「……では、もう一つお聞かせください。わたくしは都を去り、名を変えて生きておりました。ですが嫦娥様はわたくしを見守り、市井に降りたあとも助けてくださいました。正直に申し上げて、北菜館のことがなければ、都へ戻る決心はできなかったと思います。それなのに、どうしてわたくしを見放さずにいてくださったのかと不思議なのです」

目線を伏せながら告げると、嫦娥が首を傾げた。

「わらわは、そなたが幼き頃より見守っておった。命の危機が視えた時のみ、手を貸しただけじゃ。市井の暮らしが肌に合ったのならば、都へ戻ってこずとも構わなかったぞ。その時は、選定の儀を行なうまでもなく雹華が巫になっただけのこと」

「……？」

「つまり、巫の資格は与えたけれど、それ以上にご自分の子のように見守ってくださっていたとおっしゃりたいのよ」

玉風がさりげなく補足してくれたので、そうだったのかと胸がいっぱいになった時、嫦娥が何かを思い出したらしく口角を吊り上げた。

「そなたが尼寺を逃げ出したあとからは気が抜けなかったぞ。問題事に首を突っこみ、何度か危うかった。昨夜も三回ほど死にかけておったな。未来がころころ変わって、わらわの寿命も縮みそうであった」

冗談めかして言われたので、美雨は顔を真っ赤に火照らせる。なにしろ危うかった場面には心当たりがあり、三回死にかけたというのも「あの時だな」と分かるのだ。

「危うくなるたびに、わらわがあの男のもとへ導いてやったであろう」

「あの男、というのは楊護衛官のことですか？」

「うむ。あの男は強さという点では、人間の中でも優れておるからな。情緒の面は少しばかり欠落しておったようじゃが……まぁ、その話はよそう。人間の心の機微は難しい」

嫦娥はきょとんとする美雨を一瞥し、逸れかけた話題を戻した。

「とにかく美雨は目が離せなかった。成長したら雹華のほうが落ち着いておったな」

「わたくしは美雨お姉様ほど苦労しておりませんし、ただ静かに暮らしていただけです」

「じゃが、母を喪った悲しみを乗り越え、幼き頃より巫になると決めていたであろう。美雨も市井で多くを学び、自らの意思で都へ戻ってきた。十分に巫としての資格がある」

嫦娥が笑みを消し、赤い眼でまっすぐにこちらを見据えてきた。

「では、そなたたちに問おう。俗世への未練を捨て去り、わらわの側で一生を過ごしてもよいと言いきれるかどうかを」

緩やかに立ち上がった嫦娥が玉風を連れ、雹華と美雨の正面に立つ。

「わらわは民の祈りを糧にし、華汪国に加護を与える。渇いた土地に雨を降らせ、天災から護《まも》り、国の窮地を救ってきた。だが人の営みや政には干渉せぬ。巫も同様に俗世から離れて暮らすことになるじゃろう。ゆえに心残りがあるのなら、巫には選ばぬ」

雹華の前で片膝を突いた玉風が、その手を取って目を覗きこんでいる。

「俗世で幸福な暮らしを送れるのならば、それに越したことはないからのう」

嫦娥があまりに優しい眼差しをくれるものだから、美雨はじわりと鼻の奥が熱くなった。

「嫦娥様は、どうしてそんなふうにおっしゃってくださるのです？　不遇な生い立ちだと、憐れに思っていらっしゃるからですか？」

問わずにはいられなかった。すると嫦娥は懐かしむように視線を遠くへやる。

「遥《はる》か昔、この国ができたばかりの頃、わらわは皇帝の祖に力を貸した。多くの人間は、人ではないわらわを恐れたが、皇帝には愛らしい娘がおってのう。初めて会った時に『怖くないのか』と問うと、娘は『こわくない。それより、あなたの目は赤くてきれいね』と言った。なんと恐れ知らずの娘だと驚いたものよ」

どこかで聞いた台詞に両目を丸くすれば、嫦娥は八重歯を見せて笑った。

「娘はわらわを慕い、生涯、神官として仕えてくれた。今いる公主の中で、わらわと相まみえた時に、その娘と同じことを言ったのはそなたと雹華だけじゃ。特別扱いしてもよいであろう」

美雨と雹華を選んでくれたのは、本当はそれが理由ではないだろうか。

嬉しそうな嫦娥を見て、美雨は思いがけない事実に胸を震わせながらそう思った。

やがて雹華の手を離した玉風が、今度は美雨の前に屈みこんだ。間近で見ると、玉風は目尻に皺こそ増えていたが、その清廉な美貌は健在だった。

なんてきれいな人。七歳の頃、初めて会った時と同じ感想を抱いたら、美雨の手を取った玉風がたおやかに微笑んだ。

「ありがとう。褒めてくれて嬉しいわ」

――そうか。玉風様は触れた相手の心が読めるんだったわ。

「誰でも、というわけではありませんよ。心を閉ざされてしまったり、わたくしに敵愾心《てきがいしん》を抱いている相手は読むことができません」

心の声に応じる玉風の手を握り返したら、美しい巫は両目を細めながらそっと手を離した。

「嫦娥様」

「うむ。決まったか、玉風」

「はい」

「それでは二人とも立つがよい」

促されて立ち上がると、玉風が座椅子に戻った嫦娥に耳打ちをする。

少女の姿をした女神は首肯し、美雨と雹華の顔を順繰りに見つめると、あの愛嬌たっぷりの笑みを浮かべて次代の巫の名を告げた。

第九話　未来

睿《ルイ》は牀褥に横たわったまま朦朧としながら考えた。

――どれだけ時間が経ったんだ。

清華宮での事件の直後、矢に毒が塗ってあったと判明し、嘔吐《おうと》感と眩暈に襲われて高熱が出た。

それ以降、牀褥から起き上がることもままならず、今が朝か夜かも分からない。

――巫選定の儀は、どうなった……美雨《メイユイ》は嫦娥《ジョウガ》様と会い、巫に選ばれたのか。

少し身じろぎをしただけで上半身が痛み、息をするのも苦しくなった時、どこからか柔らかい声が降り注いだ。

「わたくしの声が聞こえますか。美雨ですよ」

優しく耳をくすぐる声が聞こえた途端、睿の意識は浮上した。薄目を開けて声のするほうへ顔を向けたら、燭台のほのかな明かりに照らされて、美雨がいた。

「起こしてごめんなさい。ですが、水も飲まれていないと聞いたものですから」

彼女が水の入った吸呑みを口元に添えてくれたので、時間をかけて嚥下《えんか》する。

喉の渇きが癒えたところで、三年前と同じように付き添ってくれている美雨を見つめた。

――これは夢なのか？　美雨が側にいる。

丁寧な手付きで汗を拭いてくれる彼女に見惚れていたら、すぐ近くで目が合う。

「美雨……どうして、ここに……？」

「楊《ヤン》将軍に頼んで連れてきてもらったのです。矢の毒のせいで、あなたが寝こんでいると空燕《クウエン》が教えてくれました。心配をかけないよう黙っていたのだと謝られましたが」

「……今は、夜か……？」

「ええ、もう日は落ちています。選定の儀も終わったので、一時だけ、あなたと二人きりにしてもらいました」

「そう、か……君は、巫になったのか？」

夢か、うつつか。判然としない状態で問いかけると、美雨がしばし動きを止めて、消え入りそうな声で答えた。

「……いいえ。わたくしは巫になれませんでした。選ばれたのは雹華《ヒョウカ》です」

「！」

「俗世に未練がないかと問われて、黄陵で過ごした日々や、出会った人々のことを思い浮かべてしまったのです。また月鈴《ゲンリン》として生きてよいと言われたら、その道を選んでしまうかもしれない。そんな心を読まれてしまいました」

やるせなさと憂いで顔を曇らせ、美雨はしょんぼりと肩を落とす。

睿は切れ長の目を瞠りながら掠れきった声で尋ねた。

「……これから、どうするんだ」

「まだ分かりません。青嵐《セイラン》お兄様とお父様に相談してから決めます」

美雨が長々とため息をついて身体ごと横を向く。淡い光のもと、愁色を帯びた横顔のなめらかな輪郭が浮かび上がった。

「悔しくはあったのですが、今は心が凪《な》いでいます。雹華とは今後も交流していくつもりですし、先のことが決まるまで後宮で暮らすことになりそうですが」

睿の視線に気づいたのか、美雨が瞬時に憂いの表情を消して腕組みをした。

「まぁ、わたくしは後宮でも、異国の皇族のもとへ嫁がされても、公主として負けずに生きていきます。巫に選ばれなかったからといって嫦娥様をお慕いする気持ちだって消えませんもの」

落ちこむ姿を見せまいとしてか、強がる彼女から目を離さず、睿は汗ばんだ手で口元を覆った。

――ああ、私はなんて浅ましい。

美雨は巫に選ばれなくて落ちこんでいるのに、自分は心の奥で喜んでいる。

なにしろ死ぬほど悔やんで、美雨への想いを殺し、守ることしかできないと思って耐えていたのに――これで、もう我慢しなくていいのだろう？

自分勝手で陋劣《ろうれつ》な考えだと唾棄したくなるが、傷の痛みを忘れるほどの強烈な衝動に突き動かされて、おもむろに起き上がった。

「今後は、わたくしの力が生かせる場所か、別のかたちで月宮にお仕えすることができれば理想なのですが――」

横を向いたまま話している美雨に向かって、恋い焦がれるように手を伸ばす。

睿にとって人生はつまらないものだった。ほとんどの物事に関心を抱かず、冷めきっていて、楽しみや執着もなかった。

しかし今この瞬間、胸を焦がすほどの狂おしい感情に身を焼かれている。

——今なら……美雨を、私のものにできる……！

どこへも逃すまいと美雨の手首を摑み、弾かれたようにこちらを向く彼女を抱き寄せて牀褥へと引きずりこんだ。

「！」

美雨が驚愕の表情で逃げようとするから、抱きかかえながら仰向けにひっくり返し、華奢な足の間へと腰を割りこませた。全身を使って覆いかぶさり、力をこめれば折れそうなほど細い手首をがっちりと摑んで褥《しとね》に押しつける。

両目を零れ落ちんばかりに見開いた美雨を組み伏せ、睿は肩で息をしつつ顔を近づけた。

ほのかな明かりを遮る帳のように長い黒髪が肩を滑り落ちていく。

「——美雨」

自分の口から紡がれたとは思えないほどに甘い声だった。急に動いたせいで痛みに苛《さいな》まれて、高熱で頭はくらくらしていたが、抑えきれない想いをこめて囁く。

「捕まえた、もう離さない」

諦観した人生で、これほど誰かを欲しいと思うのは初めてだった。

◆

——これは、いったいどういう状況なの？

美雨は困惑と焦りで硬直し、我が物顔で覆いかぶさっている睿を仰いだ。

「捕まえた、もう離さない」

燭台の明かりが届かない牀褥の中、熱に浮かされたような囁きが落ちてくる。身を捩《よじ》ろうとしても、太腿《ふともも》の間に彼の腰が割りこんでいてびくともしない。

「楊護衛官！　いきなり、何を……っ」

薄暗さに目が慣れてきて、すぐそこにある睿の表情が見えた。彼の口角は緩み、冬の雨みたいに冷たかったはずの眼差しには、得体の知れない熱が渦巻いている。

こんなにも熱のこもった目で見つめられた経験がなく、美雨は思わず顔を赤らめた。

――高熱のせいで、きっと、わたくしと誰かを間違えているんだわ。

「楊護衛官、わたくしは美雨です。相手を間違えていらっしゃるわ」

「間違えてなどいない、美雨」

睿がはっきりと名前を呼んで、甘さを孕んだ掠れ音で囁いた。

「私が欲しいのは、君だ」

美雨の心臓がやにわにばくばくと鳴り始め、わけが分からず呆然としていたら、睿が顔を斜めに傾けて唇をぴたりと重ねてきた。

「っ、ま……待って……！」

吃驚して身を捩ったものの、睿はしつこく追いかけて口を塞いでくる。

恋仲の男女がするように両手の指を絡《から》められ、強く押しつけられる唇の感触に抵抗の気力が削《そ》がれた頃、睿が嘆息交じりに告げた。

「こんなに誰かを欲しいと思ったのは、生まれて初めてだ」

――この台詞は……。

息も絶え絶えになり、混乱の極致へ追いやられた美雨はろくに回らぬ頭で記憶を探った。

まだ黄陵にいた頃、二人で雨宿りをしていた時に視えた、睿の未来――。

「これ以上は抑えられない、私のものにする」

彼は甘く掠れた声で一言一句たがわずに告げると、また美雨の唇を奪っていく。

直後、今この場面が先視した未来の光景であると理解し、美雨は両目を真ん丸に見開いた。

――あの時に視えた、彼の相手は……わたくしだったの⁉

想定外の事実に度肝を抜かれ、固まっている間に睿の口づけが深くなる。

柔らかな舌がそろりと口の中まで入ってきたので、美雨は首まで真っ赤になり慌てふためいた。

「っ……本当に、待ってください……考える時間を……」

睿の手をほどいてうつ伏せになったけれど、今度は背後から逞しい腕が巻きついてくる。きつく抱き締められて熱い唇をうなじに押し当てられた。

「美雨、好きだ」

「！」

「傷つけたこと、守れなかったこと……人生をかけて、償う……君の居場所も、私が作るから」

背筋がぞくぞくするほどの低音で囁き、睿は狼狽《ろうばい》する美雨の顎を捕らえると、またもや唇を重ねてくる。満足するまで口づけの雨を降らせたあとで懇願するように言った。

「名実ともに、夫婦として……私と、暮らしてほしい……ずっと、私の側に……」

睿の声が徐々に小さくなり、やがて聞こえなくなった。無理に身体を動かしたせいで意識を飛ばしたらしい。

美雨は腫れぼったくなった唇を指でなぞって、今にも火を噴きそうなほど紅潮した顔をくしゃくしゃに歪める。

「何よ、それ」

睿の想いも、そんなことを考えていたということも気づかなかった。

美雨は人の好意にはさほど疎くない。ただ『離縁した夫』という認識が大前提にあり、女性として見てもらえない期間もあって、その上で『誰かと出会う未来』を視てしまったから、睿が自分に好意を抱くなんて思いもしなかったのだ。

……だが、そうか。美雨がこの三年で変わったように彼も変わった。無関心な態度を改めて、助けを求めたら耳を傾け、見返りなど求めずに守り続けてくれて――。

『今度こそ、私に君を守らせてほしいんだ』

美雨は潤んだ目をしばし閉じて、力の抜けた睿の腕の中から身を起こした。苦しげに横たわっている彼を見下ろすと、傷に触らないよう両腕で包みこむ。

――目覚めた時、彼はさっきのやり取りを覚えているかしら。

熱が高いみたいだから意識は朦朧としていただろうし、少なくとも、この美雨の台詞は聞こえていないはずだ。

「あなたの告白には、驚きました……さすがに、今すぐ答えを出すのは難しいです。わたくしにも落ち着いて、考える時間を……」

考えるって、何をどう考えればよいのだ？

思いがけない未来の展望が急に現実めいてきて、美雨は赤面しつつ愕然とした。

正直ここへ来るまで、これからどうなるのだろうと不安だらけだった。

睿には虚勢を張ってみせたものの、巫になるというのを一つの目標にしていたから、それがなくなった途端、月宮に一介の女官として仕えるか、どこかへ嫁がされるという可能性も考えて、先の見えない心配と憂いに苛まれていたのだ。

――だけど、こんなことになるなんて想像もしていなかった。

「ああもう、頭がついていかないわ。こんちくしょうです」

悪態をついたら、苦しげだった睿が眉間の皺を緩めて、ほんのかすかに笑った気がした。


「なっ……こ、これは、いったいどういう状況なのですか……」

うろたえた詩夏《シカ》の声が聞こえ、ぱちりと目を開けた時、最初に目に入ったのは睿の寝顔だ。いつの間にか抱きかかえられて、怪我をしていないほうの手で腕枕までされている。

美雨が勢いよく起き上がると、すでに室内は明るく、牀褥の横には呆気に取られる詩夏がいた。

「えっ、もう朝？　わたくし、どうして彼の牀褥に……」

睿が寝入ったあと、美雨は牀褥を出て、汗を拭いてやりながら付き添っていたはずだ。

しかし、のちほど迎えに来ると言っていた詩夏が現れず、選定の儀の間はろくに眠れていなかったため睡魔に負けて、牀褥に突っ伏したところまでは覚えている。

それがどうして睿の隣で朝を迎えているのかと混乱しつつも、まだ熱っぽい彼を起こさぬよう床に下りた時、視線が足元に向かった。

昨夜は暗くて気づかなかったが、牀褥の脇に甕が置かれており、中には小銭が入っていた。

——あら、これって……？

「美雨様」

詩夏が怖い顔で部屋を出るよう促したので、急いで後に続く。廊下に出るなり、睿と何かあったのかと詰め寄られたが、疲れて寝落ちしてしまっただけだと説明した。

昨夜、詩夏は何度か様子を見に来たらしいが、美雨が睿の手を握って寄り添っていたから声をかけずにいてくれたようだ。

幸いにも早朝だったので、睿の牀褥にいたことは詩夏以外に知られずに済んだものの、美雨は彼の目覚めを待つことなく後宮へと連れ戻された。

それからの二週間は慌ただしかった。

雹華が巫に選ばれたと発表され、皇太子や重臣の前で行なわれた過去視により、趙貞勇《チョウテイユウ》が美雨の命を狙ったことが明るみになった。

処罰は追って下されることになったが、趙家は失墜し、柳《リュウ》家の凋落《ちょうらく》を思い起こさせる大事件に宮廷はしばらく騒がしかった。

そんな折、美雨は宮廷に呼ばれた。皇帝が生活する宮の庭園に通されると、池の中央にある東屋《あずまや》で待っていたのは父、華武帝《カブテイ》であった。

「お父様、ごきげんよう」

「美雨、ようやく会えたな。なかなか会える時間を作ってやれず、すまなかった」

茶を飲んでいた華武帝が一礼する美雨に笑いかけてくれる。父のどっしりとした存在感は健在であったが、覇気は薄れ、やはり三年前よりも痩せていた。

「とんでもございません。お身体の具合はどうですか？」

「よいとは言えぬ。どうやら臓腑《ぞうふ》に出来物があるようでな。政務で座り続けているのも難しく、今はほとんど青嵐に任せているのだ。……まぁ、座るがよい」

青嵐から事の次第を聞いているのか、市井での武勇伝を話してくれ、と茶目っ気のある笑みでねだられたので、美雨は快く応じた。

市井での暮らしぶりや出来事を語る間、父は穏やかに耳を傾けてくれていたが、四半時も経たないうちに顔色が悪くなってくる。

「お父様、顔色が悪いですよ。お部屋へ戻られたほうがよろしいのではありませんか」

「ああ、そうだな……今朝は調子がよかったのだが、どうしても身体が痛むのだ。そなたの今後についても相談に乗ってやるつもりだったが、あとは青嵐に託したほうがよさそうだ」

「わたくしのことはご心配なさらないで。青嵐お兄様に三年前のことを話してくださったのもお父様なのでしょう？　気にかけてくださり、ありがとうございます」

「そなたは異能を持ち、聡い娘だからな。いずれ都へ戻り、どんな形であってもその才を役立ててほしかったのだ。また日を改めて話を聞かせてくれ」

「もちろんです。わたくしはいつでも参ります」

その時、立ち上がろうとした父が痛みを堪えるように顔を歪めた。

先ほど「臓腑に出来物がある」と言っていたが、華江国の医学では内臓疾患を治療するのは難しい。できることといえば鎮痛薬を用いて痛みを抑えるくらいだろう。

座っていることとすらままならないのなら、病状はかなり進行しているに違いない。

「そうだ、美雨。部屋に戻る前に一つ頼みがある」

「何でございましょう」

「また、私の未来を視てくれぬか」

美雨はしばし固まってから、父の青白い顔を見つめる。

三年前に視えた未来は、華武帝が病を悟って生前退位を決意する場面だった。しかし生前退位が公表された現在、もし視える未来があるとすれば、それは――。

膝の上で握り締めた両手が小刻みに震え始めるが、父は穏やかな表情でもう一度、言った。

「視てほしいのだ、美雨。生前退位の儀が行なわれる前に、その時が来るのならば、早めに準備をせねばならぬ」

父が昔よりも骨ばった手を差し出してくる。

美雨は唇を噛み締めながら逡巡したが、目線で促され、震える両手で父の手を包みこんだ。

――どうか何も視えませんように。

しかし、そんな願いも虚しく視界がぐらりと揺れて、白く霞んでいく。

父の顔に靄がかかって――皇帝の私室が視えた。窓の外には白い雪が積もり、多くの人が集まっている。豪奢な牀褥には父が横たわり、青嵐が付き添っていて、朱《シュ》宰相をはじめとする大臣たちが見守っていた。父が青嵐を力なく手招き、何かを囁いてから両目を閉じる。それきり二度と動かなくなって――。

白い靄が晴れていく。美雨は両目を伏せたが、堪えきれない涙が溢れてしまった。

幼い頃から父は健勝で、常に悠然と構えていた。退位したとしても、そのまま隠居生活をしているはずだと勝手に思いこんでいたのだ。

華武帝はぽろぽろと泣き始める美雨を優しい目で見つめて、ぎゅっと手を握り締めてくる。

「視えたのだな。どうであった」

「……雪が、視えました」

窓の外に積もっていたのです、とわななく唇を動かした。

それ以上は言葉にできなくて俯いたら、父は「雪か」と繰り返して庭園を見渡す。夏の花が終わりを迎えつつあり、もうすぐ秋の気配が訪れそうだ。

「そうか……思ったよりも、早いのだな」

雪といっても今年の冬とは限らない。来年か再来年かもしれない。

美雨はそう言いかけたが、視えたのが皇帝の暮らす宮の私室であったこと、そして両手の中にある痩せた手の感触に何も言えなくなる。

「動けるうちに、嫦娥様にもご挨拶に上がらねばなるまい」

父は呟いて雲一つない蒼天を仰いでから、小刻みに揺れる美雨の肩に触れた。

「礼を言うぞ、美雨。私も覚悟して、天命を受け入れることができる」

温かい腕に抱擁《ほうよう》されて、美雨の涙は止まらなくなる。

もしも命を救える術があるのならば、あらゆる手を使って奔走していただろう。

だが、たとえ先が視えたとしても、どうしても変えることのできない未来がある。

——未来が視えるのに、こんなにも無力なのね。

嫦娥から授かった先視の力は万能ではない。便利だが扱いづらくて、手の尽くしようがない未来が視えた時は、今のように悔しさと無力感を受け入れていかなくてはならないのだ。

「泣くな、美雨。まだ時間はある」

「……はい、お父様」

「政や民のことは青嵐に、嫦娥様のことは雹華に任せる。他の子らも先が決まっているが、そなただけ先行きが決まっておらぬ。泣いている場合ではないぞ」

まだ溢れてくる涙をぐいと拭って頷けば、華武帝が穏和な笑みを浮かべてみせた。

「柳家や尼寺の件もあり、そなたは一段と気がかりなのだ。どうなるか見届けねばならぬ。早めに見通しを決め、私を安心させてくれ」

頭を撫でてくれる父の手が昔と変わらず大きくて温かかったから、また涙が頬を伝い落ちた。


華武帝との面会の翌日、今度は青嵐との面会が組まれた。

汪陽殿へと赴き、庭園が見える部屋に通されて、美雨は青嵐が来るまで父のことを想う。

昨日はさんざん泣いてしまったが、今はだいぶ落ち着いたので、これからは会える時に父の見舞いに行こうと決めていた。

——わたくしだけ先行きが決まっていない、か……お父様の言うとおりね。

すでに雹華は月宮へ入り、玉風《ギョクフウ》の指導のもと新たな巫になるため学んでいる。

しかし、美雨は趙家の件で事後処理に追われている青嵐と話せておらず、今も後宮にいた。

選定の儀が終わってからは皮肉や陰口は激減したが、妃嬪や他の公主たちは距離を取って腫れ物のように接してくるし、後宮に溶けこめていない自覚がある。

——それに、今は少し困っていることがある。

悩ましい吐息をついた時、青嵐が部屋に入ってきた。側近を伴い、中には睿もいたから美雨は自然と背筋を伸ばす。

睿は二週間で快復して早々に復帰したらしい。後遺症はなく、相変わらずの無表情で青嵐の背後に控えている。

「美雨、待たせたな」

「お気になさらず。お忙しい中、時間を取ってくださってありがとうございます」

美雨は突き刺さるような睿の視線には気づかぬふりをして椅子に腰かけ、開口一番、異母兄に謝罪をした。

「青嵐お兄様。巫選定の儀では、結局、ご期待に添えずに申し訳ありませんでした」

「謝ることではない。命を狙われても投げ出さず、最後までやり切っただろう。結果として趙貞勇は捕縛され、祭事を取り仕切るのは朱家のままということになった。まぁ、すぐに趙家に取って代わる大臣が名を挙げそうなんだが」

気を抜く暇もないよ、と青嵐がぼやいて眉間の皺をほぐす。

「趙大臣は雹華の過去視を受けたのでしょう。今は勾留中だと聞きましたが、雹華は趙大臣を慕っていたようですし、大丈夫なのですか？　選定の儀が終わってから会えていないのです」

「忙しくして気を紛らわせているようだ。落ち着いたら顔を見に行ってやってくれ。しかし、ずいぶん雹華と仲がよくなったようだな」

「話をしてみると共通点が多かったのです。競争相手というよりも同士という感じでしたし」

「ならば、巫になれなくとも悔しくはなかったと？」

「悔しかったですよ。ただ、わたくしが市井で暮らしている間、雹華は巫になるため励んでいました。心構えも雹華のほうが上だったのでしょう。ですから納得はしているのです」

ため息交じりに本音を伝えれば、青嵐は「うん、そうか」と頷いた。

「もっと落ちこんでいると思ったが、やはり美雨は逞しくなったな」

「それは褒めてくださっているのですよね」

「もちろんだ。お前の今後についても、すぐに話ができそうだ」

「……もしかして、青嵐お兄様。わたくしのことで、もう何か決めていらっしゃるの？」

「いいや。ただ、このまま後宮に居させるのは難しいと考えている。来春には私が即位して妃嬪の入れ替えが行なわれるが、お前も居心地が悪いだろう。だから兄として考えてみたが――」

青嵐がもったいぶるように言葉を切り、固唾を呑んで待つ美雨をちらりと見てきた。

「少し気になることを小耳に挟んだのだ。時に、美雨。お前は今、何かに困ってはいないか？」

心臓がどきりと鳴った。青嵐のほうを向いて話していると、どうしても視界の端に入る人物には視線を向けないようにしつつ、美雨はぎこちない笑みを浮かべる。

「何のことでしょうか」

「ここのところ、服や装飾品といった贈り物が届いているそうではないか。それも宮廷内でも堅物と有名で、今まで女性に贈り物などしたこともないような男から」

美雨の頬がじわじわと熱くなっていくのに比例し、青嵐が爽やかな笑みを深めていく。

「それと、楊空燕が朴訥《ぼくとつ》な従弟から相談を受けたらしい。女性は何を贈られたら喜ぶのか、と」

「……青嵐お兄様」

「私も幼少期からその男を知っているが、情緒が欠如していて、どんな命令にも真顔で是と応じるような男だった。それが女性に贈り物を選ぶなど、まさに青天の霹靂《へきれき》だと驚いたものだ」

「もう分かりましたから、そのくらいで……」

「ああ、これも小耳に挟んだのだが――」

「青嵐お兄様！」

美雨が耳まで赤くなり、息をするように言葉で追いつめてくる異母兄を遮ると、青嵐は快活な笑い声を上げた。

「顔が真っ赤ではないか、美雨。てっきり困っているかと思い、心配していたが、いらぬ気遣いだったようだな」

「困っております！　わたくしも、どうしたらよいか分からなくて……」

うろたえて言葉が尻すぼみになっていく。

選定の儀が終わり、およそ一週間が経った頃から、様々な贈り物が届くようになった。

その多くが美しい装飾品や質のよい服で、意中の女性に贈るような品物であったが、中には都の市井で人気という月餅の詰め合わせまであった。

それが今日に至るまで続いており、しかも送り主が離縁したはずの夫、楊睿なのだ。

青嵐が立ち上がり、口ごもる美雨の肩に手をぽんと置いた。

「私は少し席を外そう。楊睿と二人で話したほうがよいだろう」

「ですが……いったい何を話せばいいのでしょう」

「今後のことだ。公主のお前を嫁がせるとしても、今は結びつきを強めたい国はなく、政を担う上で国内を盤石にしておきたい。その点、楊将軍は華江国軍の要で、楊空燕と楊睿は私の側近だ。楊家との繋がりを深めておいて損はない」

皇太子は楊家との婚姻で生じる益をすらすらと述べて、戸口に控える睿に目配せをした。

「楊家の次期当主は楊空燕だが、美雨との縁談ならば楊睿のほうがふさわしいだろう。一度は離縁しているが、此度はお前を連れ帰って守りきった。文句のない働きぶりで、なによりも楊睿がお前との再婚を望んでいる」

衝撃的な事実をさらりと告げて、異母兄は颯爽《さっそう》とした足取りで部屋を出ていく。

睿を残して側近たちが後に続き、助けを求めるように詩夏へと目をやるが、青嵐が「お前たちも下がれ」と命じたため、申し訳なさそうに礼をして出ていった。

静かに佇む睿と二人きりで残され、美雨は彼と目が合う前に顔を伏せる。

「美雨、二週間ぶりだな」

「……ええ。身体の具合はどうですか?」

「だいぶ快復した。左腕は少し動かしづらいが、職務に支障はない」

「それなら、よかったです」

賽が歩み寄ってきて、椅子に腰かけたまま目を合わせられない美雨の横で止まった。

――あの夜のこと、彼は覚えているのよね。でなければ贈り物なんてしてこないだろうし……でも、青嵐お兄様に、わたくしとの再婚を望んでいるとまで言ったの？

つまり賽は本気ということになるが、美雨はどうすればよいか分からなかった。

ここのところ毎日、自分宛てに届けられる贈り物に驚き、赤い顔で落ち着きなくうろうろする姿を詩夏や女官たちに目撃されている。

心臓が早鐘を打ち始めた頃、賽がおもむろに片膝を突いたので、やや見下ろす体勢になった。

「美雨。二週間前の夜のことだが、私の振る舞いで驚かせてしまっただろう」

「ちゃんと覚えていらっしゃるのね」

「ああ。ただ、あの時は自制が利かなくなっていた。すまない」

彼が神妙な面持ちで謝ってから「しかし」と言葉を継いだ。

「あれは嘘偽りのない本心だ。こんな私をまだ想ってくれているのなら、真剣に考えてほしい」

「……以前のあなたは、わたくしには興味がなかったはずなのに」

「あの頃の私は愚かだった。自分の結婚にすら関心がなく、伯父の命だからと受け入れた。君に触れなかったのは、あの婚姻が柳家に近づいて、その動向を探るためのものだったからだ」

伯父の命……そういえば三年前、重傷を負った賽のもとを訪ねた時、楊将軍に平身低頭で謝られたことがあったなと思う。

美雨が柳家に加担しているのではないかと疑ったと楊将軍は話していたが、あの謝罪は猜疑心《さいぎしん》に対してだけではなく、賽に白い結婚を命じたことへの謝罪が含まれていたのかもしれないと、彼の話を聞いて気づいた。

「しかし、今の私は自分の意思で美雨を娶《めと》りたいんだ。もう君に寂しい思いや、つらい思いはさせない。君の話を聞き、よき夫になるよう努める。二度と同じ過ちは犯さない」

大きな手が伸びてきて、膝に置かれた美雨の手を包みこむ。

触れられた瞬間、また未来が視えるのではないかと肩が揺れたが、何も起きなかった。

「だから、もう一度、私の妻になってくれないか」

睿は声色こそ変わらないが、牀褥に引きずりこまれて押し倒された時と同じ、恋い焦がれているかのような熱い眼差しで見つめてくる。

何を考えているのか分からない人だと思っていたのに、不安と期待の入り交じる表情で見つめられて、やはり昔とは別人みたいだった。

しばし睿を見つめ返したあと、美雨は手をほどいて立ち上がった。背を向けることで火照った顔を隠そうとしたが、すかさず睿が追いかけてくる。

「美雨」

「少し、待ってください。今は顔を見られたくはなくて……」

「見せてくれ」

「だめです。赤くて、みっともない表情をしていますから」

「見たい」

「だめだと言って……」

じりじりと迫ってきた睿から逃れようとするが、容赦なく壁際まで追いつめられていき、あっけなく捕まってしまった。

逃げられないよう背中を壁に押しつけられ、両手でがっちりと頬を挟まれて顔を覗きこまれる。しかも鼻の頭が触れ合いそうなほどの至近距離だったので、美雨は呻いた。

「楊護衛官……顔が近すぎるんですが……」

睿は文句を聞き流し、眉尻を下げて涙目になった美雨の赤面をじっくりと眺めてから、前振りもなく唇を重ねてきた。

「っ⁉」

ちゅっと触れ合わせるだけで唇は離れたが、唖然としている間に睿が顔の角度を変えて、また接吻を仕かけてくる。

「むっ……あの、楊護衛か……っ、ん」

「…………」

「急に、こんな……っ、う……」

「…………」

「ま、待って……やりすぎです……！」

寡黙に口づけの嵐をお見舞いしてくる睿の肩を押しのけたら、彼がぱちぱちと瞬きをし、目元を淡い朱色に染めながら顔を逸らす。

「ああ、つい」

「こういうことは、もっと順序を踏んでから……」

「順序を踏めば、いいのか」

相変わらず表情は乏しいのに、睿の鋭く燃える双眸には美雨だけが映っている。

以前は、その目に射貫かれるだけで冷たい冬の雨に打たれているようだと感じたのに、なんだか嘘みたいだった。いつからこんな目で見られるようになったのだろうと思い、そういえば再会してから『冷たい』と感じたことはほとんどないなと気づく。

「ならば、まず返答を聞かせてくれ。私の求婚に応えてくれるのかどうか」

睿が美雨の頬を摑んでいた手を離し、両脇の壁に突いた。その長軀で覆いかぶさるようにして見下ろしてくる。壁と彼の間で捕らわれて逃げ場を塞がれてしまった。

もはや曖昧にはぐらかすのは無理だと悟り、紅潮した顔を右手で覆う。

美雨は十四の頃から睿が好きだった。一度は離れて忘れられると思ったのに、再会してからも事あるごとに意識して、まだ惹かれているのだと実感させられた。

俗世への未練がないかと問われた時、黄陵で過ごした日々や静《セイ》たちの顔とともに、本当は睿の顔も過ぎったのだ。

なればこそ、とっくに答えなんて決まっている。

大きく息を吸いこむと、美雨は顔を覆ったまま告げた。

「わたくしはもう、いない者のように扱われたり、話しかけても背を向けられたりするのは耐えられません」

「分かっている。そんな真似はしない」

「以前のように屋敷に閉じこめられて、おとなしく暮らすこともできません。きっと、あなたの手を焼かせて、腹立たしい時や困った時に、こんちくしょうと悪態をつくと思います」

睿が口角を緩める。冷ややかな空気とは正反対の暖かく、和やかな笑みであった。

「望むところだ。それに、君の悪態は好きだ」

たとえ鋼の心を持っていたとしても、この不意打ちの微笑には勝てるものか。

美雨はとうとう観念し、しばし項垂れてから小声で応じた。

「……分かりました。あなたの求婚を受け入れます」

刹那、睿の腕が巻きついてきて、息ができなくなるほど強く抱き締められた。それから両手で頬を包みこまれる。

直後に降ってきたのは今までで最も甘ったるい口づけで、柔らかい舌で口を抉《こ》じ開けられたあとは、しばらく満足に呼吸もできなくなった。


長い接吻が終わり、膝から力が抜けて尻餅をつきそうになったが、睿に抱え上げられて椅子に座らされる。

甘やかな口づけの余韻が抜けず、美雨が手の甲で口元を隠しながら俯くと、前屈みになった睿が額に唇を押し当てて言った。

「殿下が戻ってきたら報告しよう。それと、また君に贈り物をしたい」

「贈り物は、もういりません」

「気に入らなかったか」

「そうではありません。ただ、黄陵での暮らしの感覚が抜けきらなくて……高価な装飾品や服を頂いても、つい『いくらなのだろう』と考えてしまって……」

贈り物にあった玉の耳飾りを見て、これで肉饅頭がいくつ買えるのかと脳内で勘定してしまったなんて彼には言えない。

都へ戻ってきてからは楊家で隠れ住んでいたし、後宮では入り用なものが用意されるため久しい感覚ではあったが、染みついた銭勘定の習慣は消えないらしい。

睿が切れ長の目を細めて、考えるそぶりをした。


「月餅の詰め合わせは？　君の好物だと思っていたが」

「おいしかったですが、そんなに頂いても食べきれませんよ」

「他に欲しいものはないのか。なんでもいい」

「……そんなことを言ってもいいのですか。あなたが想像もつかないようなものを要求するかもしれませんよ」


いつもの調子を取り戻して腕組みをしたら、睿が傍らに屈みこんで真剣に尋ねてくる。


「想像もつかないようなものとは？」

「例えば、市井の隠れ家とか……肉饅頭を、百個とか……」

「百個、食べるのか」

「一人では無理ですが、詩夏や女官たちと分けて食べるのです。後宮の食事もいいですが、たまに北菜館の肉饅頭の味が恋しくなってしまうので」

「分かった」

「分かった、とは？」

「肉饅頭と市井の隠れ家を用意しよう。確かに想像もつかなかった」

興味深いな、と睿が大まじめに呟いたものだから、美雨は額を押さえてかぶりを振った。

「例え話で挙げただけなので、どちらもいりません。……正直、市井の隠れ家は魅力的ですが」

きょとんとする睿に小さな吐息を一つ。それから本当に欲しいものを告げた。

「その代わり、わたくしも欲しいものを思いつきました」

「なんだ？」

「銭を貯める甕。あなたの私室にあったものと同じくらいの大きさがいいです。何かあれば、その甕を抱えて逃げられそうですから」

「……美雨、あれを見たのか」

「牀褥の真横に置いてありましたからね。おすすめした時に一考すると言っていましたが、本当に実行しているとは思いませんでした」

睿が口元を隠して目線を斜め下に向けた。目元が薄らと赤い。照れているようだ。

ずっと表情筋が死んでいると思っていたけれど、彼は意外と分かりやすいのかもしれない。

「同じ甕を用意しよう」

「ええ。わたくしも自分の牀褥の横に置きます。でも小銭は手に入りませんので一日に一枚ずつ、あなたが用意してくれますか。もらう時には必ず会話をして、少しずつ貯めていって、一緒に暮らして何日が経ったか数えるのも楽しそうですから」

甕がいっぱいになれば、それだけ二人で過ごした日々を送ったということになる。

再び瞠目した睿が感心したように首肯した。

「いい考えだ。しかし、一ついいだろうか」

「?」

「楊家へ来たら、その甕は私の部屋に置いてくれ。毎朝、同じ牀褥で朝を迎えるから」

一瞬、どういう意味か分からなかったが、まもなく理解が追いついてきて絶句する。

固まる美雨の手を取り、睿がほっそりとした指先へと恭しく口づけていった。

「……あなた、やっぱり変わりましたね。前は、わたくしには触れないと言っていたのに、まるで別人のようです」

「そうかもしれない。だが、それを言うなら、美雨も昔とは別人のように見える。君の聡明さと優しさは変わっていないが」

「わたくしは自分本位な時もありますし、そんなに優しくはありませんよ」

「いいや。優しくて寛容だ」

睿が身を乗り出して顔を傾けた。だしぬけに美雨の唇を奪って囁く。

「三年前、私に付き添ってくれただろう。何の生きがいもなく、諦めかけた私に寄り添い、この世に引き留めてくれた」

「!」

都を去る前の三日間、睿に付き添ったことを、彼は覚えていないのだと思っていた。

目を丸くする美雨の頬を撫でて、睿が切れ長の双眸を弓なりに細める。

「あの頃から、ずっと君に会いたかった。礼を言いたくて、こうして話をしたくて……こんなに誰かを欲しいと思えたのも初めてだ。私を変えたのは、美雨だ」

かつて睿の無関心さと冷淡さに傷つき、それでも美雨は都を去る前に妻として、最後に一つだけでも何かしてあげたかった。

無償の献身に返ってきたのは、三年前には想像もしていなかった未来だ。

ありがとうと礼を言いながら抱擁してくれる睿の背を、美雨はこの時初めて、自分から抱き返すことができた。

終章

雹華《ヒョウカ》は燭台を片手に持ち、女官を連れて宮廷の地下牢へと下りていく。

とある牢の前に立つと、白い装束姿の祖父、趙貞勇《チョウテイユウ》が卓の明かりのもとで書を読んでいた。

雹華の過去視により、美雨《メイユイ》の暗殺を命じたことが明るみになり、今は地下牢にて沙汰を待っているのだ。おとなしく自白したため牢での読書も許され、他の趙家の者たちは謹慎中だった。

「お祖父様」

静かに声をかけると趙貞勇が面を上げる。

「雹華、また来たのか。嫦娥《ジョウガ》様がお許しにならないだろう」

「嫦娥様はお許しくださいました。青嵐《セイラン》お兄様の許可も得ています」

趙貞勇は書をぱたんと閉じ、鉄格子の前まで移動してから胡坐《あぐら》をかく。

雹華が月宮での暮らしぶりや、巫として励んでいることを語る間、祖父は黙って聞いていた。

「わたくし、お祖父様に訊きたいことがございます」

一通り話し終えたところで切り出せば、趙貞勇が「なんだ」と促す。

「わたくしのこと、裏切り者だと恨んでおいでですか」

「恨んでおらぬ。ただ、あの場でお前が私を告発するとは予想もしていなかったから、驚きはしたがな。たとえ私の動きに気づいても何も言わず、巫選定の儀に臨むつもりだと思っていた」
「確かに、いつもそうして参りました。お母様が亡くなられてから、お祖父様がわたくしのために
も、趙家が侮られることがないようにと考えていらっしゃったのは知っておりましたから」
そこで言葉を切り、雹華はため息をつく。
「ですが美雨お姉様が殺されかけた場面を見て、このままではいけないと思ったのです。それに、
あそこで襲撃などすれば、お祖父様に疑いの目が行くのも分かっていたはずですよ」
「しかし、お前以外、公の場で私を糾弾する者はいなかっただろう。何の証拠もなく、皇太子殿下
ですら口を噤んでいた。お前が何も言わなければ、あのまま選定の儀は行なわれていたぞ。それが
権力を持つということだ」
趙貞勇が冷ややかに応じて瞑目した。
「紅花《ホンファ》が死んだ時に思い知った。妃が亡くなったというのに後宮の調査は行なわれず、抗議は黙殺
された。自死であり、趙家の力がそこまで強くなかったからだ。もっと早く気づいてやれたら、も
っと趙家に力があったらと、深く悔やんだのだ」
「……お祖父様は、ずっとお母様の影を追いかけていらっしゃるのね。そして平気で人を殺せと命
じるほどに、心が麻痺《まひ》して冷たくなってしまわれた」
「そうかもしれぬな」
趙貞勇は反論せずに立ち上がると、こちらに背を向ける。
「だが、お前を慈しんでいた想いは確かだ。巫になったのなら、これから嫦娥様の庇護のもとで平
穏に暮らすことができるだろう。それは安心した」

「…………」

「話は終わりだ、もう月宮へ帰れ。このような場所へは二度と来るでないぞ」

「……お話ができる間に、また参ります。失礼します、お祖父様」

何事もなかったように書を開く祖父に一礼し、雹華は地下牢を後にした。

公主の命を狙ったことは重罪だが、趙貞勇は抵抗せずに捕縛され、尋問でも逆らわず家宅捜索に応じた。来春には新皇帝の即位式も控えているため、恩赦により極刑は免れても、都からの追放と流刑は避けられないだろう。

雹華は重々しい足取りで、人知れず月宮へ戻った。

しかし、月宮の中庭に入った途端、賑やかな声が鼓膜を貫く。

「おかえりなさい、雹華。お茶を飲んでいたところなのよ、こちらへいらっしゃいな」

「ちょうどよいところへ戻ってきたのう。美雨から月餅が届いたのじゃ。人の食べ物はそこまで好かぬが、これはうまい。そなたも食べるか？」

中庭にある東屋から玉風《ギョクフウ》と嫦娥が手招いていたので、雹華は足早にそちらへ向かった。

賑やかな輪に入れてもらい、月餅を齧った時、玉風が書簡を差し出してくる。

「美雨から書簡が届いていましたよ。この月餅も本当はあなた宛てなのに、嫦娥様が勝手に開けてしまわれたのよ」

「よいではないか、こんなにあるのじゃ。美雨も皆で食べるようにと選んでおったぞ。視ていたから間違いない」

「……このとおり悪気はないのよ。許して差し上げて」

雹華は笑って頷き、美雨からの書簡を開いた。

美雨の再婚が発表され、楊《ヤン》家に嫁いでから一月も経っていないが、書簡には【北川省を回って、黄陵に行ってくる】と書かれていた。

微笑して文面に目を走らせていると、月餅を食べ終えた嫦娥が口角を吊り上げる。

「今朝がた、都を発ったそうじゃ。あの男もついていったから心配はいらぬぞ。念のため、わらわも視ておくからのう」

「はい。旅先からも書簡をくださるそうです。美雨お姉様は行動的で驚かされますね。いつか、わたくしも北川省へ行ってみたいものです」

「慰問で各地へ足を運ぶことになるゆえ、いくらでも機会はあるはずじゃ。玉風が付き添い、わらわもうさぎの姿でついていくぞ。……もう一個、月餅を食べてもよいか?」

嫦娥がおいしそうに月餅を頬張り、玉風がお茶を淹れてくれる。

いつの間にか重苦しかったはずの気持ちは浮上し、息をひそめていた後宮では得られなかった平穏なひとときに胸が熱くなった。

——ここが、わたくしの新たな居場所なのね。

嫦娥と玉風に見守られながら、雹華は異母姉から送られた月餅をまた一口、齧った。

◆

北川省。山間の尼寺にて、美雨は睿《ルイ》の手を借りて馬から下りると、慌ただしく出迎えた尼僧に向かって一礼した。

「お久しぶりでございます、木蓮様《モクレン》」

尼寺の統括責任者——木蓮は美雨と傍らに控える詩夏《シカ》、後ろにいる睿や数人の衛兵にも視線を走らせて、たちまち顔を青くした。

「あなたたち、何故ここへ……」

「数ヶ月前に抜き打ちの監査が入ったはずです。しかし、尼僧たちは口を噤むばかりで十分な捜査ができなかったようなのです。ゆえに、この寺を見知っているわたくしが青嵐お兄様……皇太子殿下の命を受けて参りました。こちらは殿下の側近、楊護衛官です」

睿が進み出て、美雨の隣に並ぶ。

「殿下の側近を務める楊睿だ。以前も人を訪ねてここに足を運んだが、何も知らぬと帰された。此度は殿下の命で尼僧たちに聞き取りをさせていただく」

「！」

「寺の案内は不要です。以前、ここで暮らしていた詩夏がいますし、わたくしも寺の構造を知っていますから、今すぐ尼僧をお堂に集めていただけますか。嫦娥様を祀るこの寺で何が行なわれていたのかを明らかにして、皇太子殿下にご報告しなければなりません」

有無を言わさぬ口調で告げると、木蓮が青白い顔でぶるぶると震えて座りこんでしまった。

そののちお堂に集められた尼僧たちは、美雨と詩夏の姿を見るなり仰天し、尼寺の中で行なわれた陰湿な嫌がらせや苛めを次々に告白していった。

聞き取り調査の末、木蓮は総括責任者の座を追われ、結託していた尼僧もそれぞれ戒律の厳しい別の寺へと移されることになった。

新たな責任者が決まるまで、加担していなかった中堅の尼僧が寺を統括することになり、すべてを終えると美雨と一行は寺を後にした。

北川省の各地にある寺に顔を出しつつ、黄陵の街に到着したのは、さらに数日後のこと。

季節は初冬。南に位置する都で雪が降り始めるのは二ヶ月ほど先だが、黄陵は一足先に寒くなって霜が降りる時期だった。

黄陵に到着するやいなや向かったのは北菜館であった。

「美雨。そう急ぐこともないだろう」

「早く会いたいのです」

美雨は質素な襦裙に上着をはおり、宿を出て見慣れた大通りを進んだ。

此度の旅には衛兵も同行しているが、変装して離れたところからついてきてもらい、真後ろには詩夏と睿がいる。結婚してからは詩夏が譲歩するようになり、二人は以前のように言い争うことはなくなった。

『夫婦だった頃、あの方は美雨様に冷たく当たったのでしょう。許せなかったのです』

ある時、そうぶつぶつと文句を言っていたので、詩夏なりに怒ってくれていたのだろう。

通りの向こうに北菜館が見えると、美雨はとうとう走り出した。

昼時を過ぎた時刻。ちょうど客足が一段落した時間帯で、ちらほらと客のいる店内へ飛びこむ。

「静《セイ》さん！」

大きな声で恩人の名を呼んだら、配膳していた林杏《リンシン》が吃驚したように静を呼んだ。

「月鈴《ゲツリン》!?　静さん、月鈴ですよ！」

すぐに厨房から静が出てきたので、美雨は思いきり駆け寄って抱きついた。

「ちょいと、月鈴！　いきなり抱きついてくるんじゃないよ、こんちくしょうめ！」

悪態をつきながらも抱擁を受け入れてくれる静に、美雨は満面の笑みを浮かべた。

まもなく店内に入ってきた詩夏と、深く一礼する睿を見て、美雨の頭を小突いた静がふんと鼻を鳴らす。

「久しぶりに見る顔ぶれじゃないか。詩夏だけじゃなく、楊隊長までいるとはね。急に来なくなったと思ったが、この娘のお守りでもしていたのかい」

「ああ」

「ああ、じゃありません、楊隊長。お守りではないでしょう」

「そうですよ、美雨さ……じゃなくて、月鈴に失礼です」

「……お守りをしていたのではない。諸事情で、都での勤務になった」

美雨と詩夏の批難を受けて、小さく咳払いをした睿が訂正した。

腕組みをした静が「ふうん」と唸り、くるりと踵を返した。

「まぁ、あんたたちの事情なんてどうでもいいことさ。それより飯でも食っていきな。前払いで飯代はもらっているからね」

「前払いって、何のことですか？」

「あんた、甕に貯めた銭を置いていったじゃないか。あれで飯代だよ。とりあえず肉饅頭と適当に料理を持ってくるから」

「野菜炒めも一つ。花椒多めで」

すかさず睿が言うと、静が「了解」と肩越しに笑みをくれた。

美雨は林杏と星宇《シンウー》に挨拶をして席に着こうとしたが、ふと厨房の奥にいる小柄な影に気づく。覗きこめば、せっせと皿洗いをしている少年がいた。

「新しい従業員だよ。あんたたちが家の事情で辞めてから、静さんが拾ってきたのさ。がりがりに痩せていて帰る場所もないって言うから、住みこみで皿洗いから始めているんだよ」

汁物を持ってきてくれた林杏が説明した時、静の怒鳴り声がする。少年が皿を割ったらしい。

「月鈴と詩夏がいなくなってから、静さん、ちょっと寂しそうでねぇ。でも、今はあのとおり生き生きしてる。あの子もめげずに仕事しているし、あんたに似ているよ、月鈴」

美雨は唇を引き結んで、厨房から聞こえる女店主の声に耳を澄ませた。

隣に座った詩夏も懐かしそうに目を細めていて、鼻の奥がむずむずと熱くなってきた頃、向かいに座っている睿と目が合う。じっと凝視されたので苦笑で返した。

「そんなにわたしの顔を見て、どうしたんです？」

「瞬きが多くなった。泣きたい時、君はそうなる」

自覚はなかったなと驚いていたら、睿が目線をふいと横へ逸らして声を小さくさせた。

「……牀褥で、よく見る」

「え？」

「ほら、肉饅頭だよ。熱いうちに食べな」

厨房から出てきた静が肉饅頭の蒸籠をどんと置いたので、詩夏がさっさと取り分けてくれる。

「早く食べましょう。月鈴、はい」

「あ、ありがとう……」

とりあえず肉饅頭を頬張ったが、先ほど聞こえた睿の言葉が頭をぐるぐると回っていた。

一方の睿はというと、何事もなかったように肉饅頭を齧っていた。

◆

客がいなくなったのを見計らい、美雨と詩夏が厨房に入っていく。林杏と星宇、新しい従業員の少年と語らっているのを遠目に見ながら、睿は茶の土瓶を持って近づいてきた静に尋ねた。

「月宮にいたというのは本当なのか？」

「急に、なんだい」

「以前、占ってくれた時、他の客がそう言っていた。月宮に仕えられる女官は限られている。生まれがよく、特別な才に恵まれた者だと聞く」

「……そんな大層なものじゃない。あたしは占術ができただけで、月宮の暮らしも肌に合わなかった。だけど月宮を出てから、とある尼寺でさんざんな目に遭ってねぇ。命からがら逃げ出して、運よく親切な小料理屋の店主に拾われた。まぁ、昔の話さ」

静が湯呑みに茶を注ぎながら、ふんと鼻を鳴らした。

「そんなことより、あたしの占いは当たったのかい」

「当たった」

「それはよかった。見つけた娘は大事にするんだよ。今後もしっかり手元に置いておきな」

穏やかな口調でそう告げると、睿が何か言う前に女店主は席を離れていった。

◆

北菜館を出る際、汎憂炎《ハンユウエン》について尋ねると、一時は朝昼晩と飯を食いに来ていたが、最近はたまに来る程度になったらしい。相変わらず黄陵をぶらつき、雪華楼にも通っているとのことだった。おそらく約束どおり北菜館の様子を見てくれていて、青嵐の命で密偵が置かれたことに気づいてからは身を引いたのだろう。

麗花《リーファ》にも会いたかったし、汎憂炎には面と向かって礼を言いたかったので、美雨は日暮れ前に花街へ向かうことにした。

歩き慣れた路地から花街の目抜き通りに出て、雪華楼に着いたところで、二階から「あっ」と声がした。見上げると窓が開いており、顔を合わせたことのある妓女が話しかけてくる。

「今、麗花がそっちへ下りていったわよ」

「……ん？　月鈴と詩夏じゃねぇか。それに、そっちの兄さんは……」

顔に傷のある用心棒に声をかけられた時、下りてきた麗花が入り口から顔を出した。

「月鈴、あなたなの？」

「麗花！　久しぶり」

「ええ。あなた、北菜館を辞めて黄陵を離れたんでしょう。家の都合と聞いたわよ」

「そうなの。ちょっと色々あって……少しでも会えたらいいなと思って寄ったんだけど、邪魔にならないようにすぐ帰るわ」

その時、花街の通りの向こうから大声が聞こえた。

「ん？　あれっ？　……あーっ！　おいおい、楊睿じゃねぇか！　それにお嬢ちゃんまで！」

通りをやってきた銀髪の武人──氾憂炎が目ざとくこちらに気づき、手をぶんぶんと振りながら走ってくる。それを見た瞬間、睿の眉間に今まで見たこともないほどの皺が寄った。

「氾隊長！　お久しぶりです」

「おう！　無事だったんだな、お嬢ちゃん。料理番のお嬢ちゃんも元気そうだし、楊睿は相変わらず無愛想じゃねぇか。また会えて嬉しいぜ」

「……肩を組むな、氾憂炎」

「しかし、なんで黄陵にいるんだ？　お嬢ちゃんは……」

睿に腕を抓られて、氾憂炎が言いかけたところで黙り、誤魔化すように目線を泳がせた。

「あー……まぁいいや。せっかく、こうして会えたんだからな。……とりあえず広めの部屋を空けてくれ。こいつらも通してやってくれよ。俺が金を出すから」

用心棒に声をかけた氾憂炎が手招いたから、美雨は睿を振り返るが、渋面で返される。

「少しだけなら、いいでしょう。氾隊長にもお礼を言いたいですし、長居はしませんから」

睿が不承不承に頷いてくれた。

広めの部屋に通され、麗花が酒の支度をしに行った隙に、美雨は氾憂炎に礼を言う。

「今回は北川省まで来る用事があり、黄陵に立ち寄ったんです。氾隊長、北菜館を守ってくださっていたんでしょう。ありがとうございました」

「それくらい構わねぇさ、俺も退屈していたからよ。だけど、少し前から店を見守っている連中がいたから、今はあんまり手を出さないようにしてる」

座椅子に凭れかかった氾憂炎が歯を見せて笑ったが、ふと目を瞬かせて、正面に立つ美雨をじっと見つめてきた。

「お嬢ちゃん。なんだか雰囲気が変わったな」

「そうですか？」

「おう、前よりも色気が出てきた。やっぱり人妻になると、女は変わるのかねぇ」

含みのある眼差しを向けられた瞬間、いつの間にか真横にいた睿が間に割りこみ、美雨の手を掴んで背後に隠した。瞬く間に視界を遮られて、美雨は目をぱちぱちさせる。

「ちょっと、氾隊長が見えないんですが」

「氾憂炎。お前は油断も隙もないな」

「そんなに睨むなって、楊睿。色気が出たなと感心していただけだぞ」

「私と彼女の件は耳に入っているのだろう。値踏みするような目で見るな、不愉快だ」

睿が威嚇するように声を低くすると、氾憂炎はにやりと笑った。

「悪かったよ。しかし、あんたも奥方のことになると狭量なんだな。意外だった」

「私は狭量ではない」

「なら、お嬢ちゃんをもう少し見せてくれよ」

「…………」

「露骨に嫌そうな顔をするじゃねぇか！」

あの楊睿が、と汜憂炎が豪快な笑い声を上げる。

睿は呆れたようにそれを見ていたが、興味津々に見上げる美雨に気づき「なんだ」と問うてきたので、なんでもありませんと早口で返しておいた。

まもなく麗花が戻ってきたため、大事にしている韓紅の笛を見せたりして談笑に耽《ふけ》り、本格的な夜の営業が始まる前には雪華楼を後にした。

大通り沿いにある宿へと戻り、お湯を用意してもらって一日の汚れを取ると寝る支度をした。

詩夏が別室に下がったところで、美雨は窓辺の座椅子に腰を下ろす。空に浮かぶ月を眺めていたら、室内に白いうさぎが視えた。

——嫦娥様。まだ、わたくしを見守ってくださっている。

未だにうさぎは視えるし、先視の力も健在だ。

睿と再婚したあと、楊家で静かに暮らすという選択肢もあったが、美雨はそれを選ばなかった。

青嵐は前々から、件《くだん》の尼寺と同様の事例や、寺の僧侶と名士の間での癒着を問題視していた。嫦娥を祀る寺というだけで、民はお布施をし、私腹を肥やしている僧侶もいるのだとか。

ゆえに即位するにあたって、各地の寺を整備したいと考えていたらしい。

慰問を行なう巫とは別で、適切な人材を探していた矢先に、美雨はどうかと名が挙がったのだ。

彼女は嫦娥の加護を受けていて異能も使える。雹華と違って表舞台に名前が出ることはないが、尼寺で行なった監査はその先駆けというわけだ。

とはいえ寺は華汪国の各地に点在しており、美雨だけでは難しい——そこで美雨の夫であり、皇太子の側近である睿の名前が出た。

護衛官としての職務はひとまず他の者に委ねて、皇太子の命により、今後は各地の寺へ足を運ぶことが増えそうだ。

――それが、今のわたくしにできること。きっとこれまでの経験や、力も生かせるわ。

昔の自分ならば信じられないことだが、都でじっとしているよりも性に合いそうだ。

ただ、今回の旅に関しては父の体調も鑑みて、この時期に都を離れるかどうかは悩んだのだが、他ならぬ父から「今のうちに行ってこい」と背中を押された。

本格的な冬が始まれば、雪深い北川省との行き来は困難になる。

来春には青嵐の即位式も控えていて、しばらく遠出はできなくなるだろう。

その前に尼寺の一件を片づけて、世話になった者たちへの挨拶を済ませてしまったほうがいいと判断してのことだ。旅の行程も短いため明日には黄陵を発たなくてはならない。

うさぎを眺めていたら扉の外から声がした。

「入ってもいいか、美雨」

「ええ、どうぞ」

音もなく扉が開き、睿が入ってきた。彼は就寝用の襦袢《じゅばん》姿で、いつもまとめている髪も下ろしており、美雨のもとへと一直線にやってくる。

こちらから話しかける前に、睿が座椅子に腰を下ろして美雨を抱き寄せた。

「楊護衛官」

「睿、だ。そう呼んでくれと言っただろう」

「……睿。もしかして、今宵はこの部屋で寝るつもりですか？」

睿がこくりと頷いて美雨を抱き上げる。牀褥まで運んで横たえると、当然のように隣にもぐりこんできた。

髪を撫でる優しい手付きに肩の力が抜けた時、その手がするりとうなじに這わされる。肩をぴくりと揺らせば視界が回転し、気づくと隣に寝ていたはずの睿が上にいて、美雨が制止する前に甘い接吻が落ちてきた。

「っ、ん……」

「この黄陵だと、君は都にいた時よりも生き生きしている。歓迎してくれる知人や恩人がいて、汜憂炎にまで……」

何かを思い出したのか、睿がしかめっ面をしたので小声で尋ねてみる。

「あなたは、わたくしのことになると狭量なのですか？」

「そんなことはないし、思い出させないでくれ。汜憂炎とのやり取りは腹立たしかった」

「……他の男性には渡さないと、そういう感情が伝わってきて、わたくしは嬉しかったですが」

睿の眉がわずかに動いたのを確認し、美雨は口を尖らせる。

「あなたは顔に出ませんし、独占欲とか、その手の感情とは無縁に思えるので……」

「本気で言っているのか、美雨」

「違うのですか？」

しばし沈黙が流れたかと思ったら、いきなり睿に両手首を掴まれて褥に押しつけられた。のしかかっている睿の長い髪が滑り落ちて頬をくすぐっていく。

「私も独占欲はある。おそらく、他の者より強い」

――あら、これはまずいのではないかしら。

重低音の声に加え、睿の目に獰猛《どうもう》な光が宿っていたので、猛獣に襲われそうになっている小動物の心地になり、美雨は唐突に危機感を抱いた。

「ただ、何にも関心が持てず、執着するものがなかっただけだ。しかし、今は美雨がいる」

睿の整ったかんばせが近づいてきて鼻先で止まる。息を止めて見つめていたら、睿が耳元に口を寄せてきた。

「――他のすべてを手放したとしても、君だけは誰にも渡さない」

「！」

独占欲を露わにした台詞を堂々と言い放ち、睿は一驚して声も出ない美雨の額に口づけると、きつく抱き締めてきた。

――今のは、わたくしが口説き文句として教えた台詞だわ。彼、ずっと覚えていたの？

てっきり忘れられていると思ったのに、今ここでそれを言うなんて反則だ。

美雨は頰に朱を散らして、もぞもぞと動き始める夫の手から逃れようと身を捩り、悪態をついた。

「ここで、その台詞はずるいですよ。ああもう、こんちくしょうです！」

「君の悪態は愛らしくて、好きだ」

口説き文句の一つも知らなかったくせに、睿の口からするすると殺し文句が出てくるものだから、美雨はけたたましく鳴る心臓の鼓動を聞きながら、これでもかというくらい独占欲をぶつけてくる夫に身を委ねるのであった。

さようなら、旦那様。
市井に隠れて生きることにしたので
捜さないでください

著者　蒼磨 奏
イラストレーター　氷堂れん

2024年11月5日　初版発行

発行人　藤居幸嗣

発行所　株式会社 J パブリッシング
〒102-0073　東京都千代田区九段北3-2-5 5F
TEL 03-3288-7907　FAX 03-3288-7880

製版所　株式会社サンシン企画

印刷所　中央精版印刷株式会社

ISBN：978-4-86669-716-1
Printed in JAPAN